Hartwig Weber

Treffpunkt: Plaza Bolivar

Hartwig Weber

Treffpunkt: Plaza Bolivar

KERLE
Freiburg · Wien · Basel

Die Schreibweise entspricht den neuen Rechtschreibregeln

Umschlaggestaltung und Vignetten:
Christian Kühnel, Kauffenheim
Gesamtproduktion: Print Production, Umkirch
Herstellung: Freiburger Graphische Betriebe 1997
ISBN 3-451-70216-9

Inhalt

Für Jonas

Der Lebensretter

Es ist ein Wunder, sagte sich Pepe, dass ich noch lebe. Die Stromschnellen hätten ihn hinabziehen, Krokodile und Piranhas ihn zerreißen können. Er hatte Glück gehabt. Vorsichtig sog er die Luft ein. Wenn er seinen Körper dehnte, stieß er an andere Körper, an Beine, Arme und Füße von Jungen und Mädchen, die, dicht gedrängt, die Pritsche des Anhängers füllten. Die außen saßen, ließen ihre nackten Beine baumeln. Mit Wucht fiel die Hitze vom Himmel. Trotz des leichten Fahrtwindes klebten Haare und Hemd auf der Haut.

Ich habe nicht nur Glück gehabt, dachte Pepe, obendrein habe ich Pacho gerettet. Das Boot, auf dem sie zwei Tage und eine Nacht zugebracht hatten, war auf einen riesigen Stamm aufgefahren, der unter der Wasseroberfläche dahertrieb. Den kleinen Pacho, der auf der Seitenwand saß, um Wasser zu schöpfen und sein Gesicht zu kühlen, hatte die Wucht des Aufpralls hinausgeschleudert. Er klatschte aufs Wasser, die anderen im Boot flogen übereinander.

„Pacho! Er kann nicht schwimmen!“

Ohne zu zögern war Pepe hinterhergesprungen. Als er das zappelnde Bündel zu fassen bekam, waren Pachos Augen von Todesangst weit. Pepe packte ihn an den Haaren, Pachos Hand krallte sich in Pepes Hemd. Wildes Rudern, Schreie.

Unzählige Arme fischten nach ihnen, zerrten sie über die Bootswand, kraftlos lagen sie auf dem Boden, keuchend, Wasser spuckend.

Seither schien es Pepe, als blickten die anderen mit einem Anflug von Bewunderung auf ihn. Juana hatte ihm das Haar zur

Seite gestrichen. Das tat gut. Das Boot hatte gewendet und seinen Kurs wieder aufgenommen.

Die Nacht war plötzlich hereingebrochen. Aus dem Schwarz des Gestrüpps, das schwer über die Ufer herabhing, waren, außer dem üblichen Lärmen der Affen und dem Gekreische der Papageien, dann und wann die Schreie fremder Tiere herübergedrungen. Fünfzig Jungen und Mädchen in einem Boot, zusammengelesen auf den Straßen Bogotás. Sie saßen aneinander gekauert. So konnten sie immer nur für kurze Zeit einschlafen. Wenn sie aus ihren hastigen Fieberträumen aufschreckten, starrten sie in undurchdringliche Finsternis. Die Luft wurde kühler. Ein schmaler Lichtstreifen kündigte den heraufkommenden Morgen an, dann legte sich ein rosa Schimmer über den Himmel, und die Sonne schoss ihre ersten Strahlen herab.

Um die Mittagszeit des nächsten Tages hatte der Bootsführer eine flache Böschung angepeilt, einen hellbraunen Fleck im unendlichen Grün des Ufers. Als sie näher kamen, sprangen ein paar Gestalten auf. Winke, Rufe.

Man hatte sie erwartet. Eine Schar von Jungen. Sie waren mit Traktor und Anhänger zum Fluss heruntergekommen. Lauter und lauter werdendes Geschrei. Hände reckten sich ihnen entgegen. Sie zogen das Boot an Land. Die ersten unbeholfenen Schritte taten weh. Da sprangen sie ins Wasser, prusteten, spritzten. Erleichtertes Lachen. Schließlich gab es zur Begrüßung einen Apfel für jeden. Sie kauten langsam, während sie sich auf dem Anhänger zusammendrängten.

Pepe zog die Schultern zusammen, erschöpft von der Nacht und von den langen Tagen der beschwerlichen Reise. Ins Geräusch des schweren Motors mischte sich das scharfe Zirpen der Grillen. Und diese Hitze! Keiner sagte ein Wort. In ihrer Spannung waren sie einander einig. Ihre Blicke suchten den Horizont ab. Vor ihnen lag weites Steppenland. In breiten Streifen war der Boden zur Rechten und Linken des Weges umgebrochen. Halbhohe Bäume standen in Reihen – sie sahen die kleinen grünen Fruchtansätze. In der verkrusteten Erde zeichneten sich Spuren künstlicher Bewässerung ab.

Pepes Zungenspitze fuhr über die Oberlippe, salziger Schweiß. Dort vorne irgendwo am Horizont würde ihr Ziel auftauchen – wann endlich? – die neue Welt der Straßenkinder, ihre zukünftige Heimat. Pepe schloss die Augen.

Was wäre, wenn ich den Pater nicht getroffen hätte?, dachte er in sich hinein.

Vor sich sah er die Straßen der Stadt, tausend Kilometer waren sie jetzt von ihr entfernt. Er sah ihre Hochhäuser, ihre Geschäfte. Wie armselig klang das Motorengeräusch eines Landtraktors im Vergleich zum Brausen der Autos in der Stadt. Er glaubte das Dröhnen des Verkehrs zu hören. In der Erinnerung erschien ihm das Kreischen und Schnauben der orangefarbenen Hauptstadtbusse wie die Fanfarenstöße eines grandiosen Musikstückes. Und vor den Läden in der Avenida Décima, mitten im Gedränge, sah er sich, er im Gewühl der Straßenverkäufer, er geschoben von hin- und herwogenden Menschenscharen, er und Juana mitten unter ihnen. Den Sack mit ihren Habseligkeiten hatte er geschultert. Da und dort wühlten sie in Kisten und Schachteln, die man zur Abfuhr auf den Gehsteig geworfen hatte.

Wehmut stieg in Pepe auf. Er blinzelte in die Sonne. Die schweren Räder des Traktors wirbelten Staub auf. Wohin nur ging die Reise? Was hatte er hier in dieser Wildnis zu suchen? Wer hatte ihn zu diesem Abenteuer verleitet? Mühsam atmete er die schwere, heiße Luft. Was erwartete ihn? Ein zweites Gefängnis, diesmal freiwillig? Für ungewisse Versprechungen hatte er die Freiheit der Straße aufgegeben.

Pepe gab sich einen Ruck. Mensch, lass das Jammern! Sei nicht kindisch!, sagte er sich. Du machst dir etwas vor. Erinnere dich: Wie war es wirklich? Die kalten Nächte auf der Straße..., hast du sie schon vergessen? Die Angst, nie wurden wir sie los. Angespannt waren wir, wie im Fieber. Immer auf der Hut. Nie wussten wir, was im nächsten Augenblick geschieht. Schläge, wenn sie uns beim Klauen erwischten. Hiebe mit Fäusten und Stecken. Mit Hunden haben sie uns gejagt.

Unter dem schmutzigen T-Shirt tastete Pepe seine heiße Haut ab, Schweiß. Mit der Fingerspitze befühlte er die verhärtete Narbe am Bauch unter den Rippen: Niemandem kannst du trauen. Nicht einmal deinen Freunden. Du teilst dein letztes Stück Brot mit ihnen. Einen Augenblick später, im Drogenrausch, greift einer zum Messer und fällt über dich her.

Und wenn du allein bist, sinnierte Pepe weiter, dann ist es noch schlimmer. Du bist schutzlos. Wegen einer läppischen Geldbörse sind sie bereit dich umzubringen. Hast du die Beute erwischt, fliegst du davon, bist schon halb über der Fahrbahn, weißt genau, wo du verschwinden wirst, mitten zwischen Passanten und Verkaufsständen, dort wirst du untertauchen, wirst dich verkriechen. Keiner wird sich dir in den Weg stellen. Die Leute kennen die Spielregeln, sie halten sich raus. Jeder will ja leben, nicht wahr? Da hörst du die Schüsse: Paff! Paff! Was kümmert's dich? Aber auf einmal spürst du im Rücken den dumpfen Schlag, paff. Mitten im Sprung haut's dich um. Da fährt etwas in dich hinein, etwas, das stärker ist als du, stärker als deine Energie und deine Hoffnung. Ein kleiner Schlag, kein richtiger Schmerz, nur ein leichtes Brennen. Du fällst aufs Gesicht, bist erstaunt. 'Was geschieht dir?' Aus, tot.

Ja, so geht es auf der Straße zu, dachte Pepe. Lulo hat es erwischt, Fizzi auch, sie haben sie erschossen – wegen ein paar läppischer Pesos. Pepe sah die Freunde vor sich, Lulo den Spaßmacher, Fizzi, den Geschicktesten unter den Taschendieben. Ihre lachenden Gesichter, zerzaustes, filziges Haar. Die Leichen hatte man in die Anatomie geschafft, um sie dort zu zerlegen und ihr Fleisch zu zerschneiden.

Die harte Pritsche unter dem Po, sie schmerzte. Pepe schob seine Hände unter die Oberschenkel, um ein bisschen bequemer zu sitzen. In der Stadt lebst du immer in Anspannung, nie kommst du zur Ruhe. Die Angst brennt sich in deine Schultern hinein. Wenn dir etwas passiert, ist niemand da, bei dem du dich beschweren könntest. Niemand. Wer will schon etwas von dir wissen? Wen interessiert dein Scheißleben, dein Husten, dein Hunger, dein Durchfall? Niemanden! Früher oder später kriegt dich der Teufel zu fassen, das ist gewiss. Fragt sich nur, wie er es anpackt. Vielleicht zerquetschen dich die Räder eines Busses, vielleicht kotzt du dir die Lunge aus dem Leib oder du scheißt deine Eingeweide auf die Straße.

Genau so ist das. Pepe nickte vor sich hin. Die Stadt ist ein richtiges Ungeheuer. Sie will dich verschlingen. Aber wehe dir, wenn du dich aus dem Staub machst. Kaum sind dir die letzten Häuser, die Straßen, die Menschen aus dem Blick, so überkommt dich Wehmut. Du bekommst Heimweh. Dort in der Stadt bist du zu Hause, nirgends sonst. Die Stadt, das ist deine Welt. Sie raubt dir den Atem. Du kommst nicht los von ihr.

Pepe schaute umher. Der Fluss war verschwunden. Nur die Bäume, die seine Ufer begrenzten, verrieten seinen Lauf in der Ferne. Was nur - um Gottes willen - soll ich hier auf dem Land, was in dieser Einöde? Er seufzte in sich hinein. Hier gibt es nichts als dummes Vieh, Bauern, vielleicht ein paar Indianer. Sollen sie mir die Stadt ersetzen?

Da ist aber auch Juana. Pepe blickte auf das Mädchen herab, das zusammengesunken neben ihm kauerte, die Haare strähnig, verklebt. Ihre Augen hielt sie geschlossen, der Kopf schwankte mit dem Holpern des Fahrzeugs. Pepe spürte ihren heißen Körper.

Was wäre, wenn ich ihr nicht begegnet wäre?

Vor sich sah er den Müllhaufen, auf dem sie sich zum ersten Mal gegenübergestanden waren -, er erinnerte sich an den beißenden Rauch der Feuer, der sie zum Niesen brachte. Die kleine, dreckige Rotzgöre von damals, sie hatte sein Leben verändert. Flink und geschickt, wie sie war, nervös und launig, hatte sie ihn tagaus, tagein in Erregung und Staunen versetzt. Nachts wärmte er sich an ihrem Leib, und sie gab ihm das Gefühl, gebraucht zu werden.

Ohne sie – wer weiß, ob er sich auf dieses Abenteuer eingelassen hätte? Sie hatte ihn die Zeit im Gefängnis, seine Niedergeschlagenheit danach und seine Verletztheit verschmerzen lassen. Unter der Zärtlichkeit ihrer tastenden Hände und ihren kleinen feuchten Bissen vergaß er die Schmähungen, die er dort erfahren hatte.

Jetzt wuchs in ihrem Bauch ein Kind. Die halbe Bande hatte sich bei seiner Zeugung beteiligt, ein Gruppenbaby. Mein Baby? Ihr Baby? Unser Baby? Egal: Kind ist Kind!, sagte sich Pepe. Wenn es erst einmal da ist, wird man schon sehen, wer sein Vater ist.

„Wir werden Häuser bauen." Das hatte ihnen der Pater versprochen. Viele Häuser, eines für jedes Paar. Sie selbst würden Steine aus Erde formen, die Erde brennen, Mauern hochziehen, und nach dem Vorbild der Indios würden sie das Dach aus Ästen und zusammengebundenem Schilf anfertigen. Schweine würden sie züchten, gemeinsam einen Brunnen graben. Sie würden pflanzen und Früchte ernten. In einem Haus aus zwei Räumen, einem für den Tag, einem für die Nacht, würde das Kind aufwachsen. Zufrieden würde es sein. Es würde ein gutes Zuhause haben. So wie Pepe, als er klein war.

Der Anhänger schwankte leicht zur Seite. Sie fuhren durch einen ausgetrockneten Bewässerungsgraben. Pepe zog die Hände unter dem Po hervor und legte den Arm um Juana. Er dachte an den Bauernhof, auf dem er aufgewachsen war, an seine Eltern, an die Geschwister und an Hector. Sein Kopf sank auf Juanas Schulter.

Brandzeichen

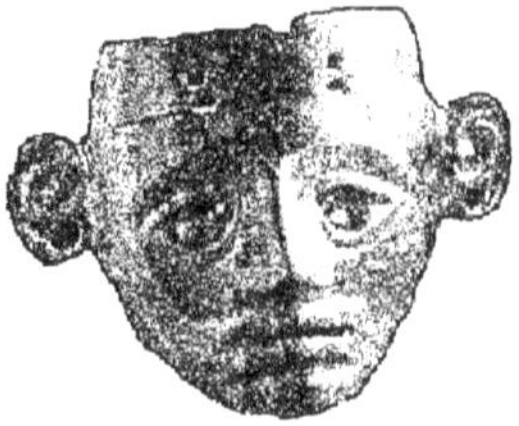

Die Tiere drängten sich in einer Ecke der Einfriedung, als ahnten sie, was ihnen bevorstand. Ihre wuchtigen Körper rieben sich aneinander. Die Kälber bliesen den Atem durch die Nüstern. Ein junger Bulle senkte den schweren Kopf zu Boden und scharrte mit den Vorderhufen im Sand. Dann trabte die Herde in eine andere Ecke der Umzäunung. Von dem kleinen Feuer, das am Eingang zum Gatter brannte, hielten sie größtmöglichen Abstand, keinen Augenblick ließen sie es aus den Augen. Langsam wich die Dunkelheit der Nacht dem fahlen Licht des dämmernden Morgens.

Pepe war auf die weiß und rot gestrichenen Balken des Tiergeheges geklettert. Seine Brust reichte bis über den oberen Querbalken hinaus. Hector, der kleine Hund, versuchte immer mal wieder hochzuspringen, vergeblich; jedesmal plumpste er zu Boden. Schließlich blieb er leise winselnd sitzen.

Pepe schaute dem Vater zu, der in der Glut so lange herumstocherte, bis eine Funkenwolke hoch aufsprühte.

„Mehr Holz, rasch!“, rief er hinüber zu Pepes Bruder Manuel.

Dann nahm er die beiden Brandzeichen, lange eiserne Stempel mit einem Wappen an der Spitze, und schob sie in die Glut.

„Komm her“, sagte er zu Pepe. „Du passt auf, damit das Feuer nicht erlischt.“

Mit einem Satz schwang sich Pepe über den oberen Holzbalken, nahm seinem Bruder die Holzscheite vom Arm und legte ein Stück nach dem anderen in die Glut.

„Jetzt können wir mit der Arbeit beginnen", sagte der Vater. „Es ist höchste Zeit."

Manuel nahm die lange Peitsche zur Hand und ging langsam auf die Tiere zu. Ängstlich wichen sie noch weiter zurück. Aus der Herde drängte Manuel einen jungen Bullen heraus. Über seinem Rücken ließ er die Peitsche knallen und trieb das Tier auf den Vater zu. Der hatte ein kurzes Lasso zur Hand genommen. Blitzschnell streifte er es dem Tier über den Kopf. Ein kraftvoller Ruck – und der Bulle fiel zu Boden.

Für einen Augenblick lag das Tier still, wie gelähmt. Manuel sprang herbei, setzte seinen rechten Fuß auf die bebende Flanke des Tieres und packte mit beiden Händen den Schwanz. Dann legte er ihn um die großen Hoden des Bullen. Erst jetzt schien das Tier aus seiner Erstarrung zu erwachen. Heftig trat es mit den Hufen aus und versuchte wieder auf die Beine zu kommen. Nun aber zog Manuel kräftig am Schwanz, der sich wie eine Schlinge schmerzend um die Hoden des Tieres schloss, fast regungslos blieb es liegen.

Aufmerksam hatte der Vater den geschickten Handgriffen seines ältesten Sohnes zugeschaut.

„Pepe, die Brandzeichen!", rief er jetzt. Pepe nahm eines der Eisen aus dem Feuer. Er hob es gegen den dämmrigen Himmel und sah, dass die drei eisernen, an der Spitze in einem Dreieck angeordneten Sterne rot glühten.

Der Vater packte den Eisenstab, ging rasch auf das am Boden liegende Tier zu und senkte den Stempel in die Flanke des Bullen. „Zisch", machte es und dann noch einmal „zisch", und eine kleine Rauchwolke löste sich in der Luft auf. Pepe stockte der Atem. Dann stieg ihm der Geruch verbrannter Haut in die Nase.

Wild fuhr der Körper des Tieres hoch. Der Kopf schlug dumpf auf den Boden. Jetzt ließ Manuel den Schwanz los. Noch einen kleinen Augenblick blieb der Bulle liegen. Dann sprang er auf, stand da, wie verwirrt, schaute um sich, tat ein paar unbeholfene Schritte und lief torkelnd zur Herde, um sich zwischen die anderen Tiere zu drängen.

Als der zweite Jungbulle zu Fall gebracht war, gab sich Pepe einen Ruck und trug das andere Brandzeichen herbei. Er sah ja ein, dass die Bullen so behandelt werden mussten und ihre Qual unumgänglich war. Tier um Tier musste gezeichnet werden. Der Vater hatte ihm den Sinn der Maßnahme erklärt. Nie mehr, so hatte er gesagt, würden sie dieses Merkmal verlieren. Sollte sich eine Kuh oder ein Stier verlaufen, so würden Nachbarn sie zurückbringen. Und den Viehdieben, die in den letzten Jahren immer dreister wurden, am hellen Tag mit Lastwagen vorfuhren, Zäune durchschnitten, die Tiere über herabgelassene Bretterstege auf die Pritschen luden und auf Nimmerwiedersehen verschwanden, diesen Verbrechern, denen die Bauern am liebsten eine Gewehrsalve hinterhergeschickt hätten, würde man nun leichter das Handwerk legen können. Pepe hatte zustimmend genickt.

Nach kurzer Zeit waren der Vater, Manuel und Pepe so gut aufeinander eingespielt, dass sie mit der Arbeit rasch vorankamen.

Die Sonne malte den Horizont schon golden, als die Mutter vom Haus herüberkam. Sie brachte zuerst einen Bottich Wasser und dann einen Krug mit braunem Rohrzuckerwasser herbei. Am Gatter blieb sie stehen und schaute ihren Männern zu. Pepe fühlte sich stark und wichtig.

„Macht doch eine kleine Pause“, sagte sie. Sie reichte das kühle Getränk über die Einfriedung. Pepe trank in durstigen Zügen.

Der Vater wischte sich den Schweiß von der Stirn, und Manuel blickte zur höher steigenden Sonne. „Bald müssen wir aufhören“, meinte er.

Der Vater nickte: „Morgen ist auch noch ein Tag“, brummte er. Er beugte sich über den hölzernen Wassereimer, wusch sich das Gesicht und den von Schweiß glänzenden Oberkörper, dann steckte er den ganzen Kopf in den Bottich. Er prustete und spritzte Wasser über die Jungen.

„Lass nur", sagte Pepe. „Wir baden lieber im Bach."

„Dann geht nur; aber passt auf die Kaimane auf", warnte der Vater lachend.

Kaimane und andere Tiere

Vom Gatter aus führte ein schmaler Trampelpfad vom Haus weg durch die Weiden. Auf ihm gelangte man zu den fernen Bäumen, zwischen denen sich ein kleiner Bach verbarg. Pepe und Manuel liefen dorthin, wo sich der Bachlauf zu einem Tümpel weitete. So schnell rannte Hector hinterher, dass seine Beinchen manchmal einknickten.

„Was hat der Vater nur mit den Kaimanen gemeint?“, fragte Pepe nachdenklich. Noch nie war ihm ein solches Untier zu Gesicht gekommen.

„Wenn sie dich erwischen, wirst du es schon merken“, sagte Manuel. Manuel liebte es, sich auf die Seite der Erwachsenen zu schlagen und den kleinen Bruder zu foppen. „Kaimane sind kleine Krokodile. In wenigen Minuten – hat der Vater gesagt – fressen sie ein Kalb bis auf die Knochen ab.“

Pepe spürte, wie eine Gänsehaut über seinen Rücken kroch.

„Nachts“, fuhr Manuel fort, „kommen sie aus ihren Verstecken. Dann machen sie Jagd auf die Tiere, die am Bach trinken wollen.“

„Und du, hast du schon einen Kaiman gesehen?“, fragte Pepe.

„Na klar!“, sagte Manuel. „Nicht nur einen, viele habe ich gesehen. Unzählige!“

Pepe blieb stehen. Er war entsetzt, aber auch ein bisschen fasziniert. „Wann war das? Erzähl mal!“

Manuel schaute nachdenklich in die Weite. Nach einer Weile sagte er: „Nur im Dunkeln kannst du ihnen begegnen. Man braucht eine Lampe. Damit kann man sie blenden.“

„Aber nachts“, warf Pepe ein, „dürfen wir doch nicht draußen herumlaufen.“

„Ich schon“, behauptete Manuel. „Neulich zum Beispiel – du hast längst geschlafen –, da wollte ich fischen gehen. Ich hatte die Lampe auf die Wasseroberfläche gerichtet und lauerte darauf, dass sich endlich ein Fisch zeigte. Da, plötzlich spürte ich etwas. Kein Geräusch war das, keine Bewegung. Es war eine Ahnung, so etwas wie ein kleiner Schubs in mir drin. Ich rührte mich nicht, atmete nicht, langsam, ganz langsam ließ ich den Lichtkegel zur Seite gleiten, da: zwei funkelnde Lichter, die Augen eines Kaimans.“

„Aah“, stöhnte Pepe. „Bist du nicht ohnmächtig geworden vor Angst?“

„Paah! Ich und Angst? Mit dem Lichtkegel hielt ich das Tier in Schach. So – siehst du?“ Manuel blieb stehen, zog die Machete, die an seiner Hüfte baumelte, aus der ledergefransten Hülle und hielt sie wie ein Schwert. „Dann ging ich vorsichtig rückwärts, langsam, einen Schritt, dann noch einen Schritt.“ Er bewegte sich wie eine Wildkatze. „Genau so, siehst du?“ Dann fügte er hinzu: „Wenn du den wilden Tieren gegenüber Angst zeigst, bist du verloren.“

Pepe trottete dem großen Bruder hinterher, nachdenklich, voller Bewunderung. Jetzt drangen sie in das hohe Gestrüpp ein, das den Wasserlauf umsäumte. Pepes Schritte wurden immer schwerer. Er trat das grüne Schilfgras, das am Ufer wucherte, unwillig auseinander. Verstohlen schaute er zurück. Dann glitt sein Blick über die Zweige der Büsche, die sich bis zum Wasser hinabneigten. In ihrem dunklen Grün erschienen ihm die bizarren Spiegelbilder, die die Palmwedel warfen, wie die Köpfe und Schwänze von Kaimanen, die träge auf der Wasseroberfläche lauerten. Die Schwärme von Mücken aber, die über dem Wasser tanzten, waren unbeeindruckt von aller Gefahr.

Unschlüssig nahm Pepe einen Stein und warf ihn in hohem Bogen in die grüne Spiegelfläche hinein. Das Wasser spritzte auf und die Wellenkreise breiteten sich bis zum Ufer aus. Manuel hatte schon die Hosen abgestreift. Nackt stand er da. Jetzt watete er in den sumpfigen Morast hinein.

„Na, und?“, fragte er und drehte sich herausfordernd zu Pepe um.

Pepe antwortete nicht, statt dessen schaute er einem blauen Schmetterling nach, der, zwei Handflächen groß, eilig davonsegelte. Der Schmetterling hatte auf einer der rosa Blüten gesessen, die auf der Wasseroberfläche schwammen und einen leichten, süßen Duft verströmten. Jetzt plumpste auch Hector ins Wasser. Mit hochgerecktem Köpfchen schwamm er eine kleine Runde, dann krabbelte er die Uferböschung hoch und schüttelte sich so kräftig, dass die Wassertropfen Pepes Beine nässten. Wann wagst du es endlich?, schienen seine kleinen Augen zu fragen.

„Tagsüber“, rief Pepe zu Manuel hinunter, „da schlafen die Kaimane doch, nicht wahr?“

Manuel lachte und tauchte unter. Bedächtig rieb Pepe den Schlamm der rechten Fußsohle am linken Schienbein ab. Dann streckte er vorsichtig einen Zeh ins Wasser. Von Kaimanen gab es tatsächlich keine Spur. So nahm er allen Mut zusammen, streifte die Kleider ab, warf sie auf einen Haufen und folgte – langsam, ganz langsam – seinem Bruder ins Wasser.

Gut schwimmen konnte Pepe ja nicht, dafür aber gelang es ihm, lange Zeit unter Wasser zu tauchen. Prustend kam Manuel auf ihn zugeschwommen und versuchte ihn am Fuß zu packen. Pepe strampelte, kreischte und spritzte nach Leibeskräften, dann ruderte er davon. Bald hatte er die Kaimane vergessen. Von der gegenüberliegenden Weide näherten sich jetzt schwarz gefleckte und braun-weiß gescheckte Rinder. Um die badenden Jungen kümmerten sie sich nicht. Mit schwerem Schritt trotten sie die Böschung hinunter, bis ihnen das Wasser zum Bauch reichte, dann soffen sie in vollen, zufriedenen Zügen.

„Halt! Bleib, wo du bist!“, schrie Manuel plötzlich. In seiner Stimme stand das Entsetzen. „Dreh dich nicht um!“ Manuels aufgerissene Augen hingen an einer Gefahr, die in Pepes Rücken zu lauern schien.

In Pepes Körper stockte das Blut. Also doch! Er atmete kaum. Kaimane! Sein Blick hing an Manuel.

Der ging rückwärts, unendlich langsam und behutsam setzte er Schritt um Schritt. Eine kleine Ewigkeit, da endlich hatte er das Ufer erreicht, seine Hand tastete nach der Machete, packte sie, nun wieder zurück ins Wasser, genauso vorsichtig kam er näher, er machte einen kleinen Bogen, kam jetzt von der Seite.

Pepe ließ den Bruder keinen Augenblick aus den Augen. Da holte Manuel zum Schlag aus. Die Machete blitzte im Sonnenlicht, sauste herab, ein dumpfer Laut von Stahl, der in hartes Fleisch eindringt.

Jetzt erst drehte sich Pepe um. Auf der Wasseroberfläche schwamm der Kopf einer Schlange. Ihr grüner Körper hing noch im Gestrüpp. Wie ein schlaffes Seil löste er sich von der Liane, glitt herab, spritzte im Wasser nur wenig auf und tauchte dann langsam unter.

Pepe spürte, wie sich seine Glieder aus der Erstarrung lösten. Tief holte er Luft. Erst jetzt begann er zu begreifen. Da machte er ein, zwei Sätze, das rettende Ufer war erreicht.

Manuel stand noch im Wasser. Er fischte nach dem Körper der Schlange, hob ihn hoch und wendete ihn neugierig hin und her. Endlich schleuderte er ihn an Land. Hector schnupperte an dem toten Tier.

Als Manuel die Machete durchs Gras zog, sagte er: „Komm, Kleiner, ich hab Hunger.“

Schweigend zogen sie die Hosen über die nasse Haut und gingen langsam zurück. Pepe kam es vor, als friere er. Leicht legte Manuel seinen Arm auf Pepes Schulter.

Nach Süden und Osten wölbte sich vor ihnen in sanften Hügeln das Weideland bis zum Horizont. Hier und da waren grüne Wedel der Palmen, getragen von schlanken Stämmen, in den blauen Himmel getupft. In westlicher Richtung zeichneten sich ganz weit in der Ferne hinter grauen nebeligen Schleiern die Konturen der Berge ab, die sich hoch und höher türmten, bis sie mit den schweren Wolken verschmolzen.

Die nackten Füße der Jungen patschten im Schlamm, der vom letzten Regen übrig geblieben war. Die Sonne stieg immer höher, sie wärmte den Boden, und die Luft stieg feucht von der Erde auf.

„Erinnerst du dich an Inés?“, fragte Pepe leise. Manuel nickte nur. Das kleine Mädchen aus der Nachbarschaft, knapp zwei Stunden Fußweg entfernt, war von einer Schlange gebissen worden. Ein Jahr war das her, oder war es doch schon länger? Tagelang hatte das Kind in schwerem Fieber gelegen. Es hatte sich hin- und hergeworfen und in seinen Phantasien manchmal leise geweint. Pepe und Manuel standen an ihrem Bett. Die Eltern des Mädchens hatten einen Boten zu den Indios geschickt. Als der Schamane endlich eintraf, war es schon tot.

Die beiden Jungen gingen jetzt im Gänsemarsch hintereinander her. Hector verjagte mit seinem hellen Bellen die schlanken, weißen Vögel, die im Kot der Rinder pickten. Er rannte ein Stück voraus, kam wieder zurück und machte sich an diesem und jenem Hügel im Gras zu schaffen.

Wenn ich gestorben wäre, dachte Pepe, was wäre dann? Tot sein, wie ist das? Nichts mehr essen, nichts mehr trinken, nicht mehr sprechen können. Würden seine Eltern ohne ihn weiterleben? Was würde mit Hector geschehen, wenn er nicht mehr da wäre?

Jetzt kam ihr Haus über dem Hügel hervor. Wie ein Spielzeug sah es aus. Alles Land, das im Umkreis zu sehen war, gehörte ihnen. Weit musste man gehen, eine halbe Stunde zum ersten Nachbarn, fast zwei Stunden zum Dorf. Nur selten, zwei- oder dreimal im Jahr, kam Pepe dorthin. Sonst war er mit Manuel und seinen Eltern allein. Aber an den Wochenenden kamen die Nachbarn zusammen, einmal beim einen, dann beim andern Bauern. Während die Erwachsenen in den Hängematten unter runden, spitz zulaufenden Schilfdächern, die die Luft immer ein bisschen kühler erscheinen ließen, plauderten, rauchten und Zuckerrohrschnaps oder Bier tranken, liefen die Kinder durch die Wälder von Obstbäumen, die die Höfe umgaben, trieben mit ihren Schwertern aus Holz die Gänse vor sich her, die sich zischend zur Wehr setzten, bauten Baumhäuser oder aßen von den Früchten, den roten Mangos, schweren grünen Orangen, Mandarinen und kleinen süßen Bananen.

„Hoffentlich ist das Frühstück fertig", sagte Pepe zu Manuel.

„Ich kann das Fleisch schon riechen", stöhnte der Bruder.

Schwer über den Tisch gebeugt saß der Vater. Er trank den heißen Kakao aus einer großen Schale und hörte dem Bericht der Jungen aufmerksam zu.

„Warum habt ihr die Schlange nicht mitgebracht?", fragte er. „Die hätte eine gute Suppe ergeben."

Vom offenen Feuer nahm die Mutter die goldgelben Bananen und das gebratene Fleisch. Sie zerschnitt es in kleine Stücke und legte es auf das große Bananenblatt, das in der Mitte des Tisches ausgebreitet war.

„Dankt der Jungfrau von Guadeloupe, dass ihr noch lebt", sagte sie. Als wären sie halb verhungert, fielen die Jungen über das Frühstück her.

Später nahm Pepe aus der Holzkiste unter dem Bett, in der neben seinen Kleidern allerlei Habseligkeiten aufbewahrt waren, die kleine Schachtel mit seiner Mundharmonika heraus und legte sie auf Manuels Kopfkissen.

Abschied

Strom gab es auf dem Hof nicht. Deshalb hatten sie auch keinen Kühlschrank, keine Elektrogeräte, keinen Fernseher. Lediglich einen Radioempfänger hatte der Vater erstanden. Den betrieben sie mit austauschbaren Batterien. Es war ein ganz besonderer Radioapparat; denn er konnte Fernsehprogramme empfangen. Natürlich hörten sie nur den Ton, die Bilder mussten sie sich hinzudenken.

Manchmal durften die Kinder länger aufbleiben. Dieses Glück widerfuhr ihnen vor allem an Wochenenden. Die Dunkelheit brach gegen sechs, halb sieben Uhr ganz plötzlich herein. Die Schwärze der Nacht war so tief, dass man die eigene Hand vor den Augen kaum erkennen konnte. Dann legten sie sich in die Hängematten unter dem Schilfdach, der Vater, die Mutter und die beiden Jungen, und „hörten Fernsehen".

Pepe nahm Hector zu sich. Der interessierte sich kaum für die dramatischen „Filme" und Serien von Gangsterjagden, Liebesaffären und Spionagefällen, auch nicht für die Reklamespots, die die Sendungen alle zehn Minuten unterbrachen – und zwar immer dann, wenn die Handlung am spannendsten war. Pepe hingegen fand die Reklame mindestens so erregend wie die Filme. Während die Hängematte sanft schaukelte, streckte sich Hector aus. Er drückte seine kleine Schnauze an Pepes Bauch und schlief ein.

Dass die Fernsehbilder fehlten, störte Pepe nicht. Zum Greifen nah sah er vor sich die starken Helden, die elenden Bösewichte, die schmachtenden Mädchen und die untreuen Liebhaber. Als Pepe später in der Stadt vor einem richtigen Fernsehapparat die Fortsetzung der einen oder anderen Liebes-, Eifersuchts-, Tränen- und Intrigengeschichte sah, die er vom Hören her kannte, war er enttäuscht; denn die Helden waren in Wirklichkeit nicht so stark, die Frauen nicht so schön, die Schurken nicht so verrucht, wie seine Phantasie sie ausgemalt hatte.

Wenn sie später zu Bett gingen, beeilte sich Hector und wich keinen Meter von Pepe. Im Handumdrehen kroch er unter dessen Decke. Wenn Manuel den Hund im Bett bemerkte, schimpfte er. Kurzerhand warf er „das Viehzeug" hinaus, manchmal trat er auch mit dem Fuß nach ihm. Sah er aber Pepes Augen, so grollte er nur noch ein bisschen und ließ Hector in Ruhe.

Pepe und Manuel schliefen in einem Bett, das neben dem Elternbett stand. Darüber hatte die Mutter einen trockenen Kaktus angenagelt und daneben ein großes Bild gehängt. Es zeigte einen Mann mit wallendem Haar und langem, herab fallendem Gewand. „Das ist der Herr Jesus", sagte die Mutter, „der Sohn Gottes." Während Pepe Hectors Fell kraulte, blickte er in die traurigen Augen des Mannes auf dem Bild. Dessen linke Hand reckte wie zum Schwur drei Finger in die Höhe und die rechte Hand wies auf eine Höhlung in der Brust. Dort sah man ein rotes Herz, von dem helle Strahlen ausgingen. Pepe tat es ihm gleich, er spreizte drei Finger der linken Hans und bohrte den Zeigefinger der rechten in seinen Bauch.

Eines Tages fuhr ein Jeep vor. Es war ein prächtiges Auto mit furchterregend breiter Stoßstange und dunkel getöntem Glas. Vier Männer stiegen aus. Pepe ließ den Finger über den schwarzen, vom Staub des Weges gepuderten Lack gleiten.

„Mach den Señores einen Kaffee", rief der Vater zur Mutter hinüber.

Die Mutter hantierte in der Küche, einem offenen Raum, der außen an das Haus angebaut war. Die Männer nahmen in den Hängematten unter dem Schilfdach Platz. Dort tranken sie einen um den anderen Kaffee und dann einen Masato, den die Mutter einige Tage zuvor mit Mais und Früchten angesetzt hatte und fermentieren ließ. Pepe verstand nicht, was verhandelt wurde. Um Geschäfte schien es zu gehen. Er bemerkte, wie ernst das Gesicht des Vaters geworden war. In der folgenden Nacht sprachen die Eltern noch lange miteinander.

Tage später kam der Jeep erneut vorbei.

„Ich verkaufe nicht!", sagte der Vater entschieden. Diesmal bot er keinen Kaffee an, die Männer nahmen nicht einmal Platz.

„Chef, überlege dir, was du sagst!", donnerte einer der Männer los. „Denk an deine Kinder!"

„Das tue ich ja", entgegnete der Vater ruhig. „Sie werden hier aufwachsen, genauso wie ich hier aufgewachsen bin. Meine Eltern haben hier gelebt, meine Großeltern haben hier gelebt. Meine Kinder und Enkel werden hier leben. Der Hof wird sie ernähren, wie er uns immer ernährt hat. Ich will und kann mein Land nicht hergeben."

„Compadre", sagte der Mann, „wir wollen nur dein Bestes. Mit dem Geld, das wir dir geben, kannst du woanders gut leben, besser als hier. Nutze deine Chance."

„Ich verkaufe nicht", wiederholte der Vater ruhig, „das ist mein letztes Wort. Lasst mich in Ruhe und verschwindet endlich von hier!"

Die Männer lachten böse auf. Einer spuckte auf den Boden und sagte: „Dein Dickschädel wird dich noch ins Elend stürzen."

„Wenn du unser Angebot ausschlägst", sagte der andere, „soll dich der Teufel holen."

Laut schimpfend gingen sie davon. Die Staubwolke, die der Jeep hinter sich herzog, stand noch lange am Horizont.

In einer der nächsten Nächte wachten sie auf, ungewohnter Motorenlärm drang vom Weg herüber. Aufgescheucht sprang der Vater aus dem Bett und spähte in die Nacht. Da näherten sich Stimmen, Geschrei und Gejohle wie von betrunkenen Männern. Manuel legte den Balken vor, der die Tür von innen verschloss.

„Hilf uns, heilige Jungfrau“, flehte die Mutter. Sie nahm den Kaktus von der Wand und legte ihn auf den Balken, der die Tür sicherte.

Die Männer brüllten zum Haus herüber. Abbrennen würden sie es, schrien sie, den Vater wollten sie abschlachten, die Mutter übel zurichten. Pepe presste das Gesicht in die Decke, sein Herz galoppierte.

„Lumpenpack, Verbrecher!“, schrie der Vater zurück.

Da plötzlich tanzte ein roter Schein an der Wand. Sie hörten, wie Flammen prasselten.

„Der Unterstand – sie haben ihn angezündet!“

Unter dem Dach aus rohen Balken, dürren Ästen und Palmzweigen hielt sich das Vieh auf, wenn die Sonne hoch stand, und nachts suchten dort die Katzen, Hühner und Enten Schutz.

Sie lauschten hinaus. Pepe wagte kaum zu atmen. Jetzt endlich entfernte sich das Geschrei und Gejohle. Sie hörten im Haus, wie Motoren aufheulten, lauter noch klangen die Fetzen von Männergesang, die herüberwehten. Jetzt wurde es leiser, immer leiser. Der Spuk verlor sich in der Ferne.

Noch eine Zeit lang blieben sie ruhig, keiner bewegte sich. Nur das Bersten und Knallen des brennenden Holzes war zu hören. Dann öffnete der Vater die Tür, nur einen Spalt breit. Die Nacht lag ruhig unter klarem Sternenhimmel. Die Flammenwand drüben am Korral fiel schon langsam in sich zusammen. Vorsichtig hielten sie nach allen Seiten Ausschau. Auch Pepe wagte einen Blick hinaus. Die Hitze war so groß, dass sie sich dem Feuer nicht nähern konnten. Erregt liefen sie hin und her. Erst als der Morgen dämmerte, fanden sie Ruhe. Den ganzen Tag über stieg Rauch aus der Asche auf. Pepe stocherte darin herum. Er fand den verkohlten Kopf einer Puppe, die ihm einst der Vater geschnitzt hatte. Schon lange hatte er nicht mehr mit ihr gespielt. Er versuchte den Ruß abzuwischen, verstohlen presste er sie an sich.

Einige Nächte später weckte sie Pferdegetrappel. Zurufe, Geschrei, Verwünschungen. Steine donnerten auf das Dach des Hauses und rollten polternd über das Wellblech. Da plötzlich knallten Schüsse. Einige Geschosse durchschlugen den Moskitodraht vor der Fensteröffnung. Sie hörten die harten Einschläge im Mauerwerk.

Manuel hatte sich zu Boden geworfen. Der Vater knipste eine Taschenlampe an. Unter der Matratze zog er ein kleines Paket hervor und wickelte aus Lumpen eine Pistole aus.

„Tu das nicht!“, flehte die Mutter. „Lass uns abwarten.“

Sie kauerten am Boden. Pepes Herz hämmerte. Dann wieder Schüsse, das Johlen der Männerbande war jetzt ganz nahe.

Auf einmal schien es, als entfernte sich der Trupp. Vereinzelt gaben die Männer noch Schüsse ab. Als Manuel und der Vater aus dem Haus traten und zum Tiergehege gingen, fanden sie eines der Rinder tot. Das Tier lag in einer Lache von Blut. Die Banditen hatten es mit Machetenhieben übel zugerichtet und dann erschossen.

Am nächsten Morgen zerlegten Manuel und der Vater das Rind und brieten eine gute Portion Fleisch über dem offenen Feuer. Pepe schnitt die Stücke ganz klein und kaute langsam, ehe er sie hinunterwürgte. Vom Rest des Fleisches nahm der Vater, so viel er tragen konnte, mit ins Dorf, um es zu verkaufen.

Am Nachmittag blickte Pepe immer wieder auf. Sein Blick folgte dem Weg, der sich in der Ferne zwischen den Hügeln verlor. Schließlich konnte er seine Unruhe nicht mehr bändigen. Er lief dem Vater entgegen. Endlich sah er ihn kommen. Er war blass und kurz angebunden. „Mach dir keine Sorgen, Sohn.“

Zu Hause angekommen schickte er Pepe hinaus. „Geh spielen!“ Die Eltern zogen hinter ihm die Tür zu. Aber Pepe kauerte sich an der Rückseite des Hauses nieder und presste sein Ohr an die Holzbalken.

„Sie wollen alles Land aufkaufen.“ Wütend klang die Stimme des Vaters, verächtlich. „Unser Hof grenzt an die Ländereien, die sie bereits zusammengerafft haben.“

„Wer waren diese Banditen?“, fragte die Mutter.

„Das waren die Todesschwadronen der Mafia. Im Dorf sagt man, sie wollten Marihuana pflanzen, und sie wissen genau, dass hier niemand die Herstellung von Rauschgift kontrollieren wird.“

Es blieb eine Zeit lang ruhig. Dann fuhr der Vater mit gequälter Stimme fort: „Wir sitzen in der Falle. Die Mafia kommt von der einen Seite, die Guerilla von der anderen. Die Zange schließt sich, ein Würgegriff. Wenn wir der Mafia entrinnen, kommen die Guerilleros.“

„Warum machen sie ihre Geschäfte nicht unter sich aus?“, fragte die Mutter.

„Die Guerilla braucht uns, die Mafia braucht unser Land. Die Guerilleros wollen uns vor der Mafia, die Mafiosi wollen uns vor der Guerilla schützen. Lassen wir uns auf die Guerilla ein, töten uns die Todesschwadronen. Arbeiten wir mit der Mafia zusammen, erschießen uns die Guerilleros. Es gibt keinen Ausweg.“

„Ist denn niemand da, der uns beistehen kann?“, klagte die Mutter.

„Wer sollte sich ihnen in den Weg stellen?“, sagte der Vater voller Verachtung und Zorn. „Die Regierung im fernen Bogotá vielleicht? Pah, was kümmert's die? Oder Bürgermeister und Polizei im Dorf? Die sind mit Schmiergeldern längst gekauft. Gesindel! Es geht ums große Geschäft. Ein paar Menschenleben fallen dabei nicht ins Gewicht.“

Pepe hörte, wie der Vater mit schweren Schritten auf und ab ging. „Das steht fest“, fuhr er fort, „sie werden eine geheime Flugpiste anlegen, hier auf meinem Grund und Boden. Und mit ihren Flugzeugen werden sie das ‘Gras’ zur Küste hinaufbringen und von dort in die USA schaffen lassen.“

Von Rauschgift, Guerilleros und Mafiosi verstand Pepe nichts; aber er spürte die Bedrohung, die von ihnen ausging. Was ihn jedoch mehr als alle Guerilleros und Mafiosi der Welt erschreckte, war die Ratlosigkeit des Vaters und die Angst der Mutter. Er wollte sich leise zurückziehen, da hob der Vater wieder zu sprechen an: „Sie haben Don Pepone ermordet."

„Nein!", rief die Mutter laut.

Pepe drückte sein Ohr fester an die Wand.

„Nicht nur ihn, auch zwei seiner Kinder."

Die Mutter schluchzte auf.

Auch Pepe wusste, von wem der Vater sprach: Er kannte den großen, hageren Mann. An die fünfundsiebzig Jahre war er alt, und wegen seiner italienischen Abstammung nannten sie ihn Pepone. Sein Hof war zwei Stunden Fußweg von Pepes Haus entfernt. Vor Jahren hatte er seine Frau und die erwachsenen Kinder in die Stadt geschickt. Seither lebte er mit einer jungen Indianerin zusammen, mit ihr hatte er drei Kinder. Don Pepone hatte sich vor einigen Jahren zum Gespött der Leute gemacht, als er die Hügel seiner Ländereien aufforstete. „Einen Wald mitten in der Savanne! Hat es so etwas schon gegeben?" Die Nachbarn schüttelten belustigt die Köpfe. Dann aber war der Wald gewachsen, und seither bot er aus der Ferne betrachtet ein außergewöhnliches Bild. „Wie in der Toscana", pflegte Don Pepone zu sagen, „eine kolumbianische Toscana. Es ist wie zu Hause!"

Als die Mafiosi auf seinem Land erschienen waren – so berichtete der Vater – hatte er sie verjagt, die Flinte im Anschlag. Wenige Tage später wurde er zusammen mit zweien seiner Kinder ermordet.

Die Indianerin, sagte der Vater, habe im allerletzten Augenblick durch eine Hintertür fliehen können. Man fand sie später in einer Kuhle zwischen den Wurzeln der Bäume kauernd. Das kleinste der Kinder hielt sie an sich gepresst. „In ihrem Schock hat sie stundenlang nicht sprechen können."

Pepe stand langsam auf, ihm wurde ein bisschen schwindelig vor den Augen. Er kroch unter einen Zitronenbusch. Später rief die Mutter nach ihm. Er rührte sich nicht.

„Los, beeil dich! Wir packen."

Kurz darauf kam ein kleiner Lastwagen aus dem Dorf, den der Vater bestellt hatte.

Wir ziehen also um, dachte Pepe. 'Umziehen', was sollte das bedeuten? Weggehen? Woanders leben? Pepe war verwirrt. Was würde mit den Tieren, was mit dem Haus und mit den Bäumen geschehen? Wo würden sie schlafen? Wann würden sie zurückkommen?

Als Pepe sah, wie die Eltern und Manuel hin- und hereilten, ahnte er, wie groß das Unglück war, das ihnen drohte, und er begriff mit einem Mal, dass sich sein Leben verändern würde.

Ein paar Stunden später war der Lastwagen beladen. Für die Bettenladen, den zerlegten Schrank, Tisch und Stühle, Kartons mit Kleidern und die sonstigen Habseligkeiten war mehr als genügend Raum.

Die Mutter nahm im Fahrerhaus Platz, Manuel und Pepe kletterten auf die Pritsche. Pepe kauerte sich in einer Ecke auf einen Sack. Hector hielt er im Schoß und drückte ihn fest an sich. Der Lastwagen fuhr an, und der Vater sprang mit einem Satz auf. Er blickte auf Pepe herab.

„Der Hund bleibt hier", sagte er.

Pepe erschrak. „Das ist doch Hector." Er presste das Tier fest an sich.

Der Vater griff nach dem Hund, fasste ihn am Fell, hob ihn hoch und warf ihn in einem kleinen Bogen hinunter.

Der Hund stand mitten auf dem Weg, der Wagen holperte davon, Pepe weinte. Dann ballte er seine kleinen Fäuste.

Staub und Tränen

Wie ein Fußball sprang der Anhänger des klapperigen Lastwagens über das Geröll und durch die Furchen und Löcher der Fahrbahn. Pepe musste sich an der Ladung festklammern, die aus prallen Reissäcken bestand, und trotzdem wurde er hin und her geschleudert. In kurzer Zeit war er mit einer Staubschicht überzogen, der Sand knirschte zwischen den Zähnen. Der Vater und die Mutter saßen vorne und schrien dem Fahrer dann und wann ein paar Sätze ins Ohr. Manchmal schauten sie durch das kleine Fenster in der Rückwand des Fahrerhauses, um festzustellen, ob ihr Sprössling noch nicht von der Pritsche gefallen war.

Viele Monate waren vergangen. Wieder waren sie aufgebrochen, wieder hatten sie einen Lastwagen bestiegen und fuhren nun einer ungewissen Zukunft entgegen. Sie hatten in San Mateo im Haus eines Onkels gewohnt, zusammen mit den Söhnen und Töchtern des Onkels und deren Kindern. Don Joaquín und die anderen Verwandten waren ein bisschen zusammengerückt. So war ein Zimmer für Pepes Familie frei geworden. Die Enge war bedrückend. Ihr Gepäck hatten sie in einer Ecke des Innenhofes gestapelt. Nach und nach hatte der Vater fast alles verkauft. Zum ersten Mal in seinem Leben hatte Pepe Schuhe bekommen. Am ersten Tag hatte er fortwährend auf den Boden geschaut. „Sei nicht so eitel“, hatte die Mutter gesagt. Aber Pepe hatte immerzu die Zehen bewegt, und er war gewiss, dass ihn alle Leute bewunderten.

Mit den Kindern, die er kennen gelernt hatte, erkundete er das Dorf. In den Straßen drängten sich die Leute, die von weither gekommen waren, vor allem Männer mit breitkrempigen Hüten, die ihre Jeeps mit Lederzeug, Samensäcken, Düngemitteln, Benzinfässern, Drähten und Hängematten beluden oder ihre Pferde festbanden und in den Bars verschwanden. Er hatte die Verkaufsstände bewundert, die dicht an dicht standen und überquollen von Früchten, von großen grünen und kleinen gelben Bananen, riesigen Papayas und roten Baumtomaten, von Grünzeug und ganzen Bergen stark riechenden aufgeschossenen Korianders. Vor den Ständen mit Grills, auf denen Innereien und Fleisch, goldener Mais und dunkelrote Wurststücke brieten, war er, in den aufsteigenden Duft hineinsinkend, so lange stehen geblieben, bis die Frau, die die Stücke wendete, ihm einen Happen reichte.

Auf dem Marktplatz, der begrenzt wurde von der weißen Kirche und dem gegenüberliegenden Rathaus mit den blauen Fensterrahmen sowie dem „Stadttheater“, in dem wochenlang ein einziger Film gezeigt wurde: „Warum haben sie Bety getötet, obwohl sie ein so gutes Mädchen war?“, den Pepe an jedem Sonntagnachmittag mit nicht nachlassender Erregung sah, auf diesem Platz spielten die Kinder täglich Fußball, wobei jeder in die Rolle eines der berühmtesten Fußballspieler der Welt schlüpfte. Heiß umkämpft waren vor allem die Namen kolumbianischer, brasilianischer und deutscher Nationalspieler. Aber zu seinem Leidwesen gelang es Pepe nie, die Rolle von Pelé, Higuita oder Beckenbauer für sich zu erobern.

Ähnlich bemerkenswert fand Pepe die Schule. Was ihn dort am meisten beeindruckte, war die Lehrerin, eine junge Schwarze. In der ersten Reihe wies sie ihm einen Platz zu, und er konnte seinen Blick nicht von ihr wenden. Wenn sie ihn aufrief, lächelte er. Die Buchstaben, die sie an die Tafel schrieb, ergäben, auf unterschiedliche Weisen aneinander gereiht, die Wörter. Zweimal „p“ und zweimal „e“ würden, wenn man sie richtig ordnete, zu „Pepe“. Genauso, behauptete die Lehrerin, könne man mit jedem beliebigen Ding auf der Welt verfahren. Alles lässt sich aus Buchstaben zusammensetzen. Es war wie ein Wunder. Jeder einzelne Buchstabe, den sie groß und bunt an die Tafel malte, erschien ihm wie ein Geschenk von ihr.

Wenn er die Buchstaben lange genug betrachtet hatte, kam es vor, dass es vor seinen Augen ein bisschen flimmerte. Die Buchstaben ruckten und zuckten, krabbelten und zappelten. Mit einem Mal verwandelten sie sich in kleine Lebewesen und begannen zu tanzen. Schließlich flatterten sie durcheinander wie ein wilder Vogelschwarm und dann, nachdem sie genug herumgetollt hatten, flogen sie, im Dreieck hintereinander aufgereiht, in den Himmel hinein. Weit hinaus ging die Reise, unter ihnen dehnte sich die grüne Weidelandschaft, die das braune Band eines Weges von Horizont zu Horizont durchschnitt. Plötzlich senkte sich die Formation der Vögel, zog ein paar Kreise, immer niedriger, und dann landeten sie auf dem großen Mangobaum inmitten des Gartens von Pepes Finca.

Ein paar Vögel flatterten hinüber zum Schilfdach, unter dem die Hängematten noch immer aufgespannt waren. Von den Zweigen der niedrigen Orangenbäume aus konnten sie auf die Gänse und auf die Hühner hinabschauen, die in einem Haufen von Abfällen scharrten. Andere Vögel flogen auf die Einfriedung der Weiden, sahen, wie die Rinder zufrieden grasten, und auf einmal erblickten sie Hector, der sich im Schatten eines Hibiskusstrauches so ausgestreckt hatte, dass die Erde seinen Bauch kühlte. Pepe musste bei diesem Anblick ein bisschen lächeln, da rief ihn die Lehrerin auf.

„Na, Pepe“, sagte sie „willst du nicht den Kindern erzählen, wie es auf der Finca aussieht, von der du gekommen bist?“

Das Leben im Dorf war voller Abwechslung gewesen. Darüber war Pepes Heimweh kleiner und kleiner geworden. Immer seltener hatte er an Hector gedacht. Und nun – jetzt war auch dieser Lebensabschnitt zu Ende gegangen. Wieder ein Abschied. Der alte Lastwagen holperte über die Schotterpiste und zog eine Wand von Staub hinter sich her. Manche Erlebnisse im Dorf – dessen war sich Pepe bewusst – würde er niemals in seinem Leben vergessen. Zum Beispiel jenen Sonntag, als der Padrino kam. Scheinbar war es ein Sonntag wie jeder andere. Dennoch lag eine besondere Spannung in der Luft. Sonntags wa ja immer Markttag, die Straßen verstopft, die Bars quollen über, die Wirte hatten Tische ins Freie gestellt, die Männer ließen die Bierflaschen laut aneinander knallen. Alles war wie üblich. Aber wenn man die Männer vor den Bars und die Kinder auf den Plätzen genauer beobachtete, fiel auf, dass sie manchmal wie verstohlen zum Himmel hinaufschauten. Pepe schnappte Gesprächsfetzen auf, und alle drehten sich um den Padrino.

„Der Padrino", sagten die Kinder, „der kommt vom Himmel. Er kann fliegen. Er hat einen Hubschrauber." Noch nie in seinem Leben hatte Pepe ein Flugzeug, geschweige denn einen Hubschrauber gesehen. Die Spannung der anderen übertrug sich auch auf ihn. Vorbei an den Wagen, die die Campesinos extra gewaschen und poliert hatten und die nun in der Sonne glänzten und glitzerten, vorbei an den Pferden in bunt geflochtenem Lederzeug und den Traktoren, auf denen ganze Familien im Sonntagsstaat thronten, mitten ins Gedränge hinein schob Manuel seinen kleinen Bruder, so arbeiteten sie sich zum Zentrum vor. Endlich! Auf der breiten Treppe vor der Kirche fanden sie erst Platz, als ein paar Freunde enger zusammenrückten.

Hier auf der Plaza sollte der Padrino landen. Vor Stunden schon hatte die Polizei damit begonnen, Verkehr und Fuhrwerke umzuleiten. Aber es dauerte noch bis in den späten Nachmittag hinein. Die Kinder waren die Ersten, die den kleinen schwarzen Punkt am Horizont erspähten. Aus dem leisen Brummen wurde ein Dröhnen, dann ohrenbetäubendes Lärmen, als das schwere Fluggerät über dem Platz schwebte. Jetzt senkte es sich herab und landete vor der Kirche. Da mussten die Männer ihre Hüte, die Frauen ihre Röcke festhalten, und die Kinder schützten die Augen vor dem aufgepeitschten Sand.

Dann sahen sie ihn, den Padrino: ein eleganter Mann, jünger als Pepes Vater. Er sprang aus dem Helikopter, duckte sich unter dem Propeller, hielt mit einer Hand seinen breiten, dunklen Hut und schritt rasch auf eine Gruppe von Männern zu, die ihn händeschüttelnd begrüßten, ihn in die Mitte nahmen und augenblicklich in einer der Bars verschwanden.

Wer von den Kindern einen Platz vorm Eingang der Bar ergattern konnte, drückte sich die Nase an den Scheiben platt. Auch Pepe wollte hinterher. „Lass das!“, sagte Manuel scharf. „Es reicht jetzt.“ Er zog Pepe aus dem Gewühl. „Was willst du bei den dummen Bengels und Gören?“ Pepe versuchte sich dem Griff des Bruders zu entwinden. „Willst du diesen Ganoven bestaunen, den Banditen, der uns vertrieben und bestohlen hat?“, zischte Manuel.

Pepe riss sich los. Er blickte in die hasserfüllten Augen seines Bruders. „Dieser Halunke! Dieser Verbrecher!“, schimpfte Manuel weiter. „Und das dumme Volk – es weiß nichts Besseres, als ihn anzugaffen. So viele hat er auf dem Gewissen. Jede Woche ein oder zwei Tote. Erschossen, auf die Straße geworfen, im Müll verscharrt.“

„Wirklich?“ Pepe blieb widerwillig stehen.

„Alle wissen Bescheid“, fuhr Manuel fort. „Sie wissen, wie der Padrino sein Geld macht: mit Drogen.“

Manuel ging weiter, und Pepe trottete hinter ihm her. Sie ließen die Neugierigen hinter sich und bogen in eine Seitenstraße ein. „Der Padrino ist der reichste Drogenhändler weit und breit“, erklärte Manuel. „Obwohl er ein vielfacher Mörder ist, hat er es verstanden, sich Freunde im Dorf zu machen. Seltsame Freundschaften sind das. Wer sein Freund nicht sein will, der lebt gefährlich.“ Die Straße lag menschenleer vor ihnen. Die Ladenbesitzer hatten ihre Bodegas geschlossen, um dem Schauspiel auf der Plaza beiwohnen zu können. „Jeder“, fuhr Manuel fort, „kann ein Stückchen von seinem Reichtum abbekommen. Vorausgesetzt, man stellt sich ihm nicht in den Weg. Er bezahlt gut. Am besten werden Politiker und Polizisten 'geschmiert'. Von ihm bekommen sie mehr, als sie beim Staat verdienen."

Manuel und Pepe näherten sich jetzt dem Haus des Onkels. „Die dummen Leute!", stöhnte Manuel. „'Haben wir nicht einen guten Padrino?', sagen sie. 'Spendet er nicht für die Gemeinde?' 'Finanziert er nicht den Kindergarten?' 'Hat er nicht die Tische, die Bänke und die Tafel für die Schule San José bezahlt?'" Manuels Stimme zitterte vor Wut. Bitter lachte er auf und sagte spöttisch: „So ist es. Jeder kann hingehen und ihm sein Leid klagen. Der Padrino ist ja so freundlich und hilfsbereit."

Nie zuvor hatte Pepe seinen Bruder so erregt gesehen. Das war an einem der letzten Wochenenden vor ihrem Aufbruch aus dem Dorf gewesen. So würde er Manuel in Erinnerung behalten: groß und stark, gescheit und verantwortungsbewusst. Pepes Herz zog sich zusammen, wenn er an Manuel dachte. Mit dem Geholper des Lastwagens wurde Pepes Kopf hin und her geworfen. Er fuhr mit dem Handrücken über die Augen. In der Scheibe des Fahrerhauses sah er, dass sich ein schmutziger Streifen aus Tränen und Staub auf seinem Gesicht gebildet hatte.

Sie hatten Manuel im Dorf zurückgelassen. Dort hatte er eine Arbeit gefunden, und der Onkel hatte versprochen, ihn vorläufig bei sich wohnen zu lassen. Beim Abschied hatte die Mutter ein vergilbtes Foto aus einem kleinen Packen von Papieren gezogen, die sie stets mit einem Stück Plastiktuch sorgfältig verschnürt hielt. Es zeigte Manuel im Alter von wenigen Monaten. Auf dem Bild sah die Mutter wie ein junges Mädchen aus, sie hielt Manuel im Arm und lachte. „Nimm", hatte sie gesagt, „das soll dich erinnern." Schnell hatte sie sich abgewandt und nur leise gemurmelt: „Qué la virgen te bendiga, die Jungfrau möge dich segnen."

Der Vater hatte in der Bank einen Teil des Geldes, das er beim Verkauf ihres Hauses und der Ländereien bekommen hatte, für Manuel hinterlegt. Er hatte seinem ältesten Sohn über den Kopf gestrichen. „Jetzt musst du selbst sehen, wie du zurechtkommst“, hatte er gesagt.

„In Bogotá“, hatte der Onkel beim Abschied gemeint, „teilen sie Grundstücke an die aus, die vom Land kommen.“ Für die Regierung, so erklärte er, sei es wichtig, dass sich die Zugezogenen dort ansiedelten, vor allem Familien mit Kindern würden bevorzugt. „In Santafé de Bogotá!“ – die Stimme des Onkels hatte ganz feierlich geklungen –, „dort findet ihr, was immer ihr wollt. Arbeit, Geld, Vergnügen. Ihr werdet es gut haben. Ein Haus werdet ihr bauen. Pepe wird zur Schule gehen und später studieren.“ Schon mancher Nachbar, des langweiligen Lebens im Dorf überdrüssig, sei aufgebrochen und habe sein Glück in der Stadt gemacht.

Beim letzten Händedruck hatte der Onkel dem Vater einen Zettel zugesteckt. „Hier hast du die Adresse von Don Jaime. Vor acht Jahren ist er nach Bogotá gegangen. Grüß ihn von mir. Er wird dir helfen.“

Der Weg erreichte jetzt eine leichte Höhe, und nun konnte Pepe weit in die Ferne schauen. Im Osten stießen die riesigen Weideflächen an den Horizont und wurden nur manchmal von kleinen düsteren Galeriewäldern unterbrochen. Die Sonne stieg höher, stand eine Zeit lang senkrecht über ihnen, dann senkte sie sich zu den Bergen im Westen herab, deren Umrisse jetzt scharf aus dem graublauen Geflimmer hervortraten.

Gegen Abend erreichten sie eine Ansiedlung von drei oder vier niedrigen Häusern und Stallungen, die inmitten weiter Baumwollpflanzungen lag. Ein handgeschriebenes Plakat, an einen Baumstamm genagelt, wies den Fahrer ihres Lastwagens darauf hin, dass es hier Benzin in Kanistern zu kaufen gebe. Die Hitze des Tages wollte nicht weichen. Ehe die Nacht ganz hereinbrach, breiteten sie Säcke und Decken unter der Pritsche des Wagens aus. Sollte es regnen, wären sie einigermaßen geschützt.

Beim Einschlafen drang Pepe das schrille Zirpen der Grillen ins Ohr. Es ist wie zu Hause, dachte er. Ein schwarzer Nachtvogel flog mit schwerem Flügelschlag über sie hinweg, und aus der Ferne drang das Geschrei eines wilden Tieres herüber. Pepe drehte sich zur Seite, er drückte sein Gesicht an den Rücken der Mutter.

Der Kopfgeist

Bei Tagesanbruch wachten sie auf. Am Horizont schob die Sonne ein paar Wolken zur Seite und gab den Blick auf einen Streifen graublauen Himmels frei. Überrascht stellte Pepe fest, dass sich viele Menschen, Männer, Frauen und Kinder, zwischen den wenigen Häusern und am Rand des Weges nahe der kleinen Siedlung eingefunden hatten. Wie der Vater in Erfahrung brachte, waren es wandernde Erntearbeiter, die die Baumwolle einholen sollten.

Bald fuhr ein Jeep vor. Ein Mann mit langem Schnurrbart und halbhohen Stiefeln stellte sich aufs Trittbrett und rief die Leute zusammen.

„Compadres, hierher, hierher!“

Die Leute stellten sich im Halbkreis um den Wagen auf.

„Hallo, Don Germán, endlich kommt Ihr!“, sagte einer aus der Schar. „Was hat Euch so lange in den Federn gehalten?“

„Der Schlaf“, antwortete der Befragte.

„Doña Clemencia wird's gewesen sein“, rief einer aus der Gruppe der Männer dazwischen. Die Leute lachten.

„Tranquilo, tranquilo“, entgegnete der Mann. „Beruhigt euch. Ich wollte euch nicht so früh aus dem Schlummer reißen. Die Arbeit läuft uns nicht davon. Ich brauche euch alle. Ihr könnt euch auf mindestens zehn Tage einrichten.“

Die Namen der Arbeiter notierte er sich. Dann schickte er sie in Gruppen auf die Felder und zwischen die in Reih und Glied stehenden grünen, mit weißen Flecken betupften Baumwollbüsche.

Als die letzten Arbeiter aufgebrochen waren, kam der Aufseher auf Pepes Vater zu: „Und ihr“, fragte er, „braucht ihr keine Arbeit?“

„Wir sind auf der Durchreise“, antwortete der Vater, „wir können uns hier nicht länger aufhalten.“

„Warum habt ihr solche Eile?“, entgegnete der Aufseher leichthin. „Weshalb diese Hektik? Hier“, fuhr er fort, „könnt ihr gutes Geld verdienen. Ihr, Chef, ihr könnt mir helfen, die Frau und der Kleine auch.“

Nach einigem Bedenken stimmten Pepes Vater und Mutter zu. Zu dritt reihten sie sich unter die Arbeiter.

Wie die anderen band sich auch Pepe einen Sack um, einen kleineren als die Erwachsenen. Damit lief er den Arbeitern hinterher, von Strauch zu Strauch. Er streifte die kleinen, weichen Wattebäusche von den Zweigen ab, warf sie in den Sack und musste sich beeilen, um Schritt zu halten. Die anderen Kinder, zu denen er immer wieder verstohlen hinschaute, arbeiteten flink wie Wiesel.

Ein heißer Tag kündigte sich an, Schatten spendeten die niedrigen Büsche kaum. Trotz der Hitze, die bereits am frühen Morgen schwer über den Feldern lastete, erzählten die Arbeiter munter und gutgelaunt ihre Geschichten, und dann und wann stimmte einer ein Lied an, das in Pepes Ohren schön und traurig klang. Eines der Lieder handelte von der verlorenen Heimat, einem alten Dorf, von vergangener Liebe.

Pepe erfuhr, dass die Landarbeiter jahraus, jahrein unterwegs waren, immer auf der Suche nach Arbeit. Nur selten blieben sie längere Zeit an ein und demselben Platz. Sie schliefen, wo immer sich ein Dach zu ihrem Schutz fand. Meist aber bauten sie ihre Behausungen selbst auf, indem sie Bäume fällten, Äste abschlugen und Blattwerk sammelten.

„Mein ganzes Leben“, sagte ein Mann zu Pepes Vater, „bin ich Arbeiter gewesen, Arbeiter und Katholik. Durch alle Winkel dieses Landes bin ich gekommen. Ich habe mich durch den Dschungel geschlagen und durch die Savanne. Über die Flüsse bin ich gefahren, und Maultiere habe ich getrieben. Alles Mögliche habe ich unternommen. Immer war ich auf der Suche nach einem besseren Auskommen. Verdammt viel habe ich ertragen müssen. Ich bin stolz auf mein Leben und meine fünf Kinder."

Die Kinder der Arbeiter waren unterwegs geboren worden. Irgendwann, irgendwie und für unbestimmte Zeit hatten sich ihre Väter und Mütter zusammengetan. So zogen sie umher, und zu Pepes Überraschung fanden die Kinder es ganz normal, ohne Schule aufzuwachsen.

Neugierig lauschte Pepe den Erzählungen der Arbeiter. Durch Gegenden waren sie gekommen, die er nicht einmal vom Hörensagen kannte, durch die Hochebenen der Kordilleren, die Täler der großen Flüsse, die Steppen und Urwälder, die zusammen mit dem Amazonas und seinen Zuströmen in die Urwälder anderer südamerikanischer Länder übergehen, ohne dass je ein Mensch sie durchstreift oder irgendjemand eine Grenze festgestellt hätte.

Einer der Männer sprach von der schweren Arbeit in den Kohlengruben oben auf der Savanne von Bogotá, ein anderer berichtete von den Zuckerrohrplantagen. „Dort, Freunde, geht es hoch her. Im Handumdrehen beißt dich ein giftiger Skorpion oder es schlüpft dir eine Schlange in die Hosen."

Die Männer und Frauen hatten das Leben von allen Seiten kennen gelernt. Einige waren zu den staatlichen Smaragdbergwerken auf die Hochsavanne gezogen, um die von den großen Maschinen zur Seite geschobenen Schutthalden noch einmal mit ihren Händen zu durchwühlen.

„Die Arbeiter hinter den Stacheldrähten", sagte einer der Männer, „werden beaufsichtigt wie die Geldwechsler einer Bank. Wer einen Smaragd auf die Seite schafft, ist ein toter Mann."

„Tag und Nacht", pflichtete ihm ein anderer bei, „laufen schwer bewaffnete Wächter mit Maschinengewehren im Anschlag herum."

„Für uns war es eine mühsame Arbeit“, sagte eine Frau. „Die wenigsten machen dort ihr Glück.“

„Höchstens die Händler aus der Stadt“, widersprach ihr eine andere. „Diese Schurken! Für einen Hungerlohn haben sie uns die schönsten Steine abgenommen.“

„Für ihre Gier sind sie dann aber auch bestraft worden. Sie haben sich gegenseitig bestohlen, ausgeraubt und umgebracht. Immer wieder kam es zu Streitigkeiten. Schnell griffen sie zur Waffe. Ich selbst habe gesehen, wie einer die Pistole zog und einen anderen erschoss, neben mir fiel er um, ein kleines Loch in der Stirn.“

Längst hatte Pepe zu pflücken aufgehört. Sein Blick hing am Mund der Erzähler.

„Los, träum nicht!“ Der Vater schubste ihn an. Pepe gab sich einen Ruck. Die Hitze machte das Atmen schwer. Durst meldete sich und auch Hunger. Endlich teilte der Aufseher lauwarmes Trinkwasser aus, dann gab es Reis und Bohnen mit Fleischstücken.

Am Spätnachmittag begannen sie mit dem Bau der Unterkünfte. Mit ihren scharfen Macheten rodeten die Männer Bambus ab. Die starken Rohre banden sie geschickt zusammen und breiteten darüber Lagen von Pappe aus. Auf den Boden schichteten sie Gestrüpp und Gras, über das Säcke und Decken ausgebreitet wurden.

Als die Dunkelheit hereinbrach, waren sie für die Nacht gerüstet. Pepe richtete es so ein, dass er neben einem größeren Jungen zu liegen kam. Der hieß Pablo und war mit seinen Eltern aus den Kohlengruben der Hochebene herunter ins ‘heiße Land’ gekommen.

„Das Schlimmste dort oben“, sagte er zu Pepe, „ist, dass dich der Kohlenstaub mit der Zeit in einen Neger verwandelt. Du wirst jeden Tag schwärzer. Der schwarze Ruß bedeckt dein Gesicht, deinen Körper, er dringt unter die Kleider und am Ende sogar in die Haut ein. Jeden Abend musst du dich waschen, eine Stunde lang oder mehr, es ist eine Tortur.

Vergisst du das, so bleibst du schwarz, für immer schwarz wie die Nacht."

Pepe lag müde auf dem Rücken.

„Wenn du nun ganz schwarz bist", sagte Pablo, „können dich die anderen nicht mehr sehen, du wirst unsichtbar, jedenfalls in der Dunkelheit. Keiner bemerkt, wohin du gehst, wo du dich aufhältst. Du wirst zu einem Teil der Nacht. Nur deine Augen leuchten aus dem Dunkeln."

„Und dann", fuhr Pablo fort, „dann geschieht etwas Unbegreifliches."

Pepe richtete den Oberkörper auf und starrte seinen Bettnachbarn, der sich nun seinerseits zum Schlafen hinlegte, fragend an.

„Jetzt verwandelst du dich in einen Geist, in einen Nachtgeist, genauer gesagt: in einen Kopfgeist."

Pablo machte eine kleine Pause, dann fragte er: „Was ein Kopfgeist ist, wirst du wohl wissen, oder? Ein Kopfgeist ist ein Geist, der keinen Körper hat. Er besteht lediglich aus zwei Augen. So schwebt er durch die Luft. Manchmal bleibt er an den Ästen eines Baumes hängen. Von dort oben schaut er auf die Menschen herab."

„Hast du noch nie einen Kopfgeist gesehen?", fragte Pablo nach einer Weile.

„Nein, nein", stammelte Pepe.

„Du machst die Augen nicht richtig auf", sagte Pablo streng. „Pass auf, heute oder morgen Nacht werde ich dir einen Kopfgeist zeigen. Du kannst dich an ihn heranschleichen, ihn sogar fangen."

Pepe wich ängstlich ein Stück zurück.

„Wenn du ihn erwischt hast, will er wieder freikommen, und er bittet dich ganz flehentlich ihn loszulassen. Er jammert und winselt und verspricht dir zu tun, was immer du willst. Jetzt hast du einen Wunsch frei. Du kannst um das bitten, was du dir erträumst, um alles auf der Welt."

Pepe zog die Decke hoch und vergrub sein Gesicht. Nein, er wollte keinen Kopfgeist sehen, noch viel weniger wollte er einen fangen.

Als er einschlief, fiel er in einen Traum – er hielt einen kleinen, runden Kopfgeist in seinen Händen. Der war so groß wie eine Kalebasse, und er blickte ihn mit freundlich funkelnden Augen an.

„Etwas wünsche ich mir so sehr“, sagte Pepe zu ihm, „ich will zurück, ich will wieder auf unserer Finca leben, zusammen mit Manuel. Bitte, lass mich dort sein und mit Hector spielen.“

Die Geburt

Mit der Zeit ging die Arbeit Pepe leichter von der Hand. Der Mutter hingegen schien es immer schwerer zu fallen, im Tempo der Arbeiter mitzuhalten. Eines Tages ging sie in der Mittagshitze plötzlich vom Feld, um sich in den Schatten zu setzen. Pepe schaute ihr nach. Ihm fiel auf, dass sie mühsamer lief als sonst, gebeugt wie unter einer Last.

Stunden später war sie noch immer nicht zurück. Pepe wunderte sich. Schließlich wurde auch der Vater unruhig.

„Lauf!", sagte er. „Schau, was los ist."

Pepe rannte, dass die Schollen unter seinen Füßen zerstoben. Am Ende des Feldes kam der Trampelpfad; dann bog er um eine Wegkrümmung. Ein Hund kam ihm kläffend entgegen. Jetzt erreichte er die Siedlung, dann die Hütten.

Im Dämmerlicht sah er die Mutter. Sie lag auf einer niedrigen Pritsche. Ihr Atem ging schwer, das Gesicht war gerötet. Pepe erschrak; langsam trat er näher. Auf ihrer Stirn standen Schweißperlen. Mit Wasser aus der Trinkflasche feuchtete er einen Fetzen Stoff und kühlte ihr Gesicht.

„Mein Junge", sagte die Mutter, „es ist nichts Schlimmes. Lauf zurück, und hol schnell zwei Frauen vom Feld. Sie wissen schon Bescheid."

Wenige Minuten später waren die Frauen und der Vater zur Stelle. Sie betteten die Mutter weich und stützten ihren Rücken mit Säcken voller Baumwolle. Von draußen hörte Pepe ihr schweres Atmen. Von Zeit zu Zeit schien ihr die Luft auszugehen. Manchmal weinte sie. Der Vater sprach mit ruhiger Stimme.

Eine Frau schaute heraus und sagte zu Pepe: „Zünde ein Feuer an, Junge. Beeile dich!"

Pepe erschrak, als die Mutter laut aufschrie.

Die beiden Frauen kamen heraus.

„Weit und breit", sagte die eine, „gibt es keinen Arzt."

„Gott ist gnädig", sagte die andere.

„Die heilige Anna hilft, und die Mittel des Indios Tabatinga sind gut", fuhr die erste fort.

Sie faltete ein Bananenblatt auseinander. Von dem, was zum Vorschein kam, nahm sie ein kleines Stückchen Holz und ein paar getrocknete Blätter, roch daran, zerrieb sie und warf sie ins kochende Wasser. Dann wählte sie etwas aus, das Pepe wie der Knochen eines Vogels erschien. Sie zerbrach es in Stücke und warf es in den Kessel. Schließlich fasste sie mit zwei Fingerspitzen ein Büschel kurzer krauser Haare und rührte auch sie in den kochenden Sud hinein, während sie einen monotonen Singsang anstimmte.

„Du kannst sie jetzt segnen", drängte die andere Frau. Daraufhin verschwanden die beiden in der Hütte.

Still war es. Als sie nach geraumer Zeit wieder herauskamen, setzten sie ihr Gespräch fort: „Das Leben ist nicht leicht", meinte die eine.

„Und zu viel arbeiten", ergänzte die andere, „ist schlecht fürs Kinderkriegen."

„Du hast Recht."

„Meine Großmutter", fuhr die erste Frau fort, „ist im Kindbett gestorben. Sie hat schon als Kind viel arbeiten müssen."

„Zu viele Kinder – das ist auch nicht gut", sagte die zweite Frau.

„Meine Großmutter", erinnerte sich die erste Frau, „hat geheiratet und elf Kinder bekommen, sechs blieben am Leben, fünf starben. Das letzte Kind war mein Vater. Es ging ihr sehr schlecht. Sie wussten nicht, was sie tun sollten. Da gingen sie zu meinem Großvater und fragten: 'Was sollen wir machen? Retten wir die Frau oder das Kind?' Mein Großvater hat lange nachgedacht, dann hat er gesagt: 'Das Kind! Das hat das Leben noch vor sich.' So ist mein Vater auf die Welt gekommen, und meine Großmutter ist gestorben. Der Großvater hat wieder geheiratet, aber er hat sich – wegen meines Vaters – immer an seine erste Frau erinnert."

Pepe schaute zu den goldenen Rändern über den dunklen Schatten des Gebüschs hinüber, die die nahende Nacht ankündigten. Vom Feld kamen die Arbeiter zurück. Die Frauen standen zusammen. Man hörte sie leise über diese und andere schwere Geburten sprechen. Die Männer hielten sich abseits und rauchten.

Plötzlich schreckte Pepe hoch. Ein Schrei der Mutter gellte weit hinaus. Im schwachen Licht der Laterne sah er die Gestalten der beiden Frauen, die sich geschäftig hin und her bewegten. Der Vater stand hinter der liegenden Mutter. Ihr dicker Leib ragte auf wie ein runder Ballon.

Pepe ging in die Hütte hinein. Es roch schlecht. Er hielt den Atem an.

„Deine Mutter", sagte der Vater, „bekommt ein Kind."

„Ich weiß", sagte Pepe.

„Das sind die Wehen", fuhr der Vater fort, „das ist normal."

Auf dem Teppich zwischen ihren Beinen glänzte eine dunkle Lache. Pepe sah das verklebte Gesicht der Mutter. Sie atmete kurz, schien dem Ersticken nahe, die Beine hatte sie an den Leib gezogen.

„Es ist auch normal, wenn sie schreit", sagte der Vater. „Das Kind muss heraus."

„Ach so", sagte Pepe.

Die beiden Frauen traten ganz nahe zur Mutter hin. Mit Wucht pressten sie auf ihren Bauch. Der Vater kühlte mit Wasser ihr geschwollenes Gesicht und die Arme. Manchmal ergriff er ihre Hand und streichelte sie. Die Wehen kamen in kurzen Abständen, die Mutter schien ohne Kraft. Pepe kauerte neben ihr am Boden. In einem Augenblick der Ruhe ließ sie ihre Hand hinuntergleiten und berührte seinen Kopf.

„Du hast es bald geschafft“, sagte der Vater.

Beim nächsten Anlauf der Wehen bäumte sich die Mutter auf. Eine der Frauen kniete auf ihrem Leib.

„Geh!“, sagte die andere Frau. Sie schob Pepe in die Nacht hinaus. „Die meisten Kinder“, meinte sie noch, „strecken zuerst den Kopf heraus. Wenn sie anders herum kommen, wird es schwieriger. Das ist nichts für dich. Raus jetzt!“

Einige Zeit später rief die Frau: „Es ist ein Mädchen!“

Pepe drängte hinein. Der Vater hielt den Eimer mit dampfendem Wasser. Eine der Frauen hatte das Kind an den Beinchen gepackt, der Kopf hing nach unten. Sie schlug dem Kleinen auf Rücken und Po.

Zum ersten Mal in seinem Leben hörte Pepe das klagende Geschrei eines Neugeborenen. Es klang ein bisschen entrüstet.

„Na, wie gefällt es dir?“, fragte die Frau. Auf ihren großen Händen lag das kleine blutige Bündel, zappelnd, schreiend. Sie massierte es mit einem Tuch. Die andere Frau gab dem Vater einen anerkennenden Klaps.

Als sie hinausgingen, kamen die Arbeiter näher. Es war jetzt ganz dunkel. Sie hatten ein paar Fackeln aufgesteckt. Das Licht fiel auf das Kind.

„Da, nehmt es“, sagte die Frau. „Es ist ein schönes Mädchen.“

Marihuana

Als sie sich von den Wanderarbeitern trennten, fiel Pepe der Abschied schwer. Zu Fuß zogen sie weiter. Es kamen schweigsame Tage. Meist lief der Vater ein Stück voraus. Die Mutter trug den Säugling in einem Tuch, das auf der Brust zusammengebunden war. Eva María sollte das Mädchen heißen, später einmal würden sie es taufen lassen.

Manchmal nahm sie einer mit. Dann kauerten sie für ein paar Stunden auf der Pritsche eines Lastwagens oder auf dem Anhänger eines Traktors. Erreichten sie eine Siedlung, blieben sie nur kurz. Der Vater half da und dort aus. Oft schliefen sie im Schutz von Hütten, deren Dächer etwas vorsprangen. Wenn die Mutter den Säugling an die Brust legte, kamen die Kinder herbei und schauten zu.

Ihre wenigen verbliebenen Habseligkeiten fanden Platz in dem Sack, den der Vater geschultert trug, auch Pepe hatte ein Bündel auf den Rücken gebunden. Manchmal zogen Reiter an ihnen vorbei. Manche schauten nur auf sie herab, andere tippten mit dem Finger an den Hut.

Eines Tages holte sie einer ein, der einen Esel an kurzer Leine führte. Die Lasten hingen von dessen Rücken bis auf den Boden herab. Ein paar Stunden liefen sie schweigend hintereinander her. Dann entschieden sie, sich zusammenzutun und gemeinsam ein Nachtlager zu suchen.

In einer Siedlung fanden sie eine Hütte mit einem Schild, auf dem mit großen bunten Buchstaben stand: „Residencias Nuevos Horizontes“. Die Bettgestelle waren aus rohem Holz gezimmert. Sie waren die einzigen Gäste. Das Wasser für die Dusche kam aus einem Kübel, der auf dem flachen Dach stand. Die Mutter erhitzte es in einem Blechkanister, der oben aufgeschnitten war. Pepe schöpfte das lauwarme Wasser mit seiner Hand und ließ es über die Arme, den Rücken und das Köpfchen des Mädchens herablaufen, bis es prustete.

Im Schein der Kerze sah Pepe, wie der weiße Schleier über seinem Bett sanft hin und her wehte. Er würde Fliegen, Insekten und blutsaugende Fledermäuse abhalten. Das dünne Laken am Fußende brauchte er nicht. Die Wärme der Nacht legte sich wie eine sanfte Decke über ihn. Er drehte sich zur Seite und lauschte.

Don Carlos hieß der neue Begleiter. Er stammte aus einer der Provinzhauptstädte. Früher hatte er sein Geld in den Kaffeeplantagen verdient. Aber eines Tages hatte sein Patron die Kaffeebüsche herausreißen lassen und stattdessen Marihuana angebaut.

„Was kann man heute noch mit Kaffee verdienen?", seufzte Don Carlos. „Nichts! Und mit Marihuana? Auch fast nichts. Obendrein gehst du mit dem Anbau von 'Gras' ein großes Risiko ein."

Ein Streichholz flammte auf, und Pepe sah das tiefgefurchte Gesicht des Mannes, der an einer kurzen Pfeife sog. „Das Rauschgift", sagte er, „ruiniert uns. Aber Gott ist groß. Zuerst hat er uns den Kaffee gegeben; dann hat er uns Marihuana gegeben; dann hat er uns die Koka gegeben. Und jetzt gibt er uns das Heroin. Er wird uns auch in Zukunft nicht verhungern lassen."

Von seinen eigenen Geschäften sprach Don Carlos nur in vagen Andeutungen. „Am Rio Guaviare war das", sagte er zu Pepes Vater, „im Indianerland, wo die Indios und die Kolonisten mit den Missionaren gut zusammenarbeiten." Don Carlos lachte. „Die frommen Herren wollen die Indianer zum Christentum bekehren. Sie dringen in den Urwald ein, schlagen Schneisen und legen Graspisten an, damit ihre kleinen

Flugzeuge landen können. Außer den Missionaren kommen höchstens noch ein paar Händler mit ihren Kanus über die Flüsse dorthin, Händlern und Missionaren folgen dann die Kolonisten."

Wegen irgendwelcher 'Probleme' mit der Polizei hatte sich Don Carlos unter die Siedler gemischt und sich in den unwegsamen Gebieten der Amazonaszuflüsse versteckt. Nahe einer Indianersiedlung hatte er zuerst Marihuana, später Koka angebaut.

„Unsere Kokaküche", erzählte er, „lag am Rand des Waldes – genau dort, wo die Savanne in den Urwald übergeht. Die Wipfel der Bäume überragten die Bretterbuden, und die Dächer waren grün angemalt. Niemand, so glaubten wir, konnte ahnen, was sich darunter verbarg. Wie haben wir uns getäuscht! Wir waren gut eingerichtet, hatten Radios, ein Sprechfunkgerät. Indianer gab es genug, die für wenig Geld beim Ernten halfen. Obendrein stellten sie ihr eigenes Land für den Kokaanbau zur Verfügung. Wir produzierten so viel, dass wir eine eigene Flugpiste anlegen und einen Piloten beschäftigen konnten.

Zwischen den Hütten hatten wir Bretter verlegt. So bekamen wir auch in der Regenzeit keine nassen Füße. Zu der Zeit hatte ich eine Indianerin vom Stamm der Guahibo bei mir. Ein junges, hübsches Mädchen, anschmiegsam wie eine Katze. Karg war das Leben also nicht. Allerdings kochte sie scheußlich."

Pepe sah, wie der Tabak in Don Carlos' Pfeife aufglimmte. „Alle drei, vier Wochen", fuhr er fort, „kam ein Flugzeug. Ihr hättet den Piloten landen sehen sollen! Er war ein richtiger Akrobat. Die Maschine hielt er haarscharf über den Baumkronen. Dann drückte er sie herunter und bremste auf der kurzen holprigen Piste scharf ab. Wir hielten jedesmal den Atem an, wenn wir ihm zuschauten. Die Kokapaste, die wir gekocht hatten, nahm er mit, und er ließ uns Dosen mit Fleisch und Gemüse, Reis und Obst und genügend Schnaps da."

Eine Zeit lang blieb es still. Wie eine Wand stand draußen das Zirpen der Grillen, und manchmal hörte Pepe, wie nebenan der Esel mit den Hufen scharrte.

„Lange Zeit", berichtete Don Carlos weiter, „hatten wir keine Probleme. Bis eines Tages die Hubschrauber über unserem Lager auftauchten. Am nächsten Tag kamen sie wieder. Wir waren nervös und beobachteten sie. Die Wachposten wurden verstärkt. Jeder von uns kam einmal an die Reihe, rund um die Uhr. Nach einiger Zeit beruhigten wir uns. Schon begannen wir die Gefahr zu vergessen, da kamen sie."

Don Carlos legte eine längere Pause ein. Er stocherte in seiner Pfeife herum, stopfte weiteren Tabak hinein. Der Säugling weinte ein bißchen wie im Schlaf. Die Mutter klopfte ihm sanft auf den Po.

„Ich schob gerade Wache", sagte Don Carlos plötzlich in die Stille hinein. „Heute weiß ich: Das hat mein Leben gerettet. Auf einmal sah ich sie vor mir, zum Greifen nahe. Lautlos arbeiteten sie sich durchs Unterholz. Uniformierte, Gringosoldaten, auch einige Kolumbianer. Ich war wie erstarrt. Maschinenpistolen trugen sie. Ich duckte mich und sah, wie sie das Lager umstellten. Zu spät, ich konnte die anderen nicht mehr warnen. Hätte ich mich gerührt, wäre ich erschossen worden.

Mit lautem Gebrüll fielen sie über unsere Hütten her und schossen aus allen Rohren. Vier von meinen Kameraden waren sofort tot, die anderen wurden abgeführt. Die sitzen noch heute im Gefängnis, und wer weiß, ob sie jemals wieder auf freien Fuß kommen."

Don Carlos schwieg. Die Grillen waren plötzlich verstummt, lastende Stille. Nach geraumer Zeit fuhr der Mann fort: „Aus den Hütten schlugen die Flammen hoch. Das Krachen und Bersten drang bis in mein Versteck. Ich zitterte, obwohl ich die Arme an den Leib presste. Fieberschauer schüttelten mich, ich hatte Todesangst.

Nach einer Weile nahm ich allen Mut zusammen, warf mein Gewehr weg und rannte in den Wald hinein. Keuchend und kraftlos ließ ich mich irgendwo zwischen ein paar Baumwurzeln fallen und presste das Gesicht auf die Erde. Später bin ich auf einen Baum geklettert, und dort oben, in einer Astgabel hängend, habe ich die Nacht verbracht, mehr zitternd als schlafend."

Am nächsten Tag", fuhr Don Carlos fort, „schlich ich zum Lager zurück. Ich war mir nicht sicher, ob sie mich vermissten und womöglich einen Posten zurückgelassen hatten. Also arbeitete ich mich vorsichtig und leise voran, Meter um Meter. Das Lager war ruhig, ausgestorben, tot. Sie hatten alles eingeäschert, die Toten verbrannt. Ich sah verkohlte Gerippe, verbranntes Fleisch, Kleiderfetzen, schwarze, bis zur Unkenntlichkeit entstellte Schädel. Meine Indianerin fand ich auch, sie lag, halb zugedeckt von anderen schwarzen Kadavern, zwischen den zusammengestürzten, verkohlten Balken einer Hütte."

Pepe lief eine Gänsehaut über den Rücken.

„Ich sage euch" – die Stimme des Mannes war ganz leise –, „das hat mich hart getroffen. Gut, sie war bloß eine Indianerin, und ich will nicht behaupten, dass ein Indioleben viel wert ist. Aber wir hatten gut miteinander gelebt und viel Spaß zusammen gehabt."

Pepe legte sich um und zog die Beine an den Körper. Als er am Morgen aufwachte, war Don Carlos bereits aufgebrochen.

Die Milch der Gottesmutter

Beim Laufen starrte er vor sich auf den Boden: brauner Sand, graue und schwarze Steine, der staubig grüne Rand des Weges. Längst hatte er aufgehört, die Tage und Wochen zu zählen. Irgendwann endete der Schotter. Asphalt kündete die nahe Stadt an. Der Verkehr wurde dichter. Sie konnten ein Fuhrwerk besteigen.

In der Provinzhauptstadt hielten sie sich nicht auf, sondern nahmen einen Bus. Pepe saß am Fenster. Der Bus hielt unterwegs so oft an, bis für weitere Passagiere, Säcke und Schachteln wirklich kein Platz mehr war.

Die Straße stieg langsam, dann steiler an. Zusehends veränderte sich die Landschaft, wurde dunkelgrün, Hecken und Bäume säumten die Straßen. Die Täler, die sich dann und wann seitlich auftaten, waren mit dichtem Wald bewachsen. Baumhohe dunkelgrüne Bananenstauden drängten bis an den Rand der Straße, ihre rotbraunen Fruchtstände hingen schwer herab.

Manchmal entdeckte Pepe einen Wasserfall - hoch oben brach er aus steiler Bergwand, fiel in die Tiefe, schäumte weiß auf und bildete unten einen kleinen Wasserkessel, über den die Gischt hinausflog und die umliegenden Büsche befeuchtete. Aus dem schweren Grün der Pflanzen leuchteten zarte Trompetenblüten in Weiß, Blau und Rosa hervor. Oft strömte das Wasser über die Fahrbahn; manchmal schoss es dahin, untergrub den Asphalt und riss tiefe Löcher hinein. Wenn der Bus durch die Lachen hindurchfuhr, spritzte das Wasser so hoch auf, dass es ans Fenster klatschte, durch das Pepe hinausspähte.

Stunde um Stunde schraubte sich die Straße in enger werdenden Serpentinen höher. In den Kurven heulte der Motor laut auf. Mitten in einem Ort hielten sie an und parkten neben zahlreichen anderen Bussen. Sofort wurden sie eingekreist von Händlern – Männern, Frauen und Kindern –, die schreiend ihre Waren anboten. Auf großen Holztellern trugen sie Gebäck und Zuckerwerk, gebratene Würste und Fleischstücke, kleine Brote aus Mais- oder Yuccamehl und buntes Eis am Stiel, das die Verkäufer selbst hergestellt hatten.

Die Mutter ließ gekochte Feigen auf einem Stück Papier hereinreichen. Aus den braunen Früchten quoll eine braune Karamellmasse hervor. Für Pepe kaufte sie ein weißes Stück Cuajada-Käse. Es lag auf einem Bananenblatt und war mit goldener Zuckermelasse übergossen. Pepe biss hinein, und die weiche, süße Masse überzog seine Backen und machte seine Hände klebrig.

„Weißt du eigentlich", fragte die Mutter, während sie Eva María ein Stückchen Käse in den Mund schob, „was Cuajada ist?" Pepe hatte keine Ahnung. „Cuajada", sagte sie, „ist die geronnene Milch der Jungfrau Maria."

Pepe befühlte die zarte weiße Masse mit der Spitze seiner Zunge. Ungläubig schaute er die Mutter an.

„Das kam so", erklärte sie, „el Niño Dios, das göttliche Kind, war auf der Flucht. Der König Herodes wollte alle Kinder von Bethlehem töten. Da zogen Joseph und die Jungfrau Maria nach Ägypten. Unterwegs hatte das Jesuskind großen Hunger, aber die Virgen María konnte dem Kind nichts geben – außer ihrer eigenen Milch. Sie ließ die Milch zu Cuajada gerinnen. Und Joseph hat die Cuajada mit Honig übergossen. Rate, woher er den Honig bekommen hat? Den haben ihm die wilden Bienen geschenkt."

„Santafé, Santafé, Santafé de Bogotá", summte Pepe leise vor sich hin – eine verheißungsvolle Melodie. Und dann sagte er laut: „Wie lange dauert es noch, bis wir ankommen?"

„Geduld!", tröstete ihn der Vater. „Es sind nur noch wenige Stunden."

Immer kühler wurde es. Pepe zog fröstelnd die Knie an den Körper. Seine Kleidung war viel zu dünn für die Kälte, die mit steigender Höhe zunahm. Dicke Wolken hingen in den Bergen und kamen näher, immer näher, schließlich stießen sie mitten in den weißen Dunst hinein. Im Nu senkte sich grauer Nebel über die Landschaft. Nur noch schemenhaft sah Pepe zur Linken die Schlucht, Bäume, Büsche und selten die entfernten Silhouetten einiger niedriger Fincas mit tief herabgezogenen Dächern, die sich zwischen Hügel duckten und an Berghänge anschmiegten.

Nun begann es zu regnen. Der Busfahrer schaltete Scheibenwischer und Scheinwerfer ein. Pepe drückte die Nase an die Scheibe. Manchmal sah er vermummte Gestalten im Nebel vorbeihuschen, Bergbauern, die kleine Pferde vor sich hertrieben. Bäume gab es jetzt keine mehr, nur noch Buschwerk. Die Pflöcke, die die Bauern zur Abzäunung der Weiden in die Erde gerammt hatten, waren mit dickem Moos überzogen. Schließlich wich das niedrige Buschwerk dornigem Gestrüpp, dazwischen ragten Felsen heraus. Die Nacht brach schnell herein.

„Die Ohren sind mir zugefallen", sagte Pepe.

„Halte die Nase zu", riet die Mutter, „und dann zwei-, dreimal schlucken! Siehst du, so wird's besser."

Sie erreichten die Höhe der Kordillere. Nun ging es nurmehr abwärts, Kurve um Kurve; manche waren so eng, dass der Fahrer den Bus fast zum Stehen bringen musste. Plötzlich riss der Nebel auf, und eine Schlucht gab den ersten Blick auf die Hauptstadt frei. Pepe sah ferne flimmernde Lichter, ein unendlicher Teppich aus Lichtfunken – ein grandioses Schauspiel.

Mit aufgerissenen Augen starrte Pepe hinaus: Santafé de Bogotá! Der Himmel über der Stadt leuchtete in mattem Rosa. Ein Meer von Lichtern, aus dem sich die Straßen als parallele und sich kreuzende Lichtbahnen hervorhoben, reichte von einem Ende der Hochebene zum anderen. Die Ränder der Savanne, schwarze Berge, bildeten einen riesigen Landschaftskessel.

Als sie näher kamen, unterschied Pepe gelbe, rote, weiße Lichterflecken. Die Straße wurde belebter, der Bus musste sich zwischen Autos, Fuhrwerken, Karren hindurchdrängen. Der Fahrer hupte, bis die Menschen auseinander stoben.

Vor Bergen von Sand und aufgerissenen, mit Wasser angefüllten Löchern mitten auf der Straße mussten sie anhalten. Wenn der Bus die Hindernisse überwand, neigte er sich manchmal so tief zur Seite, dass Pepe befürchtete, das Fahrzeug werde umkippen. Dann plötzlich öffneten sich breite, hell erleuchtete Alleen. Sie tauchten in die Stadt ein.

Die Stadt, ein Wunder

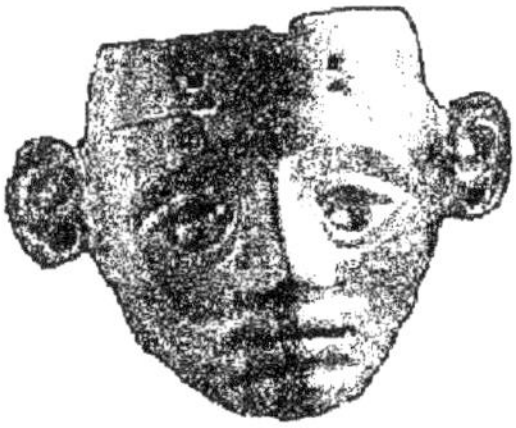

Pepe konnte jetzt in die Schaufenster der großen Warenhäuser hineinschauen. Er sah riesige Plakate, Reklamen, in denen bunte Leuchtkörper spielten, davor Menschen, die hin und her eilten. Das pulsierende Leben erregte Pepe, die rasenden Autos erschreckten ihn. Wenn die nebeneinanderher fahrenden Busse sich so nahe kamen, dass sie aneinander zu streifen drohten, rückte Pepe vom Fenster ab.

Die Stadt war wie ein Rausch, ein Wunder. Später würde Pepe sich immer wieder an diesen ersten Eindruck zurückerinnern, und in besonderen Augenblicken würde sich die erste Erregung wieder und wieder entzünden. Der Vater rüttelte Pepe aus dem Schauen und Staunen auf:

„Los“, sagte er, „wir müssen aussteigen.“

Die Mutter band das Tuch fest, in dem sie das Mädchen trug, der Vater und Pepe packten die Säcke. Von den Bewegungen des Busses wurden sie noch ein paarmal hin und her geworfen, dann drängten sie zur Tür hinaus.

Plötzlich draußen, der Boden schien unter ihren Füßen zu wanken. Um sie herum pulsierte das Leben. Der Vater schob Pepe vor sich her. Sie mussten einen anderen Bus besteigen, der sie ins Stadtzentrum brachte.

Später kramte der Vater im Schein einer Leuchtreklame einen Zettel aus der Tasche. Er hob ihn ans Licht und suchte die Adresse, die ihm der Onkel beim Abschied zugesteckt hatte. Er murmelte irgendetwas vor sich hin, dann rief er: „Komm, Pepe, lies du!“

An der nächsten Ecke versuchten sie die Bezeichnungen der Straßen zu entziffern. „Alle Straßen“, sagte die Mutter, „haben Nummern, so kann man sich orientieren.“

Vom Ziel, der Wohnung des Dorfgenossen Don Jaime, waren sie noch ziemlich weit entfernt. „Gehen wir los“, sagte der Vater.

Auch andere Leute hatten Lasten geschultert. Mit ihren Gepäcksäcken, stellte Pepe fest, würden sie nicht auffallen. Aber die meisten Männer trugen Anzüge, viele hatten Krawatten umgebunden. Pepes Blick blieb am zerschlissenen Tuch hängen, das der Vater über die Schultern geworfen hatte, und er bemerkte auf einmal, wie schmutzig der Umhang der Mutter war. Sie waren Fremde hier.

Sie liefen wie gehetzt. Schaufenster, Verkehrsgedröhn, scheppernde, kreischende Musik aus Lautsprechern, Zurufe von Verkäufern – jede Sekunde ein neues Bild. Pepe atmete mit offenem Mund. Die Luft war dünn, sie roch nach Abgasen. Pepe wurden die Füße schwer.

Von der breiten Straße bogen sie ab und mussten sich zwischen Verkaufsständen hindurchdrängen, die dicht an dicht standen. Der Vater versicherte sich immer wieder, dass Pepe und die Mutter Schritt hielten. Endlich öffnete sich die Straße zu einem weiten Platz, der Plaza Bolivar. Die beleuchteten Fassaden großer Paläste hoben sich gegen den schwarzen Himmel ab. Sie säumten die Plaza von drei Seiten, auf der vierten erhob sich eine Kirche, mächtig und mit hohen Türmen.

Je weiter sie gingen, umso dunkler wurde die Nacht; denn Laternen gab es kaum mehr. Die Straße stieg steil an. Die Häuser sahen jetzt viel schäbiger aus und rückten in der Dunkelheit näher zusammen. Pepe spürte die feuchte Kühle der Nacht auf der schweißnassen Haut. Keine Autos fuhren hier, nur wenige Menschen sah man.

Der Vater ging auf einen Mann zu, er wollte ihn nach der Adresse fragen. Aber der Angesprochene kehrte ihm den Rücken und verschwand rasch in irgendeinem Hauseingang.

Von ferne dröhnte sanft der Verkehr der Stadt herauf. Sie hatten Mühe, im Schein der vereinzelten Laternen die Nummern der Straßen und Häuser zu entziffern.

Pepe keuchte. Niemals, dachte er, niemals werden wir ankommen.

Da endlich - das gesuchte Haus. Mit zitternden Händen strich der Vater den Zettel auseinander, um sich noch einmal zu vergewissern.

Ausgeraubt

Dunkel und abweisend ragte die Hauswand empor. Sie pochten an das große Tor, leise, dann lauter. Schließlich schlug der Vater mit der Faust dagegen. Das schwere Holz schluckte die Schläge. Stille. Niemand antwortete, nichts rührte sich. Schwarz gähnten die hohen Fensteröffnungen von oben herab, feindselig.

Pepes Herz klopfte. Aber drinnen blieb es still. Die Mutter rief zu den Fenstern hinauf. Keine Antwort. Das Mädchen wurde unruhig, es quäkte und ruderte mit den Ärmchen. Erneutes Klopfen, Poltern, Rufen.

„Es ist zwecklos“, sagte der Vater nach einer Weile.

Pepe sank auf sein Gepäckbündel. Eine Zeit lang saß er, an die Hauswand gelehnt, und kämpfte mit dem Schlaf. Der Vater breitete seinen Gepäcksack auf dem Boden aus und ließ die Mutter Platz nehmen. Sie band das Tragetuch los, öffnete ihren weiten Umhang und ließ Eva María an der Brust trinken. Der Vater ging noch ein paarmal auf und ab, schlug – ohne Hoffnung – erneut gegen das Tor. Dann kauerte auch er sich an die Mauer. Pepe wehrte sich nicht mehr gegen die Müdigkeit.

Da – was war das? Pepe war hochgeschreckt. Er musste wohl eingeschlafen sein, jetzt war er hellwach. Wo war er eigentlich? Der Morgen graute. Steif waren Beine und Arme, wie gefroren. Fremde Straßen, fremde Häuser, vorbeihastende Menschen, sie machten um ihn, um die Mutter mit der Kleinen und um den Vater herum einen Bogen.

Jetzt dämmerte die Erinnerung. Sie waren ja angekommen, in der Hauptstadt waren sie, in Bogotá. Bei diesem Gedanken durchfuhr es Pepe wie ein Blitz, seine Hand schnellte vor, griff zu, das Bündel mit ihren Habseligkeiten. Er bekam es zu fassen, dünn war es, entsetzlich dünn, schlaff. Er griff noch einmal zu, fester, packte es, seine Fingernägel krallten sich hinein. Er durchwühlte den Stoff: Nichts! Alles weg! Angst. Entsetzen. Die Hülle - leer, nichts mehr war da - ausgeraubt!

„Vater, Vater!“ Er rüttelte den Schlafenden, dann auch die Mutter: „Wacht doch endlich auf!“ Hingesunken lag sie da, das Kind, in die Decke gewickelt, ein kleines, dickes Paket in ihrem Arm.

Vater und Mutter sprangen auf. Das Tuch, dann die Säcke breiteten sie hastig auseinander. Kein Zweifel - alles Gepäck war verschwunden. Der Tragesack, auf den die Mutter ihren Kopf gebettet hatte, war aufgeschnitten. Ihre Habseligkeiten waren gestohlen, alles weg, sie hatten nichts bemerkt.

Die Mutter war bleich wie der Tod, der Vater lief hin und her. Der Säugling schrie, und Pepe ballte die Fäuste.

„Verdammt!“ Was nur, dachte er, hätte uns passieren können in der Nacht, als wir schliefen? Sie hätten uns töten können.

Die Mutter lief ein Stück die Straße hinunter, ein Stück hinauf, fassungslos, dem Weinen nahe. Womöglich hatte sich der Dieb von der Wertlosigkeit ihrer Habseligkeiten überzeugt und die Gegenstände weggeworfen? Die Hoffnung zerstob. Dem Vater stand die Wut im Gesicht. Pepe war es, als blickten die Leute belustigt und schadenfroh auf sie herab. Keiner zeigte Anteilnahme.

Jetzt schlugen sie wieder gegen das Tor, noch einmal, verzweifelt, immer fester. In seinem Zorn trat Pepe gegen das schwere Holz, bis der Fuß schmerzte. Laut riefen sie hinauf.

„Da - hört ihr nicht? Haltet doch einmal still!“

Von innen näherten sich Schritte, sie vernahmen eine Frauenstimme: „A ver? Was gibt's?“

„Endlich!“, stöhnte Pepe.

Der Vater erklärte, dass er Don Jaime zu sprechen wünsche. Durch die geschlossene Tür hindurch sagte er, dass er aus

Don Jaimes Heimatort, aus San Mateo, stamme, gerade seien sie hier angekommen.

Keine Antwort. Die Schritte entfernten sich. Was nun?

Nach geraumer Zeit ließ sich eine Männerstimme vernehmen. Noch einmal wurden dieselben Fragen gestellt, dieselben Erläuterungen gegeben. Jetzt hörten sie, wie zwei Schlösser umständlich geöffnet wurden. Ein schwerer Riegel knirschte. Langsam öffnete sich die Tür, aber nur einen Spalt breit. Das argwöhnische Gesicht eines älteren Mannes erschien.

„Moment!“ Er ließ sie keineswegs ein. Statt dessen fragte er, zum Vater gewandt, noch einmal misstrauisch: „Ihr kommt also aus San Mateo und seid von meinem alten Nachbarn Don Joaquín geschickt worden?“

„Ja“, bekräftige der Vater, „und ich bin ein Sohn von Doña Isabel und Don Jorge. Die werdet Ihr doch kennen.“

„Natürlich, natürlich“, versicherte der Mann. Langsam zeigte er sich etwas zugänglicher.

Der Vater schob, um das aufkeimende Vertrauen des Alten zu festigen, weitere Informationen nach.

„Padre Hernán, der Pfarrer von San Mateo“, sagte er, „hat uns getraut. Hier, das ist meine Frau María. Und der Pater hat auch meinen Sohn getauft. Da steht er: Das ist Pepe, er ist in San Mateo in die Schule gegangen. Und der Säugling hier, das ist Eva María. Sie ist unterwegs geboren.“

Don Jaime schaute prüfend auf Pepe und dann auf das Mädchen herab. „Soso“, murmelte er.

„Don Joaquín meinte, ich sollte mich an Euch wenden. Gestern Abend sind wir in Bogotá eingetroffen. Hier vor Eurem Haus haben wir geschlafen, auf dem Boden.“

„Hay, qué pena“, sagte Don Jaime jetzt. „Das tut mir aber leid. Auf der Straße habt ihr übernachtet? Schrecklich! Kommt herein. Seid herzlich willkommen. Fühlt euch wie zu Hause.“

In seinen Hausschuhen schlurfte er vor ihnen her. Er trug einen verschlissenen Bademantel in Dunkelblau mit hellen

Streifen. Darunter schauten seine nackten Beine und die Hosen eines hellbeigen Schlafanzugs hervor.

Sie betraten den Hof, in dessen Mitte ein verwitterter Brunnentrog aus rotem Sandstein stand. Von dort gingen zahlreiche Türen ab. Einige standen offen, so dass Pepe in große, hohe Räume blicken konnte, die mit Betten, einzelnen Tischen und Schränken angefüllt waren. Pepe sah viele Leute, einige lagen im Bett, andere wuschen sich. Eine Frau trug einen Krug Wasser aus dem Hof in ihr Zimmer, eine andere nötigte zwei Mädchen dazu, sich gründlicher die Zähne zu putzen. „Weiterbürsten!", hörte man sie rufen. „Ihr seid längst noch nicht fertig. Qué feo! Schmutzig seid ihr. Wenn euch die Zähne ausfallen, werdet ihr hässlich sein wie die Nacht. Niemand wird euch heiraten wollen. Welcher junge Mann will schon auf eine Zahnlücke küssen?"

Vom Innenhof stiegen sie über eine Holztreppe hinauf zu einer Galerie im zweiten Stockwerk. Von dort führten andere Türen in andere Räume mit anderen Menschen, von denen einige neugierig zu den Ankömmlingen herausblickten. An der Brüstung lehnten ein paar Kinder. Sie warfen interessierte Blicke zu Pepe, stießen sich gegenseitig an und lachten: „Hola! Qué tal? Wer bist denn du?"

„Nun, du bist überrascht, nicht wahr?", sagte Don Jaime zu Pepe. „Hier wohnen viele Kinder, viele Leute, sieben Familien insgesamt. Außerdem sind kurzfristig ein paar Liebespaare eingezogen. Wir haben auch einige ältere, alleinstehende Personen. Einige von ihnen haben sich zusammengetan. Auf diese Weise kommen sie besser zurecht. Sie helfen sich gegenseitig und kochen gemeinsam."

„Alles in allem", fuhr Don Jaime, zum Vater gewandt, fort, „wohnen hier etwa vierzig Personen. Das ist nichts Besonderes, im Haus nebenan sind es noch mehr – fast hundert Personen unter ein und demselben Dach."

Während sie über die Galerie gingen, erklärte Don Jaime: „Ich habe das Haus vor fünf, sechs Jahren gekauft. Damals hat meine Frau, Doña Elvira – Gott hab sie selig –, noch gelebt. Alle vier Kinder wohnten bei uns. Wir hatten sieben Kinder, drei sind gestorben. Meine Kinder sind inzwischen selbstständig. Neun Enkel habe ich, und noch ist nicht aller Tage Abend. Jetzt habe ich den größten Teil des Hauses vermietet. Wegen der Mieteinnahmen."

Don Jaime war stolz auf seinen Besitz. „Kommt, setzt euch", sagte er, „hier könnt ihr ablegen." Der Haushälterin, die mürrisch herüberschaute, rief er zu: „Bring uns Kaffee, Aleida, und dem Jungen eine heiße Schokolade. Er muss sich aufwärmen."

Später bemerkte Pepe, dass Aleida nicht nur die Muchacha des Hauses war, das Dienstmädchen, das nach dem rechten sah. Sie war auch Don Jaimes Zimmer- und Bettgenossin. Das hinderte ihn nicht, sie manchmal laut anzubrüllen oder sie bei Gelegenheit auch zu schlagen. Nach solchen Auseinandersetzungen schien er zufrieden, und beide setzten einvernehmlicher als zuvor ihr Tagwerk fort.

Was Don Jaime brennend interessierte, waren Neuigkeiten aus seinem Heimatdorf. „Wer hat geheiratet in der letzten Zeit und wer ist gestorben?", wollte er wissen. Pepes Vater erzählte ihm darüber hinaus, wer welches Land gekauft oder verkauft, wer neu zugezogen und wer in den letzten Jahren ins Gefängnis gesperrt worden war. Dann berichtete er, was ihnen unterwegs zugestoßen war. Er sprach von den Morddrohungen der Mafia, vom Verkauf des Hauses, vom kurzen Zwischenaufenthalt in San Mateo und von ihrem Aufbruch in die Hauptstadt. Er berichtete von der Geburt des Mädchens. Am Ende erwähnte er auch, dass sie in der letzten Nacht im Schlaf ausgeraubt worden waren.

„Unsere ganze Habe, Kleider, Geschirr, Werkzeuge, haben sie gestohlen, wir haben fast nichts mehr."

„Das ist die erste Lektion, die euch die Stadt verpasst hat", sagte Don Jaime. „Die Stadt ist voller Diebe. Wir leben in beständiger Angst, überfallen, ausgeraubt und umgebracht zu werden. Auf der Straße verbringt keiner ungestraft die Nacht."

Pepe trank die braune, dickflüssige Schokolade in kleinen, vorsichtigen Schlucken und wärmte seine Hände an der heißen Tasse.

„Wie sehen eigentlich eure Zukunftspläne aus?", fragte Don Jaime freundlich.

„Wir werden so schnell wie möglich ein Haus bauen", antwortete der Vater.

„Und dafür werden sie uns ein Stück Land und Backsteine geben", ergänzte Pepe.

„Langsam, langsam", fiel ihnen Don Jaime ins Wort. Er wiegte bedächtig den Kopf hin und her. „So schnell geht das nicht – heute ankommen, morgen ein Haus haben. Wisst ihr eigentlich, wie viele Menschen Tag für Tag nach Bogotá kommen, hier Arbeit suchen und gerne ein Dach über dem Kopf hätten? Na, was glaubt ihr? Hier wandern jedes Jahr so viele Menschen ein, dass man mit ihnen eine Stadt füllen könnte, jedes Jahr eine neue Stadt. Und ihr? Bildet euch nicht ein, dass man auf euch gewartet hat und euch nun besonders herzlich empfängt."

„Aber Gelände gibt es doch?", protestierte der Vater. „Auf diese Zusage hin haben wir uns hierher auf den Weg gemacht."

„Papperlapapp, was für eine Zusage?" Don Jaime schüttelte den Kopf. „Wer hat euch etwas zugesagt? Wer hat euch diesen Unsinn versprochen? Hier werden keine Versprechungen gemacht und schon gar keine eingelöst. Hier kämpft jeder gegen jeden. Schlagt euch die Idee aus dem Kopf, sofort ein Haus zu haben. Sucht erst einmal nach Arbeit. Wisst ihr, wie viele Menschen hier ohne Arbeit sind? Hunderttausende, vielleicht Millionen, so recht weiß das keiner. Scharen von Menschen sind tagaus, tagein unterwegs, um irgendwo irgendeine Beschäftigung zu finden. Alle wollen leben, essen, sich anziehen. Aber bevor sie essen, müssen sie Geld verdienen."

Der Vater starrte den alten Mann an, lange schwieg er. Pepe schaute von einem zum andern. Später kamen sie mit Don Jaime überein, dass sie zunächst einmal hier bleiben würden. Während sich der Vater auf den Weg in die Stadt machte, richtete die Mutter einen Raum für sie her, und Pepe erkundete das große Haus. Er lernte Chucho kennen, einen etwa gleichaltrigen Jungen. Die zwei liefen nach draußen und durchstreiften das Viertel.

Von der Höhe herab konnte Pepe die Stadt überblicken: Zu ihren Füßen reckten sich die Hochhäuser empor. Dennoch erschienen sie klein, kleiner noch war die Kathedrale, winzig ihre Türme. Von ferne drang das Brausen des Verkehrs herauf. Wandten sie sich nach der entgegengesetzten Seite, so waren die Berge mit ihren steil ansteigenden Hängen zum Greifen nahe.

Während sie durch die Straßen liefen, blickte Pepe in dunkle Hauseingänge, die in kleine Läden und Bars führten. Menschen kamen heraus, bepackt mit Tüten und Säcken, mit Obst und Brot. Auf den engen Gassen des Viertels schaute Pepe den Kindern nach. Sie hatten schmucke Uniformen an. „Jede Schule“, erklärte Chucho, „hat ihre eigene Tracht.“ Die Mädchen trugen Krawatten auf weißen Blusen, die Jungen Sportanzüge mit bunten Streifen.

Plötzlich schreckte Pepe zusammen, ein ohrenbetäubendes Rattern näherte sich von oben. Er sprang zur Seite, da schoss ein Karren an ihnen vorbei. Laut schlugen die Eisenräder auf das Pflaster. Beladen war das Gefährt mit Säcken und Kartons. Ein Junge stand hinten drauf, zerzaust, verdreckt. Mit akrobatischem Geschick lenkte er sein Fahrzeug an Hindernissen, Passanten und Autos vorbei.

„Carajo!“, stotterte Pepe. „Wie hat er mich erschreckt.“

„So ein selbstgebastelter Karren“, sagte Chucho, „ist besser als jeder Lastesel.“

Auf Schlamm gebaut

In den folgenden Wochen suchte Pepes Vater Kontakt mit Landverkäufern. Die Makler kauften, bevorzugt an den Rändern der Stadt, Ländereien auf. Dann teilten sie die Flächen und verkauften kleine Grundstücke zu hohen Preisen an die Zugewanderten. Besonders in den südlichen Außenbereichen der Stadt hatten bereits Millionen von Menschen Zuflucht gesucht. Viele besetzten illegal das Land. Dort, in der berüchtigten Ciudad Bolivar, steckten die Makler Tag für Tag neue Grundstücke ab. Die Parzellen waren meist nur so groß, dass gerade einmal ein kleines Häuschen darauf Platz hatte. Zur Straße hin beließ man einen schmalen Streifen, Raum für den Garten, der später einmal mit Grünzeug oder Blumen bepflanzt werden sollte.

Ein Angestellter in einem Maklerbüro bot dem Vater zu einem besonders günstigen Preis ein kleines Grundstück im Barrio Lucero an.

„Señor", sagte der Mann, „Ihr seid ein Glückspilz. Ausgerechnet heute ist ein einmaliges Angebot hereingekommen. Ein märchenhaftes Stück Land zu einem traumhaften Preis! Aber das soll unser Geheimnis bleiben – erzählt es niemandem weiter. Normalerweise liegen unsere Forderungen weit höher."

Auf der Stelle möge der Vater zugreifen, drängte der Makler. Morgen schon könne es zu spät sein.

'Lucero', 'Morgenstern' – das klang wie ein gutes Omen. Enttäuschend war – ungeachtet der angeblich einmalig günstigen Umstände –, dass der ganze Rest des Geldes, der vom Verkauf der Finca noch übrig geblieben war, dafür aufgebraucht werden musste.

In der Nacht vor dem Abschluss des Geschäfts warf sich der Vater im Bett immerzu von einer Seite auf die andere und konnte keinen Schlaf finden. Pepe hörte, wie er murmelte: „Es führt kein Weg daran vorbei, wir müssen in den sauren Apfel beißen."

Der Makler wollte das Geld bar auf die Hand haben. Zum verabredeten Zeitpunkt trug der Vater sein ganzes Guthaben, in einer zerknitterten Papiertüte unter den Arm geklemmt, zum Maklerbüro. Der Angestellte hatte die Papiere bereits vorbereitet. Sie bestätigten die Übertragung des Grundbesitzes auf den Vater.

Stolz trug der neue Besitzer die besiegelte Urkunde nach Hause. Am Abend trank er mit Don Jaime einen um den anderen Schnaps. Zum ersten Mal seit langer Zeit schien es Pepe, als sei der Vater wieder vergnügt. Endlich hatten sie wieder eigenen Grund und Boden unter den Füßen! Der Gedanke beflügelte ihn. Auf weißen Papierbogen entwarfen sie Pläne und zeichneten Grund- und Aufrisse von Häusern. Dann stellten sie Listen mit den Baumaterialien auf und zählten die Kosten zusammen.

Am nächsten Morgen stiegen sie in einen großen Bus mit der Aufschrift „Meissen/Lucero". Zu so früher Stunde war er schon dicht besetzt. Über die Avenida Caracas fuhren sie nach Süden. Dort, wo Ciudad Bolivar anfing, hörte die Asphaltstraße auf. Auf einem Weg aus Sand und Schotter ging es weiter. Der Regen hatte tiefe Löcher in die Fahrbahn gegraben. Von den Bergen wurden mit dem Wasser immerzu neue Sandmassen heruntergespült. Oben waren die Hänge wie Mondlandschaften zerfurcht, unten schippten die Leute das Geröll zu Haufen auf. Den Sand verkauften sie. Aus allen Gegenden kamen die Lastwagen. Die Fahrer schaufelten den Sand auf die Pritschen. Dann fuhren sie ihn zu den Baustellen im Norden der Stadt.

Jenseits der Wasserlöcher, die wie eine Art Schutzwall den Süden vom Rest der Stadt abtrennten, lagen die Viertel Tunjuelito, Meissen und Lucero. Dort gab es einige asphaltierte Straßen, Steinhäuser und richtige Läden. Pepe sah einen dicht bevölkerten Straßenmarkt. Die Verkäufer hatten ihre Waren auf einer Halde von Grünzeugabfall ausgebreitet.

Pepe und seine Eltern stiegen aus. Sie liefen durch einige Seitenstraßen, verirrten sich ein bisschen, schließlich erreichten sie das Büro der Acción Comunal. Dort wurde die Rechtmäßigkeit ihrer Papiere ohne Umstände bestätigt. Anhand einer Karte, die die Männer gezeichnet hatten, ermittelte man die Gegend, in der ihre Parzelle liegen musste: Dort, irgendwo unterhalb von Lucero, sollten sie suchen.

Sie gingen in die angegebene Richtung. Am Rand des Wohngebietes stießen sie auf ausgedehnte Lagerhallen, die vollgestopft waren mit alten Autowracks, Eisenmatten und Rohren. Pepe betrachtete neugierig die ausgeschlachteten Busse und halb zerlegten Lastwagen. Am liebsten wäre er durch eine zerbrochene Fensterscheibe hindurch in eines dieser Autos hineingeklettert, hätte sich hinter das Lenkrad gesetzt und Busfahrer oder Lastwagenfahrer gespielt.

Jenseits der Autofriedhöfe begannen riesige Abfallhalden, auf denen Menschen herumkletterten, alte Männer, Frauen und Kinder. Kleine Feuer qualmten, der Rauch stieg weit empor, es stank, und Pepe musste sich immerzu die Nase zuhalten.

Anhand der Nummern, die mit schwarzer Farbe auf die Fassaden der Häuser geschrieben waren, orientierten sie sich. „Da - seht nur, hier muss es sein!“ Dort, wo das Grundstück liegen und dereinst ihr Haus errichtet werden sollte, hart an der Besiedlungsgrenze, ging das Gelände in einen morastigen Teich über. Die Straße versank in Schlamm. Die Wassermassen, die bei Regen von den Bergen herabkamen und dabei die Abfälle der Straßen und die Latrinenausflüsse der Häuser wegspülten, sammelten sich in einer großen Senke, die sich in der Regenzeit in einen regelrechten See verwandelt hatte. In wärmeren Zeiten, das erfuhren sie später, trocknete der Teich kurzfristig zu einem Meer von schwarzem, übelriechendem Schlamm aus.

„Das soll unser Grundstück sein?“, fragte Pepe.

Keine Antwort. Regungslos standen sie da. Irgendwo dort unter der Jauche, dachte Pepe, muss es liegen.

Kraft Vertrags waren sie zu rechtmäßigen Anteilseignern eines Schlammloches geworden. Mit einem Blick erkannte der Vater, dass es unmöglich war, dort ein Haus zu bauen. Bis das Gelände einmal trockengelegt werden würde, konnte viel Zeit verstreichen. Zuvor müsste die ganze Wohngegend an die Kanalisation angeschlossen, das Oberflächenwasser gesammelt und abgeleitet werden. Wer sollte das bezahlen? Bis ein solches Vorhaben in Angriff genommen werden würde, konnten Jahrzehnte vergehen.

Wie versteinert starrte der Vater auf die ausgedehnte Schlammfläche, in deren Tiefen die Abfälle der Menschen verschwunden waren und über die der Wind Fetzen alten Papiers und Plastiktüten hinwegtrieb. Er lehnte sich an die Mauer des Hauses, das auf dem letzten Meter trockenen Bodens errichtet worden war, dann setzte er sich auf die Erde. Das Gesicht der Mutter hatte sich verfärbt, Pepe sah, wie es abwechselnd rot und blass wurde.

Was Pepe mehr als alles andere ängstigte, war die Qual des Vaters. Offenbar waren sie betrogen worden, das lag auf der Hand. Man hatte ihnen ein wertloses Stück Boden verkauft. Sie würden kein Haus darauf bauen können.

Grundstückshaie

Noch am selben Tag ging der Vater zum Maklerbüro. Pepe rannte hinter ihm her. Sie sprachen kein Wort. Der Angestellte, mit dem der Vater das Geschäft abgewickelt hatte, war nicht anwesend. Wegen unlauterer Geschäfte, so hieß es, sei er entlassen worden. Der Vater verlangte den Geschäftsführer zu sprechen. Nach geraumer Zeit wurden sie in ein separates Büro geführt. 'Gerente' stand auf dem Türschild. Der Raum war mit schweren Möbeln ausgestattet. Tiefe Ledersessel luden dazu ein, es sich bequem zu machen.

Der Geschäftsführer saß hinter einem wuchtigen Schreibtisch. Er trug einen dunklen Anzug, weißes Hemd, Krawatte, und er wirkte äußerst beschäftigt. Er schaute nicht auf, bot dem Vater und Pepe auch nicht an, Platz zu nehmen.

So verstrich die Zeit. Der Vater hielt den Hut in der Hand. Pepe sah, wie er ihn immerzu drehte und dann zusammenknüllte. Plötzlich fiel Pepe auf, wie schäbig sie gekleidet waren. Der einstmals helle Umhang des Vaters, der an den Enden ausgefranst war, fiel lose bis zur Hüfte herab. Ihre Hosen waren abgetragen und teilweise zerrissen, die Schuhe schmutzig.

Das Telefon schrillte, der Mann ließ es klingeln. Plötzlich blickte er auf und fragte: „A ver, was gibt's?"

Der Vater trug 'den Fall' vor.

„Bedauerlich, sehr bedauerlich", sagte der Mann. Aufrichtig leid tue es ihm, wenn seine Kunden Unannehmlichkeiten hätten. Er machte eine Pause. Im Moment, fuhr er fort, könne er sich allerdings nicht weiter um die Sache kümmern. Der

Vater möge nach Hause gehen und sich etwas gedulden. Man werde sehen, was sich machen lasse.

Der Vater aber ließ sich nicht abweisen. Die Situation, sagte er, sei zum Verzweifeln. Er hob an, dem Mann zu schildern, wie alles gekommen war, welches Schicksal sie in die Stadt getrieben hatte, welche Vorhaben ihnen vor Augen stünden. Der Geschäftsmann unterbrach ihn. Das habe mit der Angelegenheit doch nichts zu tun, entschied er. „Sehr bedauerlich!", sagte er immer wieder. Ihm seien ähnliche, ja noch weit traurigere Schicksale bekannt.

Als der Vater darauf beharrte, sofort eine Lösung zu vereinbaren, wurde der Mann ungehalten: „Die ganze Angelegenheit geht mich im Grunde ja gar nichts an. Was wollen Sie eigentlich?", brauste er auf. „Ihr Problem ist das, nicht mein Problem. Die Schuld haben Sie sich selbst zuzuschreiben. Sie wollten ein gutes Geschäft machen, ein Schnäppchen, Sie wollten schneller zum Zug kommen als andere Leute. Das haben Sie nun davon! Den Angestellten, mit dem Sie verhandelt haben, haben wir hinausgeworfen. Wir sind ein grundsolides Unternehmen, verstehen Sie? Wir können uns ein solches Geschäftsgebaren nicht erlauben."

„Aber, Señor", wandte der Vater ein, „den Vertrag habe ich mit Ihrem Büro abgeschlossen. Hier in diesem Haus habe ich bezahlt. Das Papier trägt die Stempel Ihrer Firma."

Der Mann entgegnete kalt: „Na, und wenn schon? Sie haben, was Sie wollten: ein Grundstück. Sind Sie nicht dessen Eigentümer? Macht Ihnen irgendjemand Ihren Besitz streitig? Nein, niemand. Also: geben Sie sich endlich zufrieden."

„Aber sagen Sie mir, Señor, was soll ich mit einer Parzelle anfangen, die von Wasser überschwemmt ist? Was soll ich mit einem Schlammloch, in das kein Mensch ein Haus bauen kann?"

„Um solche Dinge können wir uns hier nicht kümmern", stöhnte der Mann. Er blickte wieder in die Papiere auf seinem Schreibtisch, wühlte wütend darin herum, dann schaute er auf und sagte:

„Wissen Sie, wie viele Parzellen wir verkaufen? Hunderte, Tausende. Meinen Sie, wir könnten in jedem einzelnen Fall überprüfen, wie der Grund und Boden beschaffen ist, ob er sandig oder steinig, grün oder verdorrt, trocken oder feucht ist?“

Pepe spürte, wie sich der Vater bemühte, seine Wut zu unterdrücken. Ruhig, wenn auch mit leicht bebender Stimme erklärte er dem Geschäftsmann, dass das Grundstück für ihn keine beliebig austauschbare Ware darstelle. Vielmehr sei sein Schicksal und das seiner Familie damit verknüpft.

Aber der Mann blieb abweisend, uninteressiert. Schließlich sagte er: „Verschonen Sie mich endlich mit Ihrem Gejammer. Sie stehlen mir die Zeit. Wissen Sie überhaupt, was meine Zeit kostet? Inzwischen hätte ich eine ganze Reihe von Geschäften erledigen können, von denen jedes einzelne mehr wert ist als Ihre lächerliche Parzelle. Lassen Sie mich in Frieden, verschwinden Sie!“

Jetzt konnte der Vater nicht mehr an sich halten, der Zorn brach wie eine Urgewalt aus ihm hervor. Mit ein paar Schritten eilte er um den Schreibtisch herum. Der Mann fuhr erschrocken zurück.

„Ich gehe hier nicht hinaus, bevor ich mein Geld oder ein anderes Grundstück bekommen habe“, schrie der Vater.

„Ich werde Sie hinauswerfen lassen“, stammelte der Makler. Auf seinem Gesicht stand Angst. Dann rief er laut um Hilfe.

Da machte der Vater einen weiteren Satz, er packte den Mann an Hemd und Krawatte, zog ihn aus seinem Stuhl hoch und schüttelte ihn. Jetzt stürzten zwei Männer in den Raum und warfen sich auf den Vater. Von hinten hielt einer seine Arme fest, der andere schlug ihm die Faust ins Gesicht und trat ihm, als er zu Boden torkelte, mit dem Fuß in den Bauch.

Pepe war für einen Augenblick wie erstarrt. Dann sprang er auf den Mann zu, der den Vater festhielt, und versuchte ihn wegzuzerren.

Der Geschäftsführer glättete seinen Anzug und zog Hemd und Krawatte zurecht. „Schafft sie hinaus!“, schrie er. „Gesindel, Verbrecher!“ Seine Stimme überschlug sich.

Sie packten den Vater an Armen und Beinen, schleiften ihn aus dem Zimmer und warfen ihn auf die Straße. Einer der Männer packte Pepe und stieß auch ihn hinaus. Es dauerte eine Weile, bis der Vater zu sich kam. Pepe kniete neben ihm und hielt seinen Kopf. Mühsam richtete sich der Vater auf. Er befühlte das brennende Auge. Als er auf den Boden spuckte, sah Pepe, dass Blut in seinem Speichel war. Dann wankten sie fort. Pepe lief neben dem Vater her und stützte ihn, so gut es ging.

In der Nacht konnte Pepe lange nicht einschlafen. Er hörte, wie der Vater unruhig atmete und im Schlaf manchmal aufschluchzte. Pepe rückte näher zu ihm hin und legte den Arm um seine Schultern.

Am nächsten Tag suchte der Vater einen Rechtsanwalt auf. Der machte ihm einige Hoffnungen. „Wir werden diese Grundstückshaie schon zu fassen kriegen“, versprach er. Als es um die Zahlung eines Vorschusses auf die Gerichtskosten ging, wurde offenbar, dass der Vater kein Geld mehr hatte. Schnell verlor der Anwalt das Interesse an dem Fall. „Offen gesagt“, meinte er jetzt, „es könnte ein langes Verfahren werden - zwei, drei Jahre dauern solche Prozesse schon. Und was nützt Ihnen dann noch ein günstiges Urteil, Compadre?“

Die Verschwörung

Der Traum vom eigenen Haus war fürs Erste ausgeträumt. Don Jaime erlaubte ihnen, weiterhin bei ihm zu wohnen, vorläufig jedenfalls. „Wir Landsleute müssen zusammenhalten." Als er das sagte, klopfte er dem Vater leutselig auf die Schultern. Später einmal, meinte er, könnten sie die Mietkosten ja nachbezahlen.

Tagsüber war der Vater unterwegs auf Arbeitssuche. Was er fand, waren bestenfalls Gelegenheitsjobs. In Paloquemao oder noch weiter draußen, in Corabastos, schleppte er Obstkisten und Kartoffelsäcke von einer Markthalle zur anderen, lud Waren auf Lastwagen oder reinigte den Boden, wenn der Marktbetrieb abgeflaut war. Was er verdiente, reichte für den Lebensunterhalt der Familie nicht aus. Auch die Mutter musste beim Geldverdienen helfen. Sie packte die grünen Mandarinen, die der Vater in Holzkisten herbeischleppte, in Plastiktüten um. Die waren so schmal und lang, dass gerade zwölf Früchte hineinpassten.

Dann fuhren sie mit dem Bus zu einer belebten Straßenkreuzung. Die Früchte in der einen, Eva María an der anderen Hand, so ging die Mutter an den Autos entlang, die an den Ampeln zum Stehen kamen. „Quinientos pesos la docena, fünfhundert Pesos das Dutzend", rief sie immerzu. Als Eva María müde wurde, legte sie sich auf den Grünstreifen und schlief trotz des Verkehrslärms ein. Abends brachte der Vater von den Markthallen Obst mit nach Hause, angefaulte Papayas, überreife Orangen, fleckige Mangos, die er aus dem Abfall gekramt hatte. Nach einigen Wochen machte ihnen Don Jaime klar, dass sie nicht 'für ewig' bei ihm wohnen könnten.

Bei seinen wechselnden Tätigkeiten kam der Vater mit Leuten in Kontakt, die ebenfalls ihr Hab und Gut verloren hatten, und die es – genauso wie Pepes Familie – daraufhin in die Hauptstadt verschlagen hatte. Nun drohte ihnen ein Leben in Armut. „Wir sind nicht das, was die Reichen von uns denken: Abschaum, unnützes Gesindel, desechables", sagte eine Frau. „Ich lasse mich vom Elend nicht unterkriegen!" Wie man einen Weg aus der Misere finden könnte, wusste sie aber auch nicht. Sie war genauso ratlos wie Pepes Vater und wie die anderen. Weder für die Miete einer Wohnung noch für den Erwerb von Land konnten sie das nötige Geld aufbringen.

Die Männer und Frauen trafen sich nach der Arbeit in einer leeren Fabrikhalle. Anfangs waren es nur wenige, im Laufe der Zeit kamen immer mehr zusammen. Während sie die Lage besprachen, saß Pepe auf dem Boden und spielte mit Eva María. Nur widerstrebend fand er sich zum 'Kinderhüten' bereit. Viel lieber hätte er sich unter die Erwachsenen gemischt, seine eigenen Vorstellungen vorgetragen. „Warum", so hätte er gerne gefragt, „müssen wir uns jede Ungerechtigkeit gefallen lassen? Warum ist der Makler stärker als wir? Wir sollten uns wehren!" So aber blieb ihm nur übrig, die Ohren zu spitzen.

„Zu einem Grundstück", hörte er einen Mann rufen, „kommen wir nur dann, wenn wir es uns nehmen. Wir müssen freies Land besetzen."

Der Mann erntete Zustimmung und Bravo-Rufe. „Grundstücke gibt es ja genug", pflichtete ihm ein anderer bei. Sie nannten ihn den 'Gewerkschafter'. Zusammen mit seiner Familie war er aus Antioquia nach Bogotá gekommen, und er hatte schon geraume Zeit in der Hauptstadt zugebracht. „Spekulanten reißen alles an sich", erklärte er. „Sie nutzen die Not der Leute aus, treiben die Preise in die Höhe und verkaufen das Land, wann immer es ihnen passt, mit erheblichem Gewinn."

Heftig stritten sie darüber, in welcher Gegend der Stadt eine 'Invasion' aussichtsreich wäre. Wo hätten sie die Chance, das in Besitz genommene Land auch zu verteidigen? Pepe verstand, dass einige unter ihnen die Steinbrüche im Norden der Stadt bevorzugten. Dem widersprach eine Frau lautstark. Sie hieß Ana Lucía, und sie nannten sie 'die Kommunistin', weil sie es verstand, sich besonders kämpferisch auszudrücken.

„Was wollt ihr in den Steinbrüchen von Usaquén?", fragte sie. „Wisst ihr, wie steil das Gelände dort ist? Wenn es regnet, spült das Wasser Sand, Steine und Schlamm den Berg hinunter - samt den Hütten. Vernünftige Lagen gibt es dort schon lange nicht mehr. Die Leute haben das brauchbare Land längst unter sich aufgeteilt. Statt in den Steinbrüchen", sagte sie, „sollten wir ein Grundstück im Süden der Stadt besetzen. Die Vorteile des Südens überwiegen bei weitem."

Pepe erinnerte sich mit Schaudern an seinen Besuch im Elendsgürtel des Südens und an das Schlammloch, in dem seine Hoffnung auf ein eigenes Haus versunken war. Aber es war ihm auch klar, dass die Erwachsenen nicht an eine Invasion im modrigen Gelände am Fuß der Hügel, sondern oben auf der Höhe dachten. Dort, wo die Hütten von Ciudad Bolivar die Hügelkette bereits erklommen hatten, weitab vom Zentrum, da - meinten sie - seien die Bedingungen günstig und die Macht der Polizei begrenzt:

„Nur dort kann sich die Polizei nicht alles erlauben", sagte eine andere Frau. „Die Polizisten haben Respekt vor den Leuten. Tausende haben sich in diesem Gebiet angesiedelt, und keiner hat gefragt, ob es irgendjemandem passt oder nicht. Die Leute sind kämpferisch, und sie lassen sich von der Regierung nichts gefallen. Ciudad Bolivar - das ist die geeignete Gegend für eine Invasion. Dort haben wir gute Aussicht, uns behaupten zu können."

„Bedenkt auch", warf ein Mann ein, „dass wir im Süden die meisten Verwandten und Freunde haben. Die werden uns unterstützen. Wenn die Besitzer des Landes sich wehren und mit Rechtsanwälten, Polizei und Militär anrücken, brauchen wir die Hilfe anderer."

Eva María krabbelte auf dem Boden hin und her und suchte ihre Mutter. Da nahm sie Pepe auf den Arm und trug sie ein bisschen herum. Das Argument, dass die Invasoren auf Unterstützung angewiesen sein würden, leuchtete ihm ein. Auch für die Erwachsenen gab dieser Gedanke den Ausschlag: Sie kamen überein, eine Landbesetzung in Ciudad Bolivar vorzubereiten.

In den folgenden Wochen erkundeten die Männer die betreffende Gegend. Schließlich entschieden sie sich für ein Grundstück, das auf der Höhe einer Hügelkuppe über den Siedlungen der Barrios Lindos und der Lomas del Progreso lag. Der Besitzer hatte das Gelände mit einem Stacheldraht eingezäunt. Eine große Tafel wies darauf hin, dass es sich hier um Privatbesitz handelte: „Propriedad privada. Prohibida la entrada! Betreten für Unbefugte verboten", stand auf dem Schild.

„Auf dem Grundstück", erklärten sie bei der nächsten Zusammenkunft, „haben mindestens zwanzig Häuser Platz."

Keine der Versammlungen, die während der nächsten Wochen einberufen wurden, versäumte Pepe. Etwa zwanzig Familien würden sich an der Aktion der Landbesetzung beteiligen. Immer neue Fragen taten sich auf. Es ging um die Planung des neuen Wohnviertels, um Lage und Größe der Häuser, die Führung einer zukünftigen Straße, eines Fußweges, aber auch um eine Grünanlage, einen Kindergarten, ein Gemeinschaftshaus, die irgendwann einmal gebaut werden würden.

„Was aber tun wir, wenn sie uns vertreiben wollen?"

„Wir müssen uns für den Ernstfall wappnen."

Die Landbesetzung

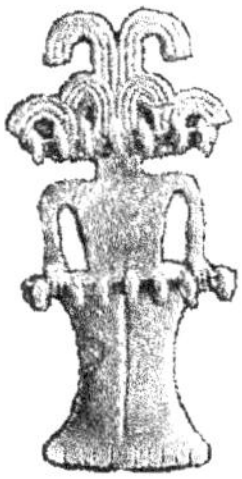

Wochen vergingen, die Zeit flog dahin. Eines Tages kam der Vater nach Hause. Er flüsterte der Mutter und dann auch Pepe 'die Losung' ins Ohr. Am Abend, so erklärte er, würden sie sich auf den Weg machen, jede Familie für sich allein. Erst am Ort des Geschehens wollten sie zusammentreffen.

Die Dunkelheit war bereits hereingebrochen, als sie aufbrachen. Pepe schulterte sein Bündel. Von Don Jaime hatten sie einige Werkzeuge ausgeliehen. Der Bus, den sie auf der Avenida Caracas in Richtung Süden bestiegen, war überfüllt. Mit Mühe zwängten sie sich hinein. Eva María saß auf dem Schoß der Mutter. Sie schaute neugierig auf die Straße hinaus und patschte mit ihren Händchen an die Scheibe.

Pepe war erstaunt, dass noch in den Außenbezirken die Straßen so hell erleuchtet waren. Jetzt erschien ihm die Stadt ganz anders als am Tag. Die Leute bewegen sich anders, dachte er. Sie sind auf der Hut. Misstrauisch beobachten sie sich gegenseitig, als könnte in jedem Augenblick etwas Schlimmes passieren.

Bald stieg das Lichtermeer der Südbarrios vor ihrem Blick auf. Sie stiegen aus. Ein eigener Zugangsweg war ihnen zugewiesen worden. Nicht das geringste Aufsehen sollte erregt werden. Der Vater hatte bei Tage den Weg aus der Ebene hinauf auf die Hügel erkundet, er kannte sich aus. Jetzt ging er voran. Pepe und die Mutter hasteten hinterher. Als Pepe Eva María auf den Arm nahm, fiel ihm auf, wie schwer das Mädchen schon geworden war. Kein Wort fiel zwischen ihnen. Pepe schwitzte.

Je weiter sie kamen, umso dunkler wurde es. Nur hie und da noch warf ein verlorenes Licht einen trüben Schein. Manchmal kam ihnen eine Gestalt, Mann oder Frau, entgegen. Sie grüßten nicht, blickten statt dessen zur Seite oder zu Boden. Pepe stolperte dem Schatten des vorauseilenden Vaters hinterher. Er hörte, wie hinter ihm die Mutter keuchte.

„Gleich ist es geschafft", sagte der Vater.

Sie ließen die letzten Häuser hinter sich. Jetzt stiegen sie auf weicher, zerklüfteter Erde höher. Pepe rutschte aus, fing sich gerade noch vor dem Hinstürzen.

Plötzlich eine Stimme: „Halt! Wer da?"

Ein Lichtkegel leuchtete aus der Dunkelheit auf, seine Helligkeit schmerzte in den Augen. Der Vater nannte seinen Namen.

„Und die Losung?"

„Viva la esperanza. Hoffnung ist alles."

„Bienvenido", antwortete die Stimme freundlicher. „Schön, dass ihr da seid!"

Das Licht wurde ausgeknipst. Aus der Schwärze der Nacht lösten sich die Umrisse eines jungen Mannes. Er kam auf sie zu, klopfte Pepe auf die Schulter und sagte: „Los, beeilt euch, Mann! Ihr seid die Letzten. Wir wollen endlich anfangen. Zuvor aber müsst ihr euch oben bei Ana Lucía melden."

Nach wenigen Metern erreichten sie die Kuppe des Hügels. Unter den Füßen spürte Pepe dichtes Grasgestrüpp. Vereinzelte Büsche warfen tiefe Schatten. Gegen den Himmel zeichneten sich die Umrisse einer Schar von Menschen ab. Die Mutter kramte eine Süßigkeit aus der Tasche und steckte sie Eva María in den Mund. Lautlos standen sie da und warteten. Was immer sie an Baumaterial hatten auftreiben können, Bretter, Wellblechstücke, Balken, Pappe, Säcke, Seile und Eisenrohre, hatten die Landbesetzer zu kleinen Bergen aufgeschichtet. Die Leute standen dicht gedrängt.

„Achtzig, hundert Personen werden das sein!" Pepe staunte. „Und viele Kinder."

„Endlich, endlich!“ Leise und ungeduldig klang es. „Dort drüben ist das ‘Einwohnermeldeamt’“, lachte einer mit verhaltener Stimme. „lasst euch eintragen, los, los!“

Señora Ana Lucía stand an einer erhöhten Stelle, so dass sie die anderen überragte. Sie hielt die Liste mit den Namen der Landbesetzer in der Hand. Mit einer Taschenlampe, die sie zwischen die Zähne geklemmt hatte, leuchtete sie auf den Zettel. Dann schimpfte sie ein bisschen:

„Bewegt euch! Wollt ihr so lange herumtrödeln, bis der Mond aufgegangen ist und jeder sehen kann, was hier vor sich geht?“ Nun aber lachte sie Eva María freundlich an. Hinter ihren Namen auf der Liste machte sie einen Haken. „Fertig!“

„Auf dann! Ans Werk!“, rief ein Mann.

Alles Weitere ging sehr schnell. Die Menschen bewegten sich auf das umzäunte Grundstück zu. Vor dem Stacheldraht blieben sie stehen. Sie bildeten jetzt eine breite Front. Mit Zangen, Haken und Stangen rissen sie den Zaun auf ganzer Breite nieder. Die Holzpfähle wuchteten sie aus der Erde und schichteten sie zu einem Haufen auf. Das große Schild mit der Aufschrift „Propriedad privada“ legten sie sorgfältig zur Seite. Es würde sich für die Bedachung einer Hütte gut eignen. Sie arbeiteten schnell und fast lautlos.

Wenige Minuten später konnten sie das Gelände unbehindert betreten. Pepe ließ das hochgewachsene Gras durch seine Finger gleiten, dann warf er einen Blick auf die Lichter der Stadt zu seinen Füßen. Über dem schwarzen Kamm der Berge kündete ein Streifen kühlen Lichtes den aufgehenden Mond an. Pepe sah, wie sich die einzelnen Gruppen auf dem Gelände verteilten. Nach einem festgelegten Plan orientierte sich jeder an seinen Nachbarn. Mit großen Schritten maßen sie ihr Terrain ab. Doña Ana Lucía eilte hin und her, gab kurze Anweisungen, korrigierte, bestätigte, schlichtete, wurde hie und da auch einmal grob. Schließlich war jeder mit dem Gelände, das er in Besitz genommen hatte, zufrieden.

Jede Familie hatte ein Grundstück erhalten, es maß etwa sieben bis acht Meter an der Front zur zukünftigen Straße hin und zwölf Meter in der Tiefe. Jetzt hob ein geschäftiges Hin- und Hereilen, Hämmern, Klopfen und Sägen an. Wenn sie die Eckpfosten ihrer zukünftigen Hütten in die Erde trieben, deckten sie das Holz mit Stofffetzen ab, um die schweren Schläge abzudämpfen. Mit seiner Machete hatte der Vater im Nu vier Löcher ausgehoben. Pepe packte die Pfähle, die den Stacheldraht gehalten hatten. Das waren die Eckpfosten ihrer Behausung. Eva María krabbelte auf allen vieren herum, fast wäre Pepe über sie gestolpert. Die Mutter brachte lockere Erde und Steinbrocken herbei, die der Vater um die Pfähle herum feststampfte. Vier darüber genagelte Holzlatten gaben der Konstruktion von oben Halt.

„Das reicht fürs Erste“, sagte der Vater befriedigt. „Später werden wir Wände einziehen mit Fenstern und Türen.“

„Für den Fußboden“, ergänzte die Mutter, „brauchen wir Holzbretter. Ich weiß schon, wo wir welche besorgen können.“

„Unsere Hauptbeschäftigung in den nächsten Monaten“, sagte der Vater, „wird es sein, alles, was brauchbar ist, herbeizuschaffen.“

Jetzt schnürten sie die Pakete auf, die sie auf dem Rücken heraufgeschleppt hatten. Die Säcke und Teppiche rollten sie aus und spannten einige davon über Balken und Lattengerüst.

Der Vater schaute zum Himmel: „Für ein Unwetter sind wir denkbar schlecht gerüstet“, sagte er und lachte.

Der Himmel aber war mit Tausenden von Sternen übersät, und der Mond warf jetzt ein so helles Licht, dass man das ganze Gelände überblicken konnte. Einige der notdürftig errichteten Bauwerke bildeten beeindruckende Silhouetten, andere sahen ziemlich schief aus. Manche Nachbarn hatten lediglich ihr Terrain abgesteckt, dann hatten sie auf alten Plastiksäcken und Kartons ein Nachtlager aus Teppichen bereitet.

Die Stunden waren dahingeflogen, Eva María war irgendwo liegen geblieben und eingeschlafen. Auch Pepe spürte plötzlich, wie ihn Müdigkeit überfiel. Was an Säcken, Stoff und Kleidern übrig war, legten sie auf den grasbewachsenen Boden. Pepe lag noch einige Minuten auf dem Bauch, stützte die Ellenbogen auf und schaute hinaus auf die Stadt, über der sich am Horizont mit einem blassen Lichtschimmer der neue Tag ankündigte. Dann drehte er sich müde auf den Rücken.

Im Geist malte er sich aus, wie ihr Haus einmal aussehen würde. Durch die Eingangstür würde man einen großen Raum – Wohnzimmer, Esszimmer, Schlafzimmer in einem – betreten. Seitlich würde ein Durchgang in die kleine Küche führen, durch deren Hinterausgang man in einen Innenhof und von dort zur Toilette gelangte. „Alles ist aufs Beste ausgedacht", sagte er sich, „unser Haus wird einfach, praktisch und wohnlich sein."

Zuerst würden sie das Haus mit Holz, Pappe und Wellblech aufbauen. Blitzschnell musste das geschehen. Denn nur wenn sie fertig waren, ehe die Polizei anrückte, hatten sie eine Chance sich zu behaupten. Später würden sie die Holz- und Blechwände durch festes Mauerwerk ersetzen. Stein um Stein würden sie herbeischaffen, Stück um Stück hochmauern. Backsteine würden sie verwenden, die an tiefer gelegenen Stellen von Ciudad Bolivar von Hand geformt und in großen, aus Steinen aufgeschichteten Öfen gebacken wurden.

Pepe spürte, wie sein Körper leicht wurde und der Schlaf ihn hinwegtrug. Von weit her hörte er ein Rufen, eine ängstliche Kinderstimme. Er war zufrieden, fühlte sich entspannt und zuversichtlich. Hier würden sie ein gutes Zuhause haben – und auch Raum genug für einen kleinen Hund.

Die Verteidigung

Schlaftrunken schälte sich Pepe aus den Decken, dabei schob er Eva María beiseite, die an ihn geschmiegt schlief. Die Eltern waren verschwunden. Überall herrschte Betriebsamkeit. Pepe rieb sich die Augen, dann mischte er sich unter die Männer. Sie ließen, während sie fast atemlos arbeiteten, nie die Umgebung aus den Augen. Aber nichts, was sie hätte beunruhigen können, war zu sehen. Nur die Bewohner der weiter entfernt liegenden Häuser blickten manchmal neugierig herüber.

Wer immer entbehrlich war, schwärmte aus. Dann schleppten sie, was sie an verwertbarem Baumaterial finden konnten, den Hang hinauf. Am Nachmittag kamen Kinder aus der Nachbarschaft herüber. Zuerst standen sie bloß herum, abseits, wie verlegen. Dann aber kamen sie näher und fingen an, mit den Kindern der Landbesetzer zu sprechen. Abends kamen ein paar Erwachsene herauf, 'Invasoren' von einst. An Ratschlägen mangelte es nicht. Einer rollte ein altes Fass herbei, es sollte als Wasserbehälter dienen.

Das Trinkwasser mussten die Frauen und die Kinder besorgen. Unten hatten sie eine Zapfstelle ausfindig gemacht. Lange musste man dort anstehen, um an die Reihe zu kommen. Denn die Häuser der ganzen Gegend hatten keinen eigenen Wasseranschluss. Nach und nach füllten die Kinder Eimer und Plastikkanister. Die Gefäße wurden an lange Stangen gehängt, die sie, je zu zweien, auf der Schulter trugen.

Was die Nachbarn entbehren konnten, brachten sie herbei, Eisenrohre, Bretter, Plastiksäcke, Kartons, Draht, Blech. Jede Minute war kostbar. Fürs Essen blieb kaum Zeit. Schließlich zündeten sie ein Feuer an. Einige Frauen bereiteten eine einfache Mahlzeit für alle zu. In einem großen Topf kochten sie Reis. Nachbarn brachten ein paar Eier, einige Kochbananen. Der Leitungsrat der Landbesetzer sammelte Geld für gemeinsame Beschaffungen. Posten wurden aufgestellt, Tag und Nacht sollten die Wachen auf der Hut sein.

Zu ihrer Überraschung blieben sie ungestört. Nichts geschah, auch der zweite Tag verlief ruhig. Einige meinten schon, man würde sie unbehelligt lassen. Da tauchten am Morgen des dritten Tages Polizisten auf. Aus weiter Entfernung schon sah man sie kommen, drei bewaffnete Männer. In einigem Abstand blieben sie stehen, dann kamen sie auf die Siedler zu.

„Was geht hier vor?", fragte einer der Polizisten. „Wie kommt ihr dazu, den Zaun aufzuschneiden? Seid ihr die Eigentümer dieses Grundstückes oder hat irgendjemand euch das Gelände geschenkt?"

Papiere wollten sie sehen, Bescheinigungen, die dazu berechtigten, das Grundstück zu besiedeln. Die Polizisten wussten genau, dass es keine derartigen Dokumente gab. Vorwürfe und Zurechtweisungen flogen hin und her. Pepe stand zwischen den Männern und Frauen, die abwechselnd zu den Uniformierten hinüberschrien. Nach einiger Zeit zogen die Polizisten ab. Am Nachmittag schickte der Besitzer eine neue Abordnung, bestehend aus zwei Rechtsanwälten mit Leibwächtern, und zwei andere Polizisten.

Einer der Juristen sagte: „Verschwindet sofort von hier! Ihr habt zwei Stunden Zeit. Wer sich weigert, muss mit schweren Strafen rechnen."

Die Männer trugen graue Anzüge. Beim Aufstieg hatten sie sich die Schuhe schmutzig gemacht. Pepe stand jetzt in der ersten Reihe der Landbesetzer. Er hörte, wie die Advokaten von Landfriedensbruch, Raub und Gewalt sprachen. Mit hohen Geldstrafen und Gefängnis würden derartige Delikte bestraft, behaupteten sie. Und sollte die Auseinandersetzung nicht friedlich beendet werden, so wäre mit noch Schlimmerem zu rechnen. Schon manche Invasion sei mit Waffengewalt beendet worden.

„Wenn ihr eure Holz- und Blechhaufen nicht freiwillig beiseite schafft“, drohten die Juristen, „wird der ganze Dreck von Bulldozern abgeräumt.“

Von nun an schauten sie noch besorgter ins Tal hinunter. Am vierten Tag geschah nichts. Am fünften Tag schlugen die Wachen zu früher Stunde Alarm. Eine Schar von Polizisten rückte an. Die Landbesetzer ließen alles stehen und liegen und eilten aufgeregt zusammen. Pepe rannte zu der Stelle, von der aus man den Zugang zu ihrem Grundstück am besten überblicken konnte. Da sah er die Uniformierten: Langsam arbeiteten sie sich den Hang empor. Einige von ihnen ließen sich von hechelnden Hunden an langen Leinen ziehen. Gefahr! Pepe spürte, wie seine Schläfen pochten. Würden sie sich behaupten können? Die Gedanken wirbelten durch seinen Kopf.

Mit einem Mal trat Doña Ana Lucía vor. Ihre Stimme klang hell und ruhig: „Jetzt gilt es, compañeros. Nehmt eure Plätze ein!“

Die Landbesetzer bildeten einen Kreis um ihre Hütten. Ganz vorne stellten sich die Kinder und die Frauen auf. Pepe sah zu seiner Mutter hinüber. Sie hatte Eva María auf den Arm genommen. Ihr Gesicht war blass. Hinter den Frauen und den Kindern standen die Männer. Sie hielten Macheten, Holzstücke und Eisenrohre in der Hand.

Jetzt kamen die Polizisten über den Rand des Abhangs geklettert. Ihre Hunde knurrten und fletschten die Zähne. Die Uniformierten blieben stehen und stellten die Gewehre vor sich auf den Boden.

„Wer ist euer Sprecher?“, rief der Anführer der Polizisten. Als Doña Ana Lucía vortrat, glitt ein spöttisches Lächeln über sein Gesicht. „Man hat euch gewarnt“, sagte er drohend. „Warum seid ihr immer noch hier?“

„Wir sind hier“, sagte Ana Lucía, „weil wir keine andere Wahl haben. Wir haben das Land besetzt, weil wir überleben wollen.“

„Ihr habt dieses Land gestohlen!“

„Unsinn! Das Grundstück lag brach. Wir haben es in Besitz genommen. Aus Notwehr. Der Besitzer kann den Verlust verkraften. Wir aber, wir sind darauf angewiesen.“

„‘Notwehr’? Dass ich nicht lache! Landstreicher seid ihr, Landräuber! Ihr habt euch an fremdem Eigentum vergriffen.“

„Eigentum ist nicht gleich Eigentum“, sagte Ana Lucía ruhig. „Wer Grundstücke aufkauft, sie umzäunt und wartet, bis sie immer teurer werden, der nutzt die Not der Leute aus. Solches Eigentum ist unrechtmäßig. Es beutet die Armen aus. Dagegen sollte die Polizei einschreiten.“

„Blödsinn!“, schrie der Uniformierte. „Was ihr predigt, bedeutet Willkür und Chaos. Der Besitzer dieses Grundstückes ist ein ehrenwerter Mann, ein Mann mit Einfluss in höchsten Politikerkreisen. Er hat schon viele Barrios erschlossen. Die Leute sind ihm dankbar. Ihr könnt sicher sein, dass er in diesem Konflikt nicht nachgibt.“ Pepe spürte, dass der Polizist immer ärgerlicher wurde. Zornig schüttelte er den Kopf: „Schluss jetzt! Ich habe keine Zeit, mir euer Geschwätz länger anzuhören.“

„Niemand wird uns von hier vertreiben, jedenfalls nicht lebend“, entgegnete Ana Lucía entschieden. „Wir haben nichts zu verlieren.“

Jetzt nahmen die Polizisten ihre Schlagstöcke zur Hand. „Los, zeigt es diesem Gesindel!“, schrie der Leutnant. „Weg mit dem Abschaum! Rauschgifthändler, Lumpenpack! Wir werden eure Marihuana- und Basucohöhlen ausräuchern.“

Die Polizeihunde knurrten und zerrten an den Leinen. Pepe erkannte das Weiß ihrer gefletschten Zähne und die Fäden aus Speichel, die aus ihren Mäulern troffen. Der Trupp kam näher und näher. Pepe ängstigten die verschlossenen Gesichter der Polizisten, grimmig waren sie und zu allem entschlossen.

Die Kinder und die Frauen rückten noch näher zusammen. Jeder spürte die Angst und das Zittern des anderen. Direkt vor ihnen machten die Polizisten Halt.

„Weiter, weiter!“, schrie der junge Polizeioffizier.

Die Uniformierten machten noch ein paar Schritte. „Auf Säuglinge und Kinder können wir doch die Hunde nicht hetzen“, meinte einer kleinlaut.

„Verdammt! Hört ihr nicht, was ich euch sage?“, schrie der Kommandant noch lauter. „Los!“ Keiner rührte sich. „Das ist ein Befehl. Wollt ihr im Gefängnis landen?“

Keine Bewegung, unerträglich die Spannung. Pepes Atem ging stoßweise. Jetzt wird die Hölle losbrechen, dachte er.

Der Polizeikommandant rannte hin und her, stampfte mit dem Stiefel auf die Erde und stieß Beschimpfungen aus: „Mierda! Hijos de puta!“ Auf einmal hielt er inne, er schien sich zu besinnen. „Zurück, ohne Tritt!“, sagte er mit kalter Stimme. „Marsch!“

Das ließen sich die Uniformierten nicht zweimal sagen. Langsam trotteten sie davon.

Am Rand des Abhangs wendete sich der Anführer um und schrie: „Macht euch keine falschen Hoffnungen! Wir ziehen jetzt ab, aber gewonnen habt ihr noch lange nicht. Morgen ist auch noch ein Tag. Wir kommen wieder, Lumpengesindel, Elendspack!“

Sie verschwanden in der Tiefe. Die Landbesetzer rührten sich nicht von der Stelle. Keiner sagte ein Wort. Stille. Da – ein Schrei. Er klang wie Qual und Last, die man abwirft, wie Erleichterung nach unerträglicher Anspannung, wie Klage und Jubel auf einmal. Der Bann war gebrochen. Jetzt brach es aus allen hervor. Sie lachten, sprangen umher, weinten und fielen einander in die Arme. Pepe umschlang ein Mädchen, das neben ihm stand, er wirbelte es herum, bis beide lachend zu Boden fielen.

Der Aufbau

In den nächsten Tagen ließ sich kein Polizist mehr blicken. Aber später traten die Rechtsanwälte des Landbesitzers samt Leibwächtern noch einmal auf den Plan. Sie wollten verhandeln, das Grundstück aufteilen und die einzelnen Parzellen verkaufen. Auf diese Weise sollte das 'ungesetzliche Vorgehen' der Landbesetzer nachträglich 'legalisiert' werden. Aber niemand war bereit, auf dieses Angebot einzugehen. Den geforderten Preis hätten sie ohnedies nie und nimmer bezahlen können.

Statt dessen konzentrierten sie alle Kraft auf die Aufbauarbeit. Je besser sie vorankamen, umso sicherer fühlten sie sich. Nach einem halben Jahr sah die Siedlung zwar immer noch armselig aus, aber schon zeichnete sich eine gewisse Ordnung ab. Die einzelnen Hütten standen dicht an dicht. Die meisten waren so hoch wie ein Zimmer, nur wenige hatten zwei Stockwerke. Aus Holzbrettern waren sie zusammengefügt. Den Regen hielten Tafeln aus Wellblech einigermaßen ab, und Steinbrocken verhinderten, dass die Bleche und die geteerte Pappe vom Wind weggeblasen wurden. Die Fensteröffnungen waren mit Plastiksäcken abgedichtet. Das Abwasser, das beim Kochen und Waschen anfiel, lief auf die 'Straße' und versickerte im Sand. Toiletten gab es nicht. Wer sein Geschäft verrichten musste, suchte abseits eine Stelle, wo er unbeobachtet war.

Die Leitung der Gemeinschaft, eine Gruppe von fünf Personen, wählten sie im Abstand von zwei Jahren neu. María Lucia stand dieser junta directiva vor. Im Laufe der Zeit bildete sich bei ihnen ein eigenes Gerichts- und Kontrollsystem heraus: Familien, die sich nicht in die Ordnung fügen wollten, wurden vorgeladen, gemaßregelt und gegebenenfalls ausgeschlossen – sie mussten ihr Bündel packen und verschwinden. Über die Zulassung neuer Familien entschied die ganze Gemeinschaft. Wegen seiner religiösen oder politischen Einstellung durfte niemand behelligt werden. Sie waren stolz auf ihre Toleranz und Liberalität. Aber wenn es in einer Ehe zu größeren Streitigkeiten kam, trat das Leitungsgremium auf den Plan und brachte die Zerstrittenen mit mehr oder weniger sanftem Druck wieder zusammen. Ehemänner, die sich mit anderen Frauen zu schaffen machten, hatten bald die ganze Gemeinschaft gegen sich. Die Frauen waren stolzer als anderswo. Sie wussten, dass ohne sie das Gemeinwesen nicht zustande gekommen wäre. Besondere Fürsorge widmeten sie den Kindern. Zwei junge Frauen richteten das Erdgeschoss einer Hütte als Kindergarten ein. „Die Kinder", sagten sie, „sollen es einmal besser haben."

Später im Rückblick verklärten sich diese ersten Jahre, die tatsächlichen Mühen und Streitigkeiten vergaßen sie. Wenn sie sich erinnerten, sagten sie: „Das war die Zeit, in der Nachbarn einander wie Freunde begegneten. Brüderlich haben wir Mangel und Ungewissheit, Hoffnungen und Rückschläge, Enttäuschungen und Erfolge miteinander geteilt." So verwandelten sie diese Epoche in eine Zeit der Zuversicht und des Glücks. Die Älteren sagten dann: „Das waren unsere besten Jahre." Zwischen den Hütten spielten die Kinder. Aus Holzstücken bastelten die Mädchen Puppen. Die Jungen mit ihren imitierten Adidas- und Nike-Tennisschuhen schulterten Stecken wie Gewehre und spielten Polizisten nach, die Siedler von illegal besetztem Land vertrieben. Einige Familien hatten kleine Öfen im Freien aufgestellt und boten Teigtaschen, die in Fett ausgebacken waren, frittierten Speck und kleine, mit Reis und Speck gefüllte Grillwürste an. Aus den Hütten drang Musik nach draußen, Vallenatos, Tangos, Rancheras.

Einige hundert Meter von ihrem Gelände entfernt führte eine Stromleitung vorüber. Das forderte den Erfindergeist derjenigen heraus, die sich mit den Geheimnissen der Elektrizität auskannten. Es dauerte nicht lange, da zapften sie eine Leitung an. Nun endlich konnten sie auch die aus dem Netz der öffentlichen, besonders aber der privaten Fernsehanstalten über das ganze Land ausgeschütteten Segnungen der Zivilisation in vollen Zügen genießen. Auf jeder Hütte sah man bald eine Antenne. Später kamen Arbeiter der Elektrizitätswerke und kappten die Leitungen. Wenige Stunden später waren die Kabelanschlüsse wiederhergestellt. Das Entfernen und erneute Anbringen der Kabel entwickelte sich zu einem Spiel, dessen Regeln von beiden Parteien, den Landbesetzern und den Elektrikern, mit Inbrunst und Gleichmut eingehalten wurden.

Pepe, der im 'heißen Land' geboren und aufgewachsen war, konnte sich nur schwer an die Kälte und an den vielen Regen der Hochebene gewöhnen. In der Regenzeit, die mindestens zweimal im Jahr über sie kam, verwandelte sich der Weg zwischen den Hütten in eine Schlammbahn.

„Wann ist die Regenzeit in Bogotá zu Ende?“, fragte Pepe.

„In Bogotá ist fast immer Regenzeit.“

Alle litten unter der Kälte. Regnete es, so sanken die Temperaturen sofort, und nachts wurde es bitterkalt. Auf Dauer hielten ihre Behausungen der Witterung nicht stand. Durch die Dächer und durch die Seitenwände drang das Wasser ein. Erst tropfte es nur, dann floss es in Strömen. Alles wurde nass. Manchmal dauerte es Wochen, bis die Kleidungsstücke und die Wäsche wieder richtig trockneten. Wenn Pepe zu Bett ging, fühlte sich das Bettzeug klamm an. Die Platzregen der Hochsavanne konnten in wenigen Minuten die Erde überschwemmen. Eine braune Brühe stand dann auf dem Boden der Hütten. Sie zogen Gräben, um das Wasser abzuleiten. Aber niemand konnte verhindern, dass sich die Erde, auf der sie wohnten, vollsaugte und weich wurde vor Feuchtigkeit. Eva María begann zu husten. Sie rieb sich die kalten Händchen und hatte blaue Lippen. Das blieb so über viele Monate des Jahres. Erst im Dezember und im Januar, wenn die Sonne die Hügel austrocknete und die Erde aufheizte, fühlten sich die Kinder behaglicher und gesund.

Nur schleppend ging der weitere Ausbau der Häuser voran. Aus Brettern hatten der Vater und Pepe einen Tisch und zwei Bänke gebaut. Schränke gab es keine. Statt dessen trieben sie Nägel in die Wände und hängten dort ihre Kleider auf. Über seinem Bett hatte Pepe zwei Poster angeheftet. Das eine, das die Aufschrift 'Sylvester Stallone' trug, zeigte einen Mann mit kraftvollen Muskeln, das andere einen Skateboardfahrer, der sich in der Luft überschlug. Über dem Bett der Eltern hing das Bild von Jesus mit der segnenden Hand und dem offenen Herzen. Am Querbalken der Tür war ein verdorrter Kaktus befestigt, die Mutter hatte ihn dort angenagelt. Er würde - wie eh und je - das Haus vor allem Bösen und seine Bewohner vor Krankheiten schützen. Auf einem alten Benzinkocher, aus dem manchmal die Flammen hochschlugen, kochte sie. Es war ein gefährliches Gerät. „Pass auf", sagte der Vater, „sonst brennt uns noch die Hütte ab."

Das Baumaterial, mit dem die Landbesetzer nach und nach ihre Behausungen ausbesserten und befestigten, musste von weither geholt werden. Alles war teuer, vor allem die von Hand gebrannten Backsteine - und sie hatten wenig Geld. Dennoch verschwanden im Laufe der Zeit die meisten Bretterhütten - wohlgemerkt, nicht alle. Sie machten Häusern aus Backsteinen Platz, die wie viereckige Bauklötze aussahen. Die Fensteröffnungen der Hütten aus Holz waren ungeschützt, die der Häuser aus Stein versahen sie mit Eisengittern. Aus den flachen Dächern und Betonstürzen über den sandfarbenen Außenmauern ragten rostige Eisenstäbe in die Höhe. „Später einmal", sagten die Leute, „werden wir weiterbauen. Dann wird ein zweiter und vielleicht auch ein dritter Stock aufgesetzt. Das hängt ganz davon ab, wieviele Kinder wir bekommen."

Tatsächlich hatten die Häuser umso mehr Geschosse, je zahlreicher die Kinder und die Enkel waren, die dort Platz finden mussten – die Häuser wuchsen mit der Kinderzahl. „Es ist gut“, sagten die Leute, „wenn man viele Kinder hat. Denn was uns selbst nicht gelingt, werden einmal unsere Kinder erreichen.“ Manche Familien eröffneten im ersten Stock ihres Hauses ein Geschäft, zum Beispiel eine Bar, eine Verkaufsstelle für Brot und Fleisch oder eine Werkstatt, in der Schuhe oder Elektrogeräte repariert wurden. Dann bezogen sie als Wohnung den zweiten Stock über ihrem Laden.

Was die Asphaltierung des Weges betraf, so mussten sie lange darauf warten. Als der Tag endlich kam, an dem die Straße mit schwarzem, dampfendem Teer überzogen wurde, versammelten sich die Anwohner, vorneweg die Kinder, und verfolgten das Schauspiel, das ihre Welt veränderte, mit großer Neugierde. Die Rohre fürs Abwasser hatte ein Politiker besorgt, kostenlos. Kurz vor den Wahlen zum Stadtrat war er aufgetaucht und hatte den Bewohnern der südlichen Invasionen die Verbesserung ihrer Lage und eine glänzende Zukunft vorausgesagt:

„Dort unten werden wir eine Durchgangsstraße bauen“, erklärte er. „Der ganze Verkehr, der die Llanos und das Magdalenatal mit Bogotá verbindet, wird sozusagen an Ihrer Haustür vorbeigehen. Sie werden diese Chance nutzen. Wenn Sie Läden, Werkstätten, Restaurants eröffnen, wird der Reichtum Ihnen unaufhaltsam zufließen.“

Die Leute hörten ihm zu, lächelten ein bisschen und gaben ihm bei der Wahl ihre Stimme. Die Gräben zum Verlegen der Rohre hoben sie selbst aus. Schließlich setzten sie auch den Anschluss ans städtische Wassernetz durch. Besitzurkunden für ihre Parzellen und damit die Sicherheit, nicht vertrieben zu werden, bekamen sie nie. Sie redeten einfach nicht mehr darüber.

Insgesamt gesehen verlebten sie damals wirklich eine gute Zeit – die Zwietracht kam erst später. Man merkte die Veränderung anfangs nur daran, dass sie die Fenster vergitterten. Mit der Zeit vergaßen sie ihren Grundsatz, niemanden wegen seiner politischen Meinung zu behelligen. Sie begannen, die Vorderseiten ihrer Hütten und die Haustüren mit unterschiedlichen Farben zu streichen; die einen benutzten Rot, die anderen Blau. Mit der Farbe Blau gaben sie sich als 'Konservative', mit der Farbe Rot als 'Liberale' zu erkennen. Mit ihrer persönlichen Einstellung hatte das nichts zu tun. Vielmehr fühlten sie sich den Liberalen zugehörig, weil ihre Eltern, Großeltern und Urgroßeltern für die Liberalen gestimmt hatten, und für die anderen, die Anhänger der konservativen Partei, galt dasselbe. Was sie auseinander brachte, waren nicht politische Meinungsverschiedenheiten; die gab es sehr wohl, und man hätte trefflich darüber streiten und sich am Ende wieder vertragen können. Viel tiefer trennte sie die Tatsache, dass ihre liberalen oder konservativen Vorfahren in einem grausamen Krieg, der ein Menschenleben zuvor ausgebrochen war, über ihre konservativen oder liberalen Gegner hergefallen waren und sie getötet oder vertrieben hatten.

Pepe verstand die Hintergründe nicht; aber er hörte zu, wenn die Erwachsenen über diese Zeit sprachen. „In der Violencia, dem Bürgerkrieg", sagten sie, „haben die Liberalen die Familien der Konservativen umgebracht. Und die Konservativen brachten die Familien der Liberalen um. Daneben gab es das Militär, und das hat sowohl die einen wie die anderen umgelegt. In dieser Zeit konnte keiner ohne Angst auf die Straße gehen, überall lauerte Gefahr. Niemandem durftest du vertrauen. Die einen schlugen den anderen die Köpfe ab und warfen die Leichen in den Fluss."

Im Laufe der Zeit wurden die Schatten der Vergangenheit tiefer, ihre Hoffnungen kleiner.

Nachtwächter

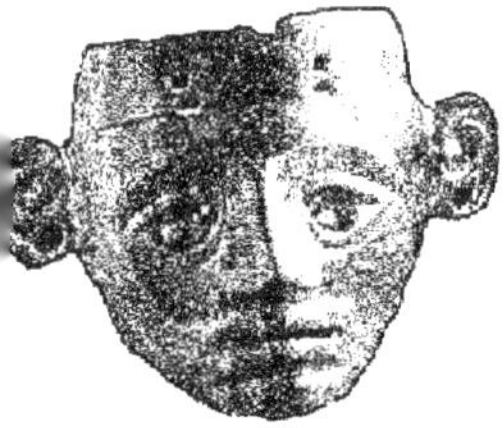

Tag für Tag machte sich der Vater auf den Weg und suchte Arbeit in der Stadt. Die Anfahrt dorthin dauerte schon mühsame zwei Stunden, die Rückfahrt oft noch länger. Müde und enttäuscht kam er abends nach Hause. Selten hatte er Glück. Einmal stellten sie ihn aushilfsweise als Nachtwächter ein. In einen braunen Anzug mit militärischem Zuschnitt musste er schlüpfen und eine Mütze mit metallener Plakette tragen. Man gab ihm eine alte Flinte und eine Trillerpfeife. Während der Nacht sollte er alle zehn Minuten laut in die Pfeife blasen: den Dieben zur Warnung und seinen Auftraggebern zum Beweis, dass er nicht eingeschlafen war. So ausgestattet, bewachte er eine Häuserreihe nahe dem Unicentro im Norden der Stadt.

Nach den durchwachten Nächten kam er am späten Vormittag müde und ausgefroren daheim an. Er schlief dann bis nach Mittag, und am frühen Abend machte er sich erneut auf den Weg. Das Geld, das er nach Hause brachte, reichte der Mutter nicht einmal zum Einkauf von Nahrungsmitteln für eine Woche.

„Wie nur", sagte der Vater verbittert, „soll man mit diesem Hungerlohn eine Familie ernähren? Keinen Centavo mehr wollen sie mir geben. Zum Leben ist es zu wenig, fürs Sterben zu viel."

Pepe – so meinte die Mutter – sollte endlich wieder zur Schule gehen. Eine halbe Stunde Fußweg von Bello Horizonte entfernt, in Lucero bajo, hatten Schwestern des Ordens Zum geheiligten Herzen Jesu ein Gemeindezentrum mit einer Schule errichtet. Dorthin schickte sie ihn.

Pepe wehrte sich: „Was soll ich mit Kleinkindern auf ein und derselben Schulbank?“ Er fand, dass er gut genug lesen und schreiben konnte. Im praktischen Rechnen für den Hausgebrauch fühlte er sich ohnehin als Meister. So suchte er nach Gründen, um dem Unterricht fernbleiben zu können.

„Im Haus“, sagte er zur Mutter, „ist ein Mann unentbehrlich, nicht wahr?“

Morgens schaffte er Wasser herauf, mittags half er beim Kochen, und auch sonst war er, zum Erstaunen seiner Eltern, immer bereit, alle möglichen Hilfsdienste zu verrichten.

Als der Vater dennoch wieder die Rede auf die Schule brachte, fragte Pepe: „Weißt du eigentlich, was eine Schuluniform kostet? Und Hefte und Bücher und Kugelschreiber und Bleistifte? Wie sollen wir das bezahlen?“

Tatsächlich hätte dafür das Geld, das der Vater verdiente, nicht ausgereicht. Wütend machte es ihn, dass er für den Einsatz aller seiner Kraft nur ein Almosen bekam. Einen Ausweg aus der Misere sah er nicht.

„Ich bin doch Campesino“, sagte er resigniert, „ein Bauer, der gewöhnt ist, als freier Mann zu leben. Warum soll ich mich damit abfinden, wie ein Sklave behandelt zu werden?“

Pepe sah, dass sein Vater immer blasser und schmaler wurde. Er ging etwas gebeugt, und das Grau seiner Haare trat deutlicher hervor. Jetzt kam es vor, dass er manchmal auf die Fahrt in die Stadt verzichtete und morgens länger im Bett liegen blieb. Dann stand er mürrisch auf und traf sich mit den Männern der Nachbarschaft. Stundenlang standen sie vor einer Hütte, die einer als behelfsmäßige Bar eingerichtet hatte, diskutierten und tranken Bier.

Das göttliche Jesuskind

Wenn Pepe in die Stadt fuhr, bestieg er den Bus nicht durch die Vordertür; er wollte den Fahrpreis sparen. Wer vorne einstieg, musste am Busfahrer vorbei, und der kassierte das Geld. Pepe wartete also ab, bis die Fahrgäste zur hinteren Bustür herauskamen, um sich dann blitzschnell hineinzudrängen, bevor die Tür wieder zuschlug.

In den Straßen des Zentrums lief Pepe stundenlang herum, ging die Carrera Décima in nördlicher Richtung hinauf und bog auf der Avenida Jiménez nach Osten ab. Dann drängte er sich durchs dichteste Menschengewühl der Séptima, bis er auf der Plaza Bolivar ankam. Unterwegs blieb er vor diesem oder jenem Schaufenster stehen und bestaunte die Auslagen, Stereogeräte, Kleider und Anzüge, Elektrogeräte und Berge von Süßigkeiten.

An jeder Straßenecke und an jeder Straßenkreuzung sah er arbeitende Kinder – Kinder, die Bananen, Mandarinen, Zeitungen und Zigaretten verkauften. „Marlbóro, Marlbóro", rief ein Mädchen. Es ging an den Autos entlang, die sich so lange an der Kreuzung stauten, bis die Ampel wieder auf Grün sprang.

Auch ein paar Jungen nutzten diese wenigen Minuten, um mit Wasser und mit Lappen, die sie an Stöcke gebunden hatten, die Scheiben der Wagen sauber zu wischen. Dann bettelten sie bei den Fahrern um ein paar Pesos.

Unter den Straßenverkäufern, die alte Bücher und Illustrierte, Kämme und bunte Tücher, Spielzeug und Ledergürtel anpriesen, gab es viele Kinder, und auch dort, wo Autos parkten, arbeiteten Kinder als Wächter. Pepe sah, wie ein Junge, der in einem viel zu großen, staubgrauen Anzug steckte und auf einem Bein hinkte, seinen Laufstock durch die Luft schwang, als wollte er die Diebe, die sich 'seinem' Auto nähern mochten, in die Flucht schlagen.

Hie und da begegnete Pepe auch Kindern, die kleine Holzkästen unter dem Arm trugen. Einer dieser Jungen rief den Passanten zu: „Hola, Señores. Sie sollten mal wieder Ihre Schuhe putzen! Was, Sie haben keine Zeit? Schauen Sie, wie schmutzig Ihre Schuhe aussehen. Einen schlechten Eindruck macht das. Mit ungeputzten Schuhen hat man keinen Erfolg. Sie sollten auf Ihr Aussehen besser achten!"

Rasch fand sich einer, dem diese Argumente einleuchteten. Ein vornehm gekleideter Herr stellte einen Fuß auf den kleinen Holzkasten und wartete, bis der Schuhputzerjunge Lappen und kleine Bürsten, Creme und eine Wasserflasche bereitgelegt hatte. Der Kunde lehnte sich an die Wand und faltete eine Zeitung auseinander. Bis aller Staub entfernt war, flog die Bürste des Jungen so flink hin und her, dass Pepe kaum den Bewegungen seiner Hände folgen konnte. Dann wurde reichlich Schuhcreme aufgetragen. Der Junge wickelte einen Stofffetzen um Zeigefinger, Mittelfinger und Daumen und nun arbeitete er die Creme mit dem Stoff, dann mit dem bloßen Handballen in das Leder ein. Zwischendurch gab er etwas Wasser und dann eigene Spucke auf die glänzende Fläche. Nun zog er ein Stück Stoff über die Schuhe und ließ es laut knallen. Er rieb und polierte so geschickt und schnell, dass Pepe staunte. Nach wenigen Minuten sah das Schuhwerk aus wie neu.

„Fünfhundert Pesos", sagte der Junge. Den Geldschein steckte er in die Gesäßtasche.

Alle Kinder arbeiten, dachte Pepe. Warum kann nicht auch ich Geld verdienen? Wie aber sollte er es anfangen? Die Kreuzungen mit Verkehrsampeln, günstige Stellen für rasche Geschäfte, waren bereits in fester Hand. Die Erwachsenen und Kinder, die dort arbeiteten, würden keinen Eindringling dulden. Sie werden ihre Arbeitsstellen verteidigen und mich vertreiben, sagte sich Pepe. Das traf gewiss auch für die Plätze zu, die die Schuhputzer unter sich aufgeteilt hatten. Was also blieb ihm übrig?

Bald ergab sich eine günstige Gelegenheit. „Im Barrio Buenos Aires", erfuhr er von einem Jungen aus der Nachbarschaft, „gibt es einen Priester. Der hilft den Kindern. Er beschafft ihnen Arbeit."

Dorthin machte sich Pepe eines Tages auf den Weg. Er fragte sich zu dem Priester durch, und der lud ihn ohne Umschweife zum Bleiben ein. „Du kannst hier etwas essen", sagte er, „und du darfst auch wiederkommen, wenn Du willst. Hier treffen sich viele Kinder."

Pepe schilderte seine Lage. „Zu Hause müssen wir alle zusammen helfen", sagte er. „Das Geld, das mein Vater verdient, reicht uns zum Leben nicht aus."

Zum Abschied reichte ihm der Priester einen Packen kleiner Kärtchen mit Bildern. „Die kannst du in der Stadt verkaufen", sagte er. „Was du verdienst, gehört dir. Wenn du mehr Bildchen brauchst, kommst du wieder. Die ersten schenke ich dir, die nächsten musst du bezahlen."

Unterwegs schaute sich Pepe die Bildchen an: „Carnet del Divino Niño Jesús", stand darauf, „Ausweis des göttlichen Jesuskindes". Auf der Vorderseite war ein kleines Kind abgebildet, es sah aus wie ein Engel. So etwa vier Jahre, überlegte Pepe, muss das Jesuskind alt gewesen sein, als dieses Bild von ihm gemacht wurde. Es trug ein wallendes rotes Gewand, hatte einen goldenen Heiligenschein über dem Köpfchen und reckte die Arme fröhlich in die Höhe. „'Göttliches Kind'" – mit leiser Stimme las Pepe den Text auf der kleinen Karte –, „'begleite mich auf allen meinen Wegen und bei meiner Arbeit und behüte mich vor dem Bösen und vor Krankheiten.'"

Die ersten Versuche, das „Carnet del Divino Niño Jesús" zu verkaufen, schlugen fehl. An Stellen, wo die Leute in die Busse einstiegen, stellte sich Pepe auf. Aber niemand war bereit, ein Bildchen zu kaufen. Vor seinen Freunden verheimlichte er, womit er Geld verdienen wollte. Als er abends entmutigt nach Hause kam, wusste die Mutter Rat.

Am nächsten Tag bestieg Pepe einen großen Bus. Dem Fahrer schenkte er ein Bildchen. „'Begleite mich auf meinen Fahrten!'", las Pepe dem Mann vor und sagte: „Das können Sie gut gebrauchen, es hilft gegen Unfälle."

Dann nahm er allen Mut zusammen und gab jedem der Fahrgäste ein „Carnet": „Señoras y Señores, meine Damen und Herren", sagte er so laut, dass seine Stimme den Motorenlärm übertönte, „erlauben Sie, dass ich Ihnen etwas sage. Es dauert nur wenige Minuten." Erleichtert stellte er fest, dass seine Stimme nur ganz leicht bebte und dass sich die Leute ihm tatsächlich zuwandten. „Ich habe Ihnen allen einen 'Ausweis' gegeben. Der ist ganz besonders wichtig für Sie, er ist sozusagen unentbehrlich. Wenn Sie ihn bei sich tragen, kann Ihnen nichts Schlimmes geschehen. Sie sind gesegnet. Glauben Sie mir: Wenn andere stecken bleiben, kommen Sie weiter. Wenn andere alle Hoffnung verlieren, können Sie neuen Mut schöpfen. Das alles und noch viel mehr bewirkt der 'Ausweis des göttlichen Jesuskindes'. Sie sollten ihn nie zu Hause vergessen. Er wird Sie beschützen."

Ohne stecken zu bleiben und ohne etwas zu vergessen, hatte Pepe seinen auswendig gelernten Text vorgetragen, er atmete auf. Die Leute schauten sich den Schatz an, den sie in Händen hielten. Die einen waren beeindruckt, die anderen ein bisschen misstrauisch. „Haben Sie bitte Verständnis", fuhr Pepe fort, „dass ich Sie um eine Kleinigkeit bitte. Wie viel? Das liegt bei Ihnen. Entscheiden Sie selbst, was Sie für dieses heilige Bildchen geben wollen. Jeder Peso ist mir willkommen."

Pepe schien es, als hörten ihm die meisten wohlwollend zu. „Mit dem Verkauf dieser guten und nützlichen Sache", sagte er, „verdiene ich meinen Lebensunterhalt. Statt zu stehlen und zu betrügen, verkaufe ich lieber das segensreiche Bildchen des 'Divino Niño Jesús'." Einige Fahrgäste nickten zustimmend.

Nach einer kleinen Pause fügte Pepe hinzu: „Ich wünsche Ihnen eine gute Fahrt und einen erfolgreichen Tag. Vergessen Sie nicht, Ihren Ausweis immer bei sich zu tragen!"

Nun ging Pepe durch die Reihen. Die meisten Fahrgäste gaben ihm etwas – zehn, zwanzig, fünfzig, manche auch hundert Pesos. Nur wenige blickten zur Seite. Denen, die nichts bezahlten, nahm Pepe das Bildchen wieder ab. Innerhalb weniger Minuten war er fertig, er bedankte sich und sprang ab. Auf der anderen Straßenseite winkte er einem Bus, der in die Gegenrichtung fuhr. Dort wiederholte er die Vorstellung.

Von Mal zu Mal fühlte sich Pepe sicherer und gewandter. Pro Busfahrt nahm er im Durchschnitt zweihundert bis dreihundert Pesos ein – ein beachtlicher Verdienst –, und an einem halben Tag brachte er es gut und gern auf zweitausend bis dreitausend Pesos.

Ein Scheißleben

Die kleinen Münzen tauschte Pepe gegen Tausendpesosnoten ein. Als er nach Hause kam, glättete er die Scheine sorgfältig und breitete sie liebevoll auf dem Tisch aus, einen neben dem anderen.

Der Vater schwieg in sich hinein. Er hatte den Tag damit zugebracht, nach Arbeit zu suchen, vergebens. Müde stützte er den Kopf in die Hände. „Es hat keinen Zweck", sagte er bitter. „Stundenlang hocke ich im Bus, tagelang laufe ich herum, bettle um Arbeit. Man schlägt mir die Tür vor der Nase zu. Und wenn ich Glück habe, heißen sie mich irgendeine Dreckarbeit zu verrichten. Am Ende zahlen sie mir einen Hungerlohn."

Der Vater war niedergeschlagen. Kürzlich noch hatte ihn Pepe für den stärksten Mann der Welt gehalten. Wie elend und schwach sah er jetzt aus. Als sich Pepe bei diesem Gedanken ertappte, wurde er verlegen und traurig.

„Auf Dauer", fuhr der Vater fort, „hält das niemand aus. Für einen Gärtner musste ich einspringen. Der war ausgefallen, weil er sich verletzt hatte. Sie führten mich durch die Garage ins Haus. Dort standen zwei Autos. Mit dem schwarzen Mercedes fahren sie in die Stadt zum Einkaufen, mit dem Range Rover kutschieren sie an den Wochenenden ins 'heiße Land'. In den Wohnräumen: schwere, teure Möbel, feine Teppiche und Gemälde. Dann sind wir in den Innengarten gekommen. Dort halten sie drei Boxerhunde, riesengroße Tiere. Und ich sollte nun auf den Boden knien und den Rasen mit der Machete schneiden, Stunde um Stunde, Grashalm um Grashalm. Erniedrigen und demütigen sollte ich mich, ich, der ich doch gewöhnt bin, mit dem Pferd über die eigenen Felder zu reiten, ich, der Vieh gezüchtet und Gemüse angebaut hat, das uns ernährte. Auf Knien sollte ich im Gras herumrutschen, in das die Hunde scheißen."

Der Vater sprach erregt und empört, voller Wut auf Gott und die Welt. Hilflos war er wie einer, der sich beschweren will, während doch niemand ihm zuhört.

„Die Reichen", fuhr er nach einer Pause fort, „sie denken, sie wären etwas Besseres. Weil es ihnen besser geht, fühlen sie sich überlegen. In Wirklichkeit haben sie nur mehr Glück gehabt."

Pepe sammelte die Geldscheine vom Tisch wieder ein. Er gab sie der Mutter. Die versteckte sie unter der Decke, auf der sie nachts zusammen mit Eva María schlief. Der Vater blickte düster vor sich hin.

Nach einer Weile sagte er: „Ich komme mir vor wie ein Hund, den man mit Fußtritten verjagt und dem man bestenfalls einen stinkenden Knochen hinterherwirft."

Am nächsten Abend saßen die Mutter, Eva María und Pepe lange zusammen und warteten auf den Vater. „Kurz nach Mittag", sagte die Mutter, „ist er weggegangen. Wahrscheinlich hat er sich mit seinen Freunden getroffen."

Sie schauten abwechselnd auf die Uhr. Pepe machte sich schließlich auf die Suche. Er fand den Vater vor der „Fuente de Cerveza: Nueva Vida", einer windschiefen Hütte, in der die Männer Bier und Aguardiente, die Kinder Manzana Postobón, Colombiana und Coca Cola tranken. Die Männer waren ungewöhnlich guter Dinge, zu ihren Füßen standen die dafür verantwortlichen leeren Flaschen.

„Da ist er ja!", rief der Vater. Er winkte Pepe herbei, als hätte er ihn erwartet. „Das ist mein Sohn. Schaut ihn euch an! Er ist ein Glückspilz. Er hat eine feste Anstellung und bringt gutes Geld nach Hause. Ist er nicht tüchtig!"

Er schlug Pepe auf die Schulter. „Komm, setz dich, Sohn, nimm einen Schluck."

Pepe setzte sich auf einen Schemel. Das Bier schmeckte bitter.

„Erzähl mal, Junge“, sagte einer der Männer. „Wie viel verdienst du denn? Und was arbeitest du eigentlich?“

„Ach, so viel ist es auch wieder nicht“, sagte Pepe. Er spürte eine Hitze im Gesicht. „Man muss sich halt Mühe geben.“

„Natürlich, natürlich“, antwortete der Mann aufgeräumt. „Wie gut, wenn man fleißige und erfolgreiche Kinder hat.“

„Schaut euch die jungen Leute an“, warf ein anderer Mann ein. „Sie drücken sich herum, liegen ihren Eltern auf der Tasche, und wenn man etwas verlangt von ihnen, geben sie freche Antworten.“

„Wenn das alles wäre!“, fiel ein Dritter aus der Runde ein. „Die meisten sind nicht nur frech, sondern auch kriminell. Sie lungern faul herum. Abends ziehen sie los, brechen in Häuser ein und überfallen die Leute auf offener Straße.“

„So ist es!“, sagte der erste Mann. „Wenn ich nur an meinen Ältesten denke! Pájaro, fünfzehn ist er und schon so bekannt wie ein bunter Vogel. Früher war er ein braver Junge. Sonntags hat er in der Messe gedient. Er hat uns im Haus geholfen, und im Viertel hatte er viele Freunde.“ Pepe sah die Furchen im Gesicht des Mannes. „Aber wie es so geht: kaum war er zwölf, dreizehn Jahre alt, da hat er von seinen Kumpanen die üblichen Laster angenommen. Er fing an, Marihuana zu rauchen, den Mädchen nachzupfeifen und ihnen unter den Rock zu greifen. Zu derselben Zeit ist er auch zu Hause immer aufsässiger geworden. Zu allem war er bereit, nur seiner Mutter wollte er nicht mehr zur Hand gehen.“

Der Mann schaute in die Runde: „Was versteht ihr vom Kummer eines Vaters?“ Er nahm einen Schluck und fuhr fort: „Lange hat es nicht gedauert, da begann er zu stehlen. Ich hatte keinen Einfluss mehr auf ihn. Mit seinen Freunden ist er zu Diebestouren aufgebrochen. So brachten sie einiges Geld zusammen. Wisst ihr, was er sich zuerst zulegte? Eine Pistole. Ein Fünfzehnjähriger mit einem Schießeisen! Das Eisen war zwar alt und verrostet, aber er war stolz. Allen Freunden hat er es gezeigt, und vor den Mädchen brüstete er sich. Wenn sie erschraken, hat er gelacht."

Pepe hing dem Mann an den Lippen.

„Eines Abends", erzählte er weiter, „sprach ihn sein Freund Pacho an: 'He, Pájaro', sagte er, 'ich lade dich ein: wir drehen heute Nacht ein Ding. Komm mit!' Mein Sohn hat keinen Augenblick gezögert, Außergewöhnliches hat ihn immer gereizt. Am nächsten Tag sahen wir sie wieder, sie fuhren mit einem Motorrad durchs Viertel. Sie sind die Straße hinauf und hinunter gerast. Dabei haben sie den Motor so laut aufheulen lassen, dass es niemand überhören konnte. Seine Mutter ist hinausgetreten auf die Straße und hat geschrien: 'Komm mir nicht mehr nach Hause, Bengel!' Dann hat sie geweint und mich gefragt: 'Wann kommt er endlich?' Kurz darauf haben sie die Maschine verkauft und das Geld verschleudert, wer weiß, wofür."

„Wenn einer erst einmal angefangen hat, auf diese Art sein Geld zu verdienen", sagte der zweite Mann, „kann er es nicht mehr bleiben lassen. Sie stehlen und rauben, bis sie gefasst oder erschossen werden."

Der Erzähler nickte.

„Und Pájaro?", fragte Pepe. „Was ist aus ihm geworden?"

„Ach, mein Junge", seufzte der Mann. „Wir haben Glück gehabt. Die Geschichte hat ein gutes Ende genommen. Zunächst sah es nicht danach aus." Der Mann trank sein Bier aus, stellte die leere Flasche zu den anderen leeren Flaschen auf den Boden, und einer der Zuhörer schob ihm eine neue Flasche hin. „Mein Sohn und Pacho haben sich kurze Zeit später mit anderen Nichtsnutzen zu einer Bande zusammengeschlossen. Sie wollten ganz groß einsteigen, und deshalb spezialisierten sie sich auf den Raub von Autos. An einer Kreuzung hielt einer von ihnen einen Autofahrer mit der Pistole in Schach, der andere zog ihn aus dem Wagen. So ging das eine Zeit lang. Aber sie sind bald an die falsche Adresse geraten.

Vielleicht hat sie jemand verpfiffen, wer weiß? Jedenfalls saß eines Tages in dem Auto, das sie überfielen, ein Polizist der F-2 - der Geheimpolizei - und zwar in Zivil." Der Mann ließ nachdenklich seine Flasche hin und her wippen.

In die Stille hinein fragte Pepe: „Ist Pájaro ins Gefängnis gekommen?"

„Natürlich", sagte der Mann bitter. „Er hat eine lange Zeit absitzen müssen. Am Anfang war es schrecklich. Er schimpfte und schrie: 'Ich will aus diesem Scheißgefängnis raus!' Wenn ich ihn besuchte, hat er mich angefleht: 'Papito', hat er gebettelt, 'lass mich hier nicht verfaulen, komm, hole mich raus. Besuche mich mindestens einmal in der Woche', flehte er dann. Später sagte er: 'Wenn ich hier rauskomme, werde ich mein Leben ändern. So soll es nicht weitergehen.' Als sie ihn entließen, war er außer sich vor Freude. Er kam nach Hause und hat uns um Verzeihung gebeten. Seiner Mutter hat er geschworen, keine Überfälle mehr zu machen. Seither arbeitet er fleißig und ist ein rechtschaffener junger Mann geworden. Gut, Drogen nimmt er immer noch. Aber er tut niemandem mehr etwas zu Leide."

Beim Aufbruch sagte der Mann zu Pepes Vater: „Sei froh, dass du einen anständigen Sohn hast."

Unterwegs stützte sich der Vater auf Pepe. Manchmal rülpste er und spuckte auf den Weg. Er starrte auf den Boden und sagte immer wieder: „Scheiße, ein Scheißleben ist das."

Carlitos

Sie lebten vom Geld, das Pepe nach Hause brachte. Wenig war es, dennoch trank der Vater viel Bier und kaufte Aguardiente. Die Mutter behandelte er barsch. Wenn er betrunken war, beschimpfte er sie laut. Manchmal war er deprimiert. Einmal schlug er ihr mitten ins Gesicht. Danach weinten sie beide.

An den Wochenenden ging Pepe in das nahe gelegene Barrio Valle del Rio Sucio. Dort traf er Carlitos. Wenig älter als Pepe, war Carlitos bereits mit allen unkonventionellen Formen der Lebenssicherung vertraut, die die Slumbewohner im Laufe der Zeit zu entwickeln pflegten.

Carlitos' Barrio war, genauso wie Bello Horizonte, Pepes Wohnviertel, durch eine Invasion entstanden. „Invasion ist nicht gleich Invasion", sagte Carlitos eines Tages zu Pepe. „Zwischen der einen und der anderen Art tun sich Abgründe auf." Sie schlenderten über staubige Wege. „Nirgends in der Stadt", sagte Carlitos, „findest du ein so buntes Volk wie hier bei uns."

Unter den Bewohnern von Carlitos' Viertel gab es viele Rauschgifthändler, Prostituierte und Diebe. Das Gelände am Rio Sucio war nicht von einer organisierten Gruppe, auch nicht in einer geplanten Aktion besetzt worden. Vielmehr hatten sich über eine große Zeitspanne hin nach und nach einzelne Personen und Familien dort angesiedelt. In ihren früheren Wohngegenden war den Kriminellen der Boden unter den Füßen zu heiß geworden. Manche hatten schon wiederholt umziehen müssen. Den schlechten Ruf zogen sie hinter sich her wie eine übel riechende Ausdünstung. Je schlimmer das

Gerücht war, das einem anhing, desto kürzer war die Lebenserwartung. Das wussten die Betroffenen, und sie waren auf der Hut.

„Hier“, sagte Carlitos, „sind wir nur übers Wochenende zusammen, wir und die ganze schöne Nachbarschaft.“

Abends, ehe die Dunkelheit hereinbrach, kamen die Leute aus der Stadt zum Rio Sucio zurück – zum Beispiel jene Frauen, die in irgendeinem Haushalt von Reichen im Norden als Hausmädchen arbeiteten. Oder die Fabrikarbeiter und Handlanger, die Bauarbeiter und Straßenhändler. Die vollgestopften Busse, die die Stadt vom Norden bis in den Süden durchquerten, leerten sich im Barrio Meissen und Lucero. Leer aber fuhren sie nicht zurück. Im Nu waren die orangefarbenen, verstaubten Ungetüme aufs Neue besetzt mit denjenigen Bewohnern der Südbarrios, die ihre Arbeit erst während der Nacht aufnahmen: mit Barmädchen und Nachtwächtern, Dirnen und Dieben.

Tagsüber hielten sich die meisten Leute, die dort wohnten, in anderen Gegenden auf. Die Prostituierten stellten sich vorwiegend entlang der Carrera Décima auf, die meisten Drogenhändler gingen in die Carrera Quinze, die Diebe bevorzugten den Norden der Stadt.

„Es gibt auch rechtschaffene Leute hier“, lachte Carlitos, „und ausnahmslos alle arbeiten hart. Viele fahren mit ihren selbstgebastelten Karren durch die Straßen. Sie sammeln Kartons, Papier, Plastik, Flaschen und Autoreifen ein.“

Wie Pepe erfuhr, nannten sich diese Leute ‘recicladores’, weil sie dafür sorgten, dass der Abfall, den andere weggeworfen hatten, wieder verwertet werden konnte. Damit hing es zusammen, dass sich neben ihren Hütten Halden aus Blech und Berge von Schrott auftürmten. Die Siedlung kam Pepe vor wie ein einziger Abfallhaufen.

Untereinander hatten die Menschen, die im Barrio Valle del Rio Sucio wohnten, kaum Kontakt. Misstrauisch hielten sie sich voneinander fern. Bei ihren nächtlichen Streifzügen schonten sie nur aus purer Berechnung die unmittelbare Nachbarschaft.

Im Notfall würde keiner für den anderen einen Finger krümmen, im Gegenteil. Wenn es galt, die eigene Haut zu retten, war jeder bereit, den anderen ans Messer zu liefern.

Carlitos' Eltern hatte sich aufs Sammeln von Flaschen und Reifen spezialisiert, der Sohn aber fand schnell heraus, wie man mit weniger Mühe schneller und mehr Geld machen konnte. Er verspottete Pepe, der durch den Verkauf des 'Carnets' vom Göttlichen Kind seinen Lebensunterhalt bestritt. „Mit frommen Sprüchen Geld verdienen? Das ist ja lächerlich!"

Bei nächster Gelegenheit nahm er Pepe mit in die Stadt. Über dem Zentrum lag das goldene Licht des frühen Abends. Die Leute, die letzte Geschäfte getätigt hatten, winkten Taxis und Busse herbei, um nach Hause zu fahren – oft vergeblich. Vor dem Heimweg kaufte mancher an der Ecke noch rasch ein Los der Lotería de Cundinamarca.

Carlitos stieß Pepe an. Mit einer Kopfbewegung wies er auf einen Herrn. Der Mann war ansehnlich gekleidet. Unter dem Arm trug er eine Ledertasche, estilo ejecutivo. Gerade entnahm er seiner Brieftasche einen Geldschein. Die Geldnote wollte er einer jungen Frau reichen, die hinter den Gitterstäben der Lotterieannahmestelle wie in einem Käfig thronte.

„Aufgepasst!", zischte Carlitos.

Mit wenigen Sätzen flog er auf den Herrn zu. Ein leichter Stoß gegen die Aktentasche. Der Mann blickte erstaunt auf. Pepe sah, wie er die Tasche fest gegen den Körper presste. Aber darauf hatte es Carlitos gar nicht abgesehen, er packte stattdessen die Geldbörse. Der Mann schien verwirrt. Die leere Hand schnellte nach vorne, vergeblich versuchte er den Dieb an der Jacke zu packen. Der riss sich los, war schon zu weit, schob die Passanten auseinander.

„Mein Geld!", rief der Mann verzweifelt.

„Gesindel! Diebe!", schrie, viel lauter, die Losverkäuferin. „Haltet ihn fest! Lasst den Dreckskerl nicht entkommen!"

Die Leute drehten sich um und blickten Carlitos erstaunt hinterher. Der aber war schon auf der Fahrbahn. Quietschende

Bremsen, hupende Autos. Am Kühler des Wagens, der ihn fast überfahren hätte, stemmte er sich ab. Schon erreichte er die andere Straßenseite, und dann tauchte er im Strom der Fußgänger unter.

Ehe Pepe recht begriff, was geschah, war schon alles vorbei. Jetzt erst packte ihn die Angst.

„Me robaron mi billetera! Meine Brieftasche, meine Scheckkarte!“, klagte der Mann laut.

Pepe stand zwischen den Menschen, die das Schauspiel verfolgten. Einige schienen den Herrn zu bedauern, die anderen wirkten eher belustigt. Langsam ging Pepe weiter, nun wechselte er auf die andere Seite der Straße hinüber. Dann und wann warf er einen Blick zurück. Der bestohlene Mann stand immer noch unschlüssig herum, gestikulierte, schimpfte.

Als Pepe den Ort des Geschehens aus den Augen verlor, fiel die Angst langsam von ihm ab. Jetzt hätte er jubeln mögen. Sie hatten es geschafft! Nach wenigen Minuten kam er zur Plaza Bolivar. Auf den Stufen vor der Kathedrale saß Carlitos. Er lutschte an einem Eis.

„...zweitausend, siebentausend, siebentausendfünfhundert Pesos“, zählte er. „So schnell geht das, mein Lieber. Und ganz ohne Gefahr. Macht diese Art, Geld zu verdienen, nicht mehr Spaß als Heiligenbildchen zu verkaufen?“

Pepes Überfall

Seinen ersten eigenen Überfall verübte Pepe wenige Tage später. Sie trieben sich in der Straße mit den teuren Ledergeschäften herum. In der Nähe des Hotels „Baccatá“ lauerten sie auf Gringos.

„Gringos“, sagte Carlitos, „sind Leute mit blondem Haar und bunten Anoraks. Vor allem erkennst du sie daran, dass sie sich immer ängstlich umschauen.“ Pepe erfuhr, dass Gringos Ausländer sind, die Angst um ihr Geld, ihren Schmuck und ihre Uhren haben. „Gerade deshalb“, behauptete Carlitos, „kann man sie leicht bestehlen.“

Carlitos entschied, dass es eine Frau sein sollte: „Jeder“, sagte er, „fängt einmal klein an.“ Gönnerhaft klopfte er Pepe auf die Schulter.

Wenig später stand das Opfer fest, eine Frau, sie war vor einem Schaufenster stehen geblieben.

„Nein, bitte nicht!“, stammelte Pepe. „Gib mir noch etwas Zeit.“

„Quatsch!“, widersprach Carlitos. „Keine Widerredc! Sofort erledigst du das.“

Ohne eine Antwort abzuwarten, beschleunigte Carlitos den Schritt; er ging in großem Bogen um die Frau herum, drehte um und schlenderte dann von vorne auf sie zu. Jetzt blieb Pepe keine Wahl mehr – er musste handeln. Fast schon war Carlitos mit der Frau auf gleicher Höhe, da gab sich Pepe einen Ruck. Er kniff die Augen zu einem schmalen Schlitz zusammen. Zwei, drei Schritte, und er stand hinter ihr.

In diesem Augenblick stieß Carlitos wie unbeabsichtigt mit der Frau zusammen. „Perdóneme, señora! Entschuldigung!“, sagte er.

Da griff Pepe zu. Er packte ihre Tasche, zog, zerrte fester, der Riemen riss, ein kleiner Aufschrei. Pepe hielt die Tasche umklammert, er drehte sich auf dem Absatz herum, rannte so schnell er konnte. Die Leute blieben stehen. Fast hätte er einen Passanten umgestoßen.

„He, was soll das?“, brüllte ihn ein Mann an.

Aber schon war Pepe an ihm vorbei, weiter, nur weiter. Stoßweise ging sein Atem. Plötzlich – ein schriller Pfiff. Was hatte das zu bedeuten? Polizei? Hatte der Uniformierte, der am Hoteleingang „Baccatá“ auf und ab ging, den Vorgang beobachtet? Die Gedanken rasten durch Pepes Kopf. Blitzschnell warf er einen Blick zurück. Tatsächlich! Er wurde verfolgt. Der Polizist kam ihm näher. Seine Stiefel knallten auf dem Boden. Pepe lief um sein Leben, er flog.

„Halt! Stehen bleiben!“ Er glaubte den keuchenden Atem des Polizisten im Nacken zu spüren.

Carlitos! Wo bleibt er nur? Verzweiflung hämmerte in Pepes Kopf. Zwei Passanten sprangen, um nicht umgeworfen zu werden, im letzten Augenblick zur Seite. Noch einmal wagte Pepe einen Blick über die Schulter: Der Polizist nestelte an seiner Pistole, im Laufen versuchte er sie zu ziehen. Das verschaffte Pepe einen kleinen Vorsprung.

Da endlich – auf der anderen Straßenseite holte Carlitos auf, jetzt wechselte er über die Fahrbahn. Pepe, Carlitos und der Polizist liefen nun fast auf gleicher Höhe. Da warf Pepe die Tasche hoch, und sie flog in einem kleinen Bogen hinüber zu Carlitos, der sie auffing. Sofort schlug er einen Haken, und weg war er.

Dieses Manöver ließ den Polizisten zögern, verblüfft und unschlüssig schaute er drein. Wem sollte er hinterherlaufen? Als er sich endlich für Carlitos entschied, war dessen Vorsprung schon nicht mehr einzuholen. Zehn Minuten später trafen sich die beiden Freunde in einer Frutería hinter der Kathedrale am Fuß von La Candelaria. Während sie den üppigen Obstsalat aus roten, gelben und grünen Früchten mit

Honig sowie geriebenem Käse und Kokosflocken verspeisten, spannte sich Pepes Brust.

„Hervorragendes Teamwork!“, sagte Carlitos.

In der erbeuteten Tasche fanden sie ein Seidentuch, einen Lippenstift, ein Puderdöschen, einen Reisepass, ausgestellt in den USA, eine Scheckkarte mit dem Aufdruck „Visa“, einen Spiegel, einen Kamm, vierzig Dollar und zwanzigtausend Pesos. Sie lachten.

„Felicitaciones, amigo, herzlichen Glückwunsch!“, sagte Carlitos und boxte Pepe in die Seite.

Christus Salvador

Bald waren Carlitos und Pepe keine Anfänger mehr. Inzwischen kannten sie sich aus, waren geschickt und kaltblütig genug und obendrein so gut aufeinander eingespielt, dass sie ihr Gewerbe erfolgreich betreiben konnten. Was sie anfassten, brachten sie zu einem guten Ende. Sie waren stolz auf ihre Fertigkeiten. Klar, nicht immer liefen ihre Unternehmen ganz glatt. Manchmal mussten sie Schläge und Fußtritte einstecken, bezogen Hiebe mit Holzstücken, und einige Male war sogar auf sie geschossen worden, zum Glück ohne ernste Folgen. Abgesehen von diesen Unannehmlichkeiten konnten sie sich jedoch nicht beklagen, sie waren zufrieden mit sich selbst.

Eines Tages machten sie sich, wie üblich, wieder an die Arbeit. Sie gingen zum Fuß des Berges Monserrate. Dort drängten sich die Menschen und warteten darauf, in eine der Gondeln hineingelassen zu werden, mit denen sie zur Kirche auf der Höhe des Gipfels hinaufschweben wollten. Dort würden sie dem weißen Christus Salvador, der auf einer schroffen Bergkuppe am Rande einer tiefen Schlucht mit ausgebreiteten Armen stand, viel näher sein als unten zwischen den dicht gedrängten Häusern der Stadt.

Nur wenig Mühe bereitete es Pepe und Carlitos, ohne Ticket in die Schwebebahn hineinzukommen. Sie warteten einen günstigen Augenblick ab und machten sich beim Hineinschlüpfen ein bisschen kleiner als die übrigen Fahrgäste.

Wenige Augenblicke später schwebten sie schon höher als die Wolkenkratzer. Aus dem Fenster der Gondel ließ Pepe den Blick über die Stadt schweifen. Die Reisenden zückten ihre

Fotoapparate und Videokameras, und jeder von ihnen versuchte einen Platz am Fenster zur Talseite zu ergattern. Carlitos hielt den Blick gesenkt, dennoch entging ihm nichts. Längst hatte er die Fahrgäste gemustert und in Kategorien eingeteilt: neben den Einheimischen und anderen armen Schluckern gab es wohlhabende Touristen und steinreiche Gringos.

Unauffällig betrachtete Carlitos einen großgewachsenen Nordamerikaner, der sich mit seiner mächtigen Videokamera mehr Raum zu erkämpfen suchte. Carlitos blinzelte Pepe zu, und der nickte zustimmend. Im Süden stiegen jetzt die Hügel von Ciudad Bolivar mit ihren Häusern aus braunen Ziegelsteinen und den Hütten aus Holz auf. Die Blechdächer warfen die Sonne zurück, und manchmal blitzte in ihnen das Licht hell auf. Irgendwo dort in der Ferne, dachte Pepe, muss unsere Hütte liegen. Dort schuftet sich die Mutter ab, und der Vater verkriecht sich vor der bösen Welt. Der Vater – sinnierte Pepe weiter vor sich hin –, der hat doch keine Ahnung vom richtigen Leben. Schade, dass er jetzt nicht sehen kann, wie wir arbeiten.

Wenn Pepe senkrecht nach unten schaute, schwindelte ihn. Jetzt drosselte die Gondel auch noch ihre Geschwindigkeit, sanft schwankte sie hin und her. Für einen Augenblick schloss Pepe die Augen. Immer wenn er an seine Eltern dachte, wurde ihm ein bisschen traurig zu Mute. Dann aber schoss ihm durch den Kopf, was Carlitos einmal gesagt hatte: 'Willst du dich von deinen Eltern am Elend festkleben lassen? Sei doch nicht albern! Du bist frei und stark. Die Welt liegt dir zu Füßen. Geh' du nur deinen eigenen Weg!'

Carlitos hatte Recht, ihr Erfolg bestätigte ihn. Waren die Geschäfte der beiden anfangs noch vergleichsweise geruhsam gewesen, so wuchs jetzt ihre Betriebsamkeit von Monat zu Monat. Zu Beginn waren sie nur ein- oder zweimal in der Woche zu ihren Diebestouren aufgebrochen; nach getaner Tat hatten sie die Beute brüderlich geteilt, um es sich anschließend eine Zeit lang gut gehen zu lassen. Mit der größeren Erfahrung aber war ihre Jagdleidenschaft gewachsen. Sie hatten die Anzahl ihrer Aktionen gesteigert und waren dabei mit mehr System und immer besserer Planung zu Werke gegangen.

Neuerdings hielten sie, selbst wenn die Ausbeute vom letzten Mal noch nicht ganz aufgebraucht war, nach neuen Opfern Ausschau. Der Gewinn wuchs, er sammelte sich an, und ein gewisser Wohlstand stellte sich bei ihnen ein. Als Erstes leistete sich Pepe ein Paar neue Schuhe, er wählte weiße Sportschuhe der Marke Reebok, und er liebte die 501er-Jeans von Levy's – originales, wie sich versteht, importiert aus den USA. Günstig erstand er sie auf dem Schmugglermarkt von San Andresito.

Nein, hilflose Nichtse, elende Hungerleider, unterwürfige Bettler – desechables – waren Carlitos und Pepe nicht. Sie hatten gelernt, wie man sich durchschlägt und wie man 'Geld macht'.

„Am wichtigsten", hatte Carlitos eines Tages zu Pepe gesagt, „sind gute Geschäftsbeziehungen."

So kam es, dass sie sich in den Kreisen der Geschäftemacher, der Händler, Vermittler und Schieber bewegten und sich dort bald 'wie zu Hause' fühlten. Freundschaftliche Beziehungen unterhielten sie zum Beispiel zu Abnehmern von Reisepässen und Personalausweisen – cedulas, ohne die sich in diesem Land kein Mensch auf die Straße traut. Der Gegenwert solcher Papiere war ihnen eine feste Größe wie anderen Leuten der Preis für Brot oder Käse. Schwer war es für sie nicht Führerscheine zu verkaufen. Lukrativer allerdings waren Dollarreiseschecks und Kreditkarten, bei deren Weitergabe an interessierte Verwender es auf jede halbe Stunde ankam: Je 'frischer' das Plastikkärtchen war, umso mehr brachte es ein. Darüber hinaus handelten sie mit den didversen Inhalten von Aktenkoffern und Damentaschen, mit Kameras und Pillendöschen, Regenschirmen und Ketten, Parfüms und Necessaires. Carlitos hat Recht, dachte Pepe. Uns geht es gut, und an unseren Geschäftsbeziehungen ist wirklich nichts auszusetzen.

Für die beiden war es nicht schwer, immer neue Opfer ausfindig zu machen. Ein Blick genügte, um zu wissen, ob ein Schmuckstück am Hals einer Dame die Aufmerksamkeit rechtfertigte oder ob es sich dabei nur um billigen Tand handelte. Was Fotoapparate und Videokameras betraf, so kannten sie alle gängigen Marken einschließlich deren Laden- und Schwarzmarktpreise.

'Panasonic SVHS' stand in roten und weißen Buchstaben auf dem gewichtigen Apparat, den der Gringo über der Schulter trug, während er das Panorama der Stadt, die Hochhäuser, die Hügel des Südens, selbst den dunstigen Horizont in der Ferne ablichtete. Als die Gondel in die Bergstation einschwebte, nahm der Mann die Kamera herunter und ließ sie an der Seite baumeln. Genauso wie die anderen Fahrgäste wandte er sich dem Ausgang zu. Mit einem kleinen Ruck kam die Schwebebahn zum Stehen.

Jetzt war es soweit! Wie immer im entscheidenden Augenblick spürte Pepe eine aus der Tiefe seines Bauches aufsteigende Unruhe, die ihn zu lähmen drohte. Ich werde alles falsch machen! Aber ein Zurück gab es nicht mehr. Schritt um Schritt würde er tun, was sie abgesprochen hatten. Er fühlte sich wie im Traum. Ein Blick hinauf zum Christus Salvador. Als er zu Carlitos hinüberschaute, der wie gelangweilt in der anderen Ecke der Gondel lehnte, sah er, wie ein Lächeln über dessen Gesicht huschte.

Jetzt schlug die Tür auf. Die Leute wichen einen Schritt zurück, dann drängten sie nach außen. Aber Pepe blieb in der engen Tür stehen. Er schien sich zu besinnen, bückte sich, als hätte er etwas verloren.

„Hoppla! Was gibt's?" Die Menschen wurden ungeduldig. „Mach den Weg frei!"

Der Gringo legte seine Hand auf Pepes Schulter. „Junge, lass uns erst mal raus!" sagte er in schlechtem Spanisch. Er versuchte Pepe zur Seite zu drängen. Aber Pepe hielt sich an den beiden Türrahmen fest.

Dem Druck konnte er kaum standhalten. „He, Bengel, weg da!" Endlich stand Carlitos hinter dem Mann, geschickt hatte er sich von den anderen Fahrgästen dorthin schieben lassen – das war die richtige Position. Jetzt waren seine Finger gefragt. Carlitos' Finger waren behende und so fein wie die Finger eines Zauberers. 'Ein guter Dieb', hatte Carlitos einmal zu Pepe gesagt, 'ist ein rechter Zauberkünstler.' Daran dachte Pepe jetzt, während er die Arme gegen die Türrahmen stemmte.

„Mensch, Rotzlöffel! Geh schon zur Seite!"

„Keine Panik, Señor!"

Inzwischen ließ sich Carlitos an den Gringo pressen. Seine Finger machten sich im Rücken des Mannes zu schaffen. Der Riemen, die Haken, die Kamera. Eine Hand hielt das Gerät, während die andere den ersten, dann den zweiten Haken aushängte. Sekundenbruchteile – Zeit genug für den Schweiß, der auf die Stirn trat.

Und der Gringo – ganz dem eigenen Zorn hingegeben und ärgerlich über das lästige Gedränge, merkte er nichts.

Ein Blick Pepes über die Schulter – Befriedigung in Carlitos' Augen – aha! Jetzt ließ Pepe nach, plötzliche Erleichterung. Pepe sprang hinaus, die Leute drängten hinterher.

Kein Zögern, kein Blick zurück. Pepe schob die draußen Wartenden, die bergabwärts fahren wollten, zur Seite. Jetzt kam Carlitos zwischen den anderen hervor – vorbei an dem Gringo, Pepe hinterher, die Kamera fest an den Leib gepresst.

Da, ein lauter Schrei: „Meine Kamera! Verdammt! Haltet den Dieb! Schurken! Verbrecher! Sie haben meine Kamera gestohlen!"

Die Leute wandten sich dem Rufer zu, dann schauten sie den Fliehenden hinterher. Die flogen auf dem Weg Richtung Kirche davon. Die Leute vor den Verkaufsbuden blickten erstaunt auf, die Kinder, die an cremiger Zuckermasse lutschten und in grüne, mit Karamell gefüllte Feigen bissen und zeigten hinter Pepe und Carlitos her. „Dort, seht nur, da rennen sie!"

Jetzt wichen die beiden vom Weg ab. Steil fiel der Hang abwärts. Wie Gazellen sprangen sie von einem Fels zum anderen. Mitten im Laufen streckte Carlitos die Beute Pepe zu. Steine lösten sich und hüpften in großen Sätzen talabwärts. Pepe rutschte aus, fing sich und konnte den Schatz, ehe er am Boden zerschellte, gerade noch retten.

Endlich eine kleine Schlucht – sie liefen hinein und schlüpften unter niedriges Gebüsch. Oben am Rand der Felswand standen die Leute, sie gestikulierten, und was sie riefen, konnten sich Pepe und Carlitos lebhaft vorstellen. Keiner war ihnen gefolgt.

Nach kurzem Verschnaufen ging es weiter. Unten angekommen warfen sie sich ins Gras. Verstohlen machte Pepe das Kreuzeszeichen auf der Brust. Sie lachten.

„Zeig mal!“ Pepe war beeindruckt. Sie würden einen Spitzengewinn erzielen.

Ein Job fürs Leben

„Los, schlaf nicht ein!“, brummte Carlitos. Er gab Pepe einen Schubs. Der stolperte und stieß an die schmutzige Wand des engen Treppenhauses. „Nimmt das denn kein Ende?“, schnaufte er.

Inzwischen mochten sie im vierten oder fünften Stock des grauen Bürogebäudes im Zentrum der Stadt angekommen sein, in dem Carlitos mit einem, wie er sagte, äußerst wichtigen Geschäftspartner ein Treffen vereinbart hatte. „Weiter, weiter!“

Immer wenn das funzelige Licht erlosch, dauerte es eine Weile, bis sie den nächsten Schalterknopf ertastet hatten. Von ganz oben fiel etwas Sonnenlicht herunter und verlor sich in der trüben Dämmerung des Treppenschachtes.

„Hätten wir doch den Aufzug genommen“, stöhnte Pepe.

„Dummkopf!“, empörte sich Carlitos. „Niemand braucht uns hier zu sehen.“

Endlich waren sie angekommen. Ein langer Flur, belegt mit ausgetretenem Teppichboden, öffnete sich, dessen Farben zu grauer Unkenntlichkeit verblasst waren. Von diesem Gang führten zahllose Türen in verborgene Räume. Vor einer Tür mit dem Schild „Import-Export“ blieben sie stehen. Noch einmal atmeten sie tief durch, blickten einander kurz in die Augen, und dann schlug Carlitos mit den Knöcheln der Faust gegen das Holz.

Durch den Türspalt hindurch blickte ein Mann heraus, forschend, abschätzend.

„Yo soy Carlitos, Carlitos mein Name. Ich bin mit dem doctor verabredet.“

Der Mann war kräftig und trug eine eng sitzende, schwarz glänzende Lederjacke. Kaum waren sie eingetreten, schob er die beiden zur Wand und begann sie abzutasten - unter den Achseln, um die Hüfte, zwischen den Beinen, am Saum der Hosen. Im Nu fand er die Messer, die Carlitos und Pepe stets bei sich trugen. Wortlos legte er sie zur Seite.

„Okay", brummte er schließlich und hieß sie Platz zu nehmen.

Sie versanken in zwei abgewetzten Ledersesseln. Pepe ließ den Blick durch den kleinen Raum schweifen. Fleckige Wände, notdürftig erhellt vom Schein einer Glühbirne, die an einem Kabel von der Decke herabbaumelte. Dann und wann öffnete sich eine der Türen, Männer kamen heraus und verschwanden wortlos hinter anderen Türen. Gedämpft drangen Geräusche, Gesprächsfetzen, Telefongeläute heraus.

Der Mann in der schwarzen Lederjacke lehnte an der Wand und kaute auf einem Zahnstocher herum, den er zwischen den Lippen kreisen ließ. Pepe spürte, wie die Trägheit des Raumes seine Glieder schwer machte. Er gähnte.

Da plötzlich schreckte er auf, man hatte sie aufgerufen. Der Mann schob sie in den nächsten Raum hinein. Gelbes Licht, von Plastikrollos an den Fenstern gestreift, blieb im Qualm von Zigarren und Zigaretten hängen. Männer standen da, zu zweit, zu dritt, rauchten, fuchtelten mit Papieren herum und tranken schwarzen Kaffee aus kleinen Tassen. Das Stimmengewirr wurde überlagert vom grellen Läuten der Telefonapparate und immer wieder von lauten Zurufen eines Mannes, der in der Mitte des Raumes hinter einem schweren Schreibtisch thronte.

Die Verwirrung der beiden dauerte einen Augenblick, dann packte Carlitos Pepe am Ärmel und zog ihn in die Zimmermitte. Durch den Qualm hindurch versuchte Pepe in den Gesichtszügen des schweren Mannes zu lesen. Seine Backen hingen wie Wülste herab, breite Brauen über flinken Augen, ein zerzauster Schnurrbart.

„Hola, Carlitos!“, dröhnte seine Stimme. Er streckte seine Pranke aus und schlug dem Jungen krachend auf die Schultern. „Wie geht’s deinem Onkel?“ Auch Pepes Finger quetschte er so heftig zusammen, dass es schmerzte. „Quetál, amigos? Was gibt’s Neues?“

Er zeigte zu den Sesseln auf der ihm gegenüberliegenden Seite des Schreibtisches, und schon tauchte er wieder in seine Geschäftspapiere ab. Pepe versank in weichem Polster. Über die Berge von Papier hinwegschauend, erschien ihm der struppige Kopf des geschäftigen Dicken wie eine Erscheinung aus einer anderen Welt. Drei Telefonapparate schrillten nacheinander, und der Mann bediente sie gleichzeitig: Einen Hörer hielt er in der linken Hand, mit der rechten kritzelte er Notizen auf Papiere, den zweiten Hörer klemmte er zwischen Schulter und Backe, den dritten hatte er abgelegt, aber dann und wann griff er danach und rief etwas hinein. Von Maschinen war die Rede, von Häusern, Tonnen von Mais, Flugzeugladungen von Rosen und Nelken, Autos und Smaragden. Die Zurufe des Dicken galten den grell geschminkten Sekretärinnen, die an kleineren, im Raum verteilten Schreibtischen arbeiteten.

Von riesigen Geldsummen hörte ihn Pepe sprechen, er verhandelte über Hunderte Millionen Pesos, Hunderttausende Dollars. Pepe blieb der Mund offen stehen. Genauso wie er saß auch Carlitos da, still und andächtig.

Das hier, dachte Pepe nach einer Weile, ist die große Welt. Hier wurde nicht über ausgeraubte Taschen oder ähnlich lächerliche Kleinigkeiten, sondern über Reichtümer, über unermessliches Vermögen verhandelt.

Pepe fuhr sich mit der Hand übers Gesicht. Wer waren sie schon, er, der kleine Pepe, und Carlitos, sein Freund aus den Barrios im Süden? Pepes Zuversicht war dahin. Er sank tiefer in den Sessel hinein. Der Zigarettenqualm machte ihm das Atmen schwer; aber es störte ihn nicht. Im Gegenteil. Er liebte diesen beißenden Geruch. Ja, er war bereit, alles, was er hier sah, selbst den Dicken, zu lieben oder wenigstens zu bewundern. In diesem Raum fühlte er sich verloren und dennoch am rechten Platz.

Nach ihrem Coup auf dem Monserrate, die Videokamera des Gringo in Händen, hatten sie sich großartig gefühlt. Diese 'Perle' wollten sie nicht vor die 'Säue' werfen, das prächtige Stück nicht einem der verkommenen Händler auf der Avenida Décima oder der Avenida Caracas anbieten, die dort hinter ihren vergitterten Verkaufsstellen wie in Gefängniszellen thronten und die kleinen Diebe mit lächerlich geringen Summen abzuspeisen pflegten. Nein, sie wollten einen Ertrag erzielen, der der investierten Mühe angemessen war.

„Wir werden das beste Geschäft des Jahres machen", hatte Carlitos gesagt. „Du wirst staunen." Er hatte Pepe von einem Jugendfreund seines Onkels erzählt, der es im Großhandel zu ansehnlichem Reichtum gebracht hatte. „Heute," hatte Carlitos feierlich erklärt, „werden wir unseren Betrieb auf eine neue Grundlage stellen. Wir brauchen unserem Erfolg angemessene Geschäftspartner."

Auf dem Weg ins Stadtzentrum war Pepe noch froh und zuversichtlich gewesen. Stolz wollte er seine Beute präsentieren und sie zu einem guten Preis an den Mann bringen. Nun aber im Sessel vor dem großen Schreibtisch des dicken doctor war ihm die Hochstimmung abhanden gekommen. Immer kleiner und nichtiger fühlte er sich. Während er den Rauchschwaden hinterherschaute, die von der Zigarre des Mannes in die Höhe des Raumes aufstiegen, erkannte er, dass er sich selbst etwas vorgemacht hatte. Nicht draußen auf der Straße, nein, hier drinnen in diesem Raum wurden die Dinge entschieden, die die Welt bewegten. Im Vergleich zu den Geschäften, die an diesem Ort abgewickelt wurden, kam ihm der Inhalt einer erbeuteten Damentasche, ja selbst eine Videokamera Marke Panasonic mit einem Mal lächerlich vor.

Als Carlitos dem doctor den Deal mit der Kamera und darüber hinaus noch andere Geschäfte für die Zukunft – sozusagen eine permanente geschäftliche Beziehung – vorschlug, brach der Dicke in schallendes Gelächter aus. „Wie, was? Ihr wollt mit mir ins Geschäft kommen? Ihr wollt mir euren Kleinkram andrehen?“ Er prustete und schlug sich auf die Schenkel. „Wen, glaubt ihr, habt ihr vor euch? Ich bin doch kein Hehler von Parfümfläschchen und angebrochenen Packungen mit Damenbinden!“

Die Gespräche im Raum verstummten. Alle blickten herüber. Pepe spürte, wie eine Hitze über seinen Körper lief.

„Was wollt ihr mir verkaufen?“, dröhnte der Mann weiter. „Seifen und Pillen? Fotos und Puderdöschen? Ich glaube, ihr seid übergeschnappt. Ich handle doch nicht mit gebrauchten Fotoapparaten, sondern mit ganzen Containern voller Kameras. Hier werden Geschäfte abgewickelt, bei denen es um Lastwagenladungen voller Computer geht, um Schiffe voller Autos, um Röhren für Ölleitungen, um Dinge, von denen ihr nicht einmal träumt.“

Pepe zog den Kopf ein und wäre am liebsten auf und davon gelaufen. Der Dicke sprang auf. „Raus mit euch!“ Er wies ihnen den Weg zur Tür. Es war wie ein Spießrutenlaufen. Carlitos riss die Tür auf, Pepe wollte sie hinter sich zuziehen.

„He, wartet mal!“ Die Stimme des Dicken donnerte hinter ihnen her. „Kommt noch einmal herein.“ Mit müdem Schritt gingen sie zurück. „Hierher!“ Die Köpfe gesenkt, blieben sie in einigem Abstand vor ihm stehen.

„Du, Kleiner!“, sagte der Mann. „Wie heißt du eigentlich?“

Pepe stammelte seinen Namen.

„Wie alt?“

„Fast fünfzehn.“

„So jung?“, murmelte der Mann etwas enttäuscht.

„Ach was“, fiel Carlitos ein. „Er ist fast siebzehn.“

„Schon besser“, brummte der Mann. „Das ist ja so gut wie achtzehn, nicht wahr? Sagen wir, der junge Mann ist fast achtzehn!“

Er warf sich in seinen Schreibtischsessel und fuhr mit der Rechten über Backe und Mund. „Soso, achtzehn Jahre alt ist der Kleine“, murmelte er. „Geld will er verdienen. Ins Geschäft mit uns will er kommen, ins große Geschäft. Er will wohlhabend werden, reich möchte er sein. Gut, gut. Ein fester Job wäre das Richtige für ihn. Sagen wir, eine sichere Anstellung, fester Lohn, gutes Ansehen, ein hervorragender Ruf. Kurz und gut, er braucht eine Vertrauensstellung. Wäre es das“, dröhnte seine Stimme plötzlich so laut, dass Pepe zusammenzuckte, „wäre es das, was der Kleine will?“

„Ja“, stotterte Pepe, und Carlitos sagte: „Genau das.“

„Gut!“ Wieder verwandelte sich die Stimme des Mannes. Sie klang jetzt einladend und ein bisschen feierlich. „Das alles soll der Kleine haben. Ich werde dich einstellen, mein Sohn. Schaut her, compañeros!“ Der Dicke erhob sich und blickte in die Runde. „Hier stelle ich euch unseren neuen Mitarbeiter vor.“

Stille. Selbst die Telefonapparate blieben stumm.

„Ihr staunt?“, dröhnte die Stimme des Chefs. „Ihr glaubt nicht, dass der Rotzlöffel in unser Kollegium aufsteigt?“ Herausfordernd blickte er um sich. „Hier“, sagte er, und seine Brust schien noch breiter zu werden, „hier spielt das Schicksal.“ Jetzt lachte er. „Heute wird das Glück neu verteilt.“ Damit drückte er die beiden Jungen in die Sessel.

Die Angestellten rührten sich nicht. „Ihr denkt: Was will so ein kleiner Dieb hier? Was sollen wir mit dem anfangen? Ihr sagt: Weg mit ihm, er hält uns nur auf!“ Der Dicke machte ein paar Schritte auf seine Mitarbeiter zu. „Was habt ihr im Kopf? Nichts habt ihr im Kopf! Keinen Verstand, keine Phantasie. Ihr wollt das große Geschäft machen und überseht, was am Weg liegt. Ein grober Fehler, meine Freunde!“

„Ich“, fuhr er fort, „ich will’s euch erklären. An einem Beispiel, einfach genug, damit es jeder von euch kapiert: Zwei Männer. Sie gehen einen Weg entlang. Der erste Mann stolpert. Er tritt das Hindernis ärgerlich zur Seite. Der zweite Mann stolpert ebenfalls. Er bückt sich: ein Stein. Er wischt den Dreck ab, es glänzt. Der Stein ist aus Gold, purem Gold.“

Triumphierend blieb der Dicke stehen. „Versteht ihr die Lektion?“ Keine Antwort. „Na? Nichts begriffen? Hört her: Draußen auf der Straße: was seht ihr? Gauner, Bettler, Schieber. Und zwischen diesen Ganoven: Kinder, junge Leute. Nichts zu beißen, nichts anzuziehen. Elendspack, Drecksgesichter: harte Burschen schon mit acht, zehn Jahren. Keine Mama-Papa-Söhnchen. Schaut sie euch genau an, wischt den Dreck ab! Was kommt zum Vorschein? Gold, pures Gold! Diese jungen Leute sind das Wertvollste, was wir in diesem Land zu bieten haben. Schätze, verborgen unter Dreck. Niemand weiß davon. Ich sage euch: diese Schätze müssen wir bergen. Die Straße ist eine regelrechte Fundgrube. Mittelmaß wird draußen im Handumdrehen ausgerottet. Darum brauchen wir uns nicht zu kümmern. Wer aber überlebt, der ist wer. Den können wir gebrauchen.“

Der Dicke drückte die Asche seiner Zigarre in eine Schale aus Kristall. Dann blickte er auf Pepe und Carlitos: „Woher ich all das weiß? Ihr staunt. Das hat mir keiner erzählt. Ich selbst hab's erfahren, am eigenen Leib.“ Er blickte herausfordernd in die Runde seiner Mitarbeiter. „Wie diese beiden – genau so habe auch ich angefangen: stinkend, verlaust. Und jetzt? Schaut mich an. Jetzt bin ich wer: euer Boss. Begreift ihr endlich?“ Er ging auf Pepe zu: „Ab nächster Woche“, sagte er, „bist du eingestellt.“

Pepe schaute an ihm empor, sprachlos, er verstand die Welt nicht mehr. Da fühlte er sich von der Pranke des Dicken gepackt und aus dem Sessel gehoben. „Raus jetzt!“ Er schob die beiden zur Tür.

Plötzlich hielt er noch einmal inne und beugte sich zu Pepe herunter.

„Weißt du, wie ich heiße?“, zischte er ihm ins Ohr.

„Nein“, sagte Pepe erschrocken.

„Gut, Kleiner, gut so! So soll das auch in Zukunft bleiben, meinen Namen wirst du niemals erfahren. Solltest du ihn aber dennoch einmal hören, sozusagen aus Versehen, so vergiss ihn sofort wieder! Lösche ihn aus der Erinnerung, als wäre er niemals in deinem Kopf gewesen."

An der Tür angekommen, hielt er Pepe noch einmal mit seinen riesigen Händen fest.

„Weißt du, wie ich aussehe?"

Pepe schaute zu ihm hinauf und stammelte: „Ja." Da schlossen sich die Pranken des Dicken zu einem eisernen Griff um sein Handgelenk. „Nein", sagte Pepe leise, „ich weiß es nicht."

„Gut so, mein Junge!", brummte der Mann. „Und weißt du, wo ich wohne?"

„Nein", sagte Pepe schnell.

„Und du warst auch niemals hier, und nie wirst du wieder hier erscheinen, begriffen?"

Pepe nickte.

„Sollte dir unsere Unterhaltung jemals in Vergessenheit geraten, mein Lieber, so gnade dir Gott!" Mit der Handkante fuhr der Dicke an Pepes Hals entlang, als wollte er ihn köpfen.

Mit zitternden Knien kam Pepe unten an. Sie nahmen in einer kleinen Bar Platz.

„Du hast es geschafft!", jubelte Carlitos. „Das ist der Durchbruch."

„Ich kapiere nichts", sagte Pepe. „Was hat das zu bedeuten: einen festen Lohn? Eine Vertrauensstellung?"

„Wir sind gemachte Leute!", sagte Carlitos voller Überzeugung. „Mit dem Straßengeschäft ist es vorbei, ein für allemal. Wir haben jetzt etwas Besseres zu tun."

„Warum hat er mir und nicht dir den Job angetragen?"

„Das hat nichts zu sagen. Er weiß, dass wir zusammenarbeiten. Wir werden alles redlich teilen. Du bekommst ein Viertel vom Lohn. Ich bekomme drei Viertel: ein Viertel dafür, dass ich den Kontakt zu dem doctor angebahnt habe, das zweite Viertel dafür, dass ich zu dir wie ein großer Bruder bin, und das dritte Viertel, weil ich dich beschütze."

Gefährliche Botengänge

Zu früher Stunde schon konnte man Pepe in der Schlange jener Leute sehen, die vor dem Eingang des Flughafens auf Einlass warteten. Zum ersten Mal in seinem Leben trug er einen Anzug: dunkelblaues Jackett, dunkelblaue Hose, weißes Hemd, schwarzglänzende Lederschuhe und – nicht zu vergessen – eine Krawatte, in deren Muster die Farben Blau, Grau und Rot harmonisch ineinander spielten. Immer wieder zog und schob und drückte er an dem Krawattenknoten herum, den Carlitos für ihn gebunden hatte. Frisch gewaschen sah Pepe aus. Die Haare waren gekämmt, und die Friseuse hatte, die Gelegenheit ausnutzend, ihm gleich auch die Fingernägel geschnitten, gefeilt und anschließend auf Hochglanz poliert. Im Auftrag der Firma „Import-Export" sollte Pepe im Flughafen als Verkäufer und mensajero – eine Art Botegänger – arbeiten. Carlitos war es gewesen, der ihm beigebracht hatte, wie man sich in solch vornehmen Kleidungsstücken bewegt.

„Als mensajero", hatte Carlitos seine Ausführungen begonnen, „gehörst du zwar nicht zu den reichsten, dafür aber zu den am besten angezogenen Männern in der Stadt. Alle blicken auf dich. Du bist sozusagen die Visitenkarte deiner Firma. Siehst du gut aus, so kommt das dem Ansehen deiner Firma zugute. Benimmst du dich schlecht, so fällt es auf deinen Arbeitgeber zurück. Pass also stets auf, was du tust, was du sagst und wie du dich verhältst."

Diese Worte des Freundes hatten Pepe eingeleuchtet. Er würde sein Bestes geben, um gegenüber allen und in jeder Situation einen günstigen Eindruck zu hinterlassen.

„Ein mensajero", hatte Carlitos seine Ausführungen fortgesetzt, „trödelt nie herum, er ist vielmehr immer in geschäftiger Eile. Wenn er einen Freund auf der Straße trifft, beginnt er keinen ausgedehnten Schwatz mit ihm, erst recht lädt er ihn nicht zu einem Kaffee in der nächsten Bar ein; nein, er ruft nur im Vorübergehen 'Hola, quetál, qué más, que cuentas? Wie geht's, wie steht's? Was gibt's Neues?', und schon ist er um die nächste Ecke verschwunden. Er pfeift auch nicht den Mädchen hinterher, höchstens zwinkert er ihnen mit einem Auge zu, wenn er ihren Blick auf sich gezogen hat. Aufmerksamkeit bei Mädchen zu erregen, fällt ihm übrigens überhaupt nicht schwer. Im Gegenteil, die Mädchen werden sich in Scharen an seine Fersen heften."

Alle diese Erklärungen hatten gut in Pepes Ohren geklungen, sie hatten sein Wohlwollen gefunden und ihn zuversichtlich gestimmt. In strengem und gewichtigem Ton war Carlitos mit seinen Erziehungs- und Unterrichtungsbemühungen fortgefahren: „Nie wirst du mehr so, wie es dir gerade eben passt und wie du es ja bisher immer gehalten hast, irgendwo auf die Straße spucken. Und schon gar nicht mehr wirst du dich an jeder beliebigen Ecke zum Pinkeln hinstellen. Solche Dinge verbietet das Feingefühl des mensajero. Stets fühlst du die Blicke der Leute auf dich gerichtet. Um das Bild des korrekten Botengängers zu vervollständigen, wirst du eine Ledertasche tragen, estilo ejecutivo, vom Feinsten. Darin sind, wie du dir denken kannst, die wichtigsten und bedeutungsvollsten Papiere enthalten. Sie wirst du von einem Ort zum anderen tragen; denn ohne sie dorthin zu bringen, wo sie gebraucht werden, würden die Geschäfte deiner Firma unterbrochen oder erst gar nicht in Gang kommen."

Im Verlauf dieser bedeutungsvollen Erklärungen dämmerte es Pepe langsam, dass ihm eine wirkliche Schlüsselstellung im Betrieb des dicken doctor zugefallen war. Alle Ratschläge, Anregungen und Verpflichtungen, die Carlitos vor ihm ausgebreitet hatte, nahm er sich zu Herzen. Er hielt sie im Geist fest, wiederholte sie leise und andächtig vor sich hin sprechend, wenn er alleine war, und er nahm sich vor, die Hinweise des Freundes, wann immer sich später Gelegenheit bieten würde, in die Tat umzusetzen.

Während er auf Einlass in den Flughafen wartete, konnte er es dennoch nicht unterlassen, sich ein bisschen nach vorne zu drängen. Ein mensajero, schoss es ihm durch den Kopf, sollte eigentlich geduldig sein und abwarten, bis die Leute in der Schlange vor ihm abgefertigt sind. Indessen tastete sein Blick die Behältnisse ab, die die Passagiere in der Hand und über die Schultern gehängt trugen. Da gab er sich einen Ruck und zwang seine Augen auf den Boden. Nun aber kam Leben in seine Arme und Schultern, sie machten sich gleichsam selbstständig und streiften wie zufällig die Nächststehenden, und während er noch immer auf seine Füße starrte, malte ihm ein Phantasieteufel Bilder der verlockendsten Inhalte von Brust-, Seiten- und Hosentaschen der Wartenden auf den Boden. Zum ersten Mal in seinem Leben wurde Pepe vor sich selbst ein bisschen rot.

Was ihn schließlich dann doch ablenkte, war der leichte Druck, der von dem steif gebügelten Stoff der neuen Bekleidung auf seinen Körper ausging. Gleichzeitig bereitete ihm das sanfte Quietschen, das ihm bei jedem Schritt von den Ledersohlen seiner neuen Schuhe ans Ohr drang, ein erhebendes Gefühl. Manchmal schien der Blick eines Passanten oder gar einer Passantin an ihm hängen zu bleiben, dann straffte sich seine Gestalt, und seine Augen glänzten – er war glücklich.

Mit einem elektrischen Gerät, das die Form eines kurzen Schlagstockes aufwies, fuhr ihm der Polizist, der den Eingang bewachte, über die Kleidung, um festzustellen, ob er unerlaubte Gegenstände bei sich trug. Der nächste Polizist – das wusste Pepe – würde von ihm den Personalausweis verlangen. Papiere hatte Pepe bis dahin keine besessen. Als die Mutter eines Tages darauf gedrängt hatte, Personalausweise für die Kinder zu besorgen, hatte sie der Vater unwirsch zurückgewiesen. „Unsinn", hatte er gesagt. „Das kostet Zeit und Geld, und wir liefern uns, wenn man uns erst registriert hat, nur dem Zugriff des Staates aus." Der Firma „Import-Export" indessen bereitete es keine besondere Mühe, für Pepe eine cedula zu beschaffen.

Mit großen Augen starrte Pepe, der den Personalausweis bewundernd betrachtete, sein eigenes Konterfei entgegen, und darüber standen die ihm bemerkenswert erscheinenden Worte: „Cédula de ciudadancía". Der zuständige Polizist warf nur einen flüchtigen Blick auf die kleine Karte und winkte Pepe weiter, der nun die weite Halle des Flughafens mit den Schaltern der Fluglinien betrat, vor denen sich die Passagiere mit ihren Koffern drängten.

In der zweiten Etage gegenüber dem Ausgang für ins Ausland und nach Übersee Reisende lag ein kleines Geschäft, das Kaffee und Geschenkartikel, Aguardiente und Kunsthandwerk anbot. Dort sollte sich Pepe einfinden. Der Laden gehörte zur Firma „Import-Export" des doctor. Reisende, die vor dem Abflug ihr letztes Geld in kolumbianischer Währung ausgeben wollten, pflegten sich hier mit allerlei Waren einzudecken. Was sie zollfrei kauften, wurde ans Flugzeug geliefert und ihnen dort persönlich ausgehändigt. Zu den Aufgaben Pepes sollte es von nun an gehören, die betreffenden Artikel durch den Zoll hindurch in die Abflughallen zu tragen.

Als Pepe die breite Treppe hinaufstieg, war er voll gespannter Erwartung. Suchend glitt sein Blick über die bunten Beschriftungen und Reklamen, zwischen denen kaum ein Stück Wand frei blieb. „Bancoquia", las er, „Drugstore", „Aeromodas", „Tisquesusa Souvenirs", „Duty free Galeria". Da endlich fand er die gesuchte Aufschrift: „Orolandia". Als er die schwere Glastür aufstieß, wurde sein Blick von einer Theke voller Süßigkeiten angezogen, die den größten Teil des Raumes einnahm: Zwischen bunt-, silbern- und goldverpackten Bonbons, auf denen sich das gleißend helle Licht der Halogenlampen spiegelte, lagen Schalen, Schachteln und Holzkistchen voller Feigen mit Karamellfüllung, Kokosplätzchen, die in Zucker weiß, gelb oder dunkelbraun geröstet waren, und kleine gelbe und rote Würfel aus Guayave.

Der Raum war menschenleer. Pepe ging an den Auslagen entlang und betrachtete die vielen Köstlichkeiten. Die meisten von ihnen kannte er aus den Schaufenstern der Feinkostläden in der Avenida Séptima, die wenigsten aber hatte er selbst je gekostet. Zwischen all den Verlockungen glänzten Getränkeflaschen: dunkelroter Wein aus Chile, Whisky, Aguardiente in winzig kleinen, mittleren und riesengroßen Flaschen und Rum, Viejo Ron de Caldas. Daneben türmten sich Blechdosen voller Bier, die aus der ganzen Welt herbeigeschafft zu sein schienen.

Pepe fehlte die Muße, um alle Aufschriften zu entziffern. Statt dessen wandte er sich zur Seite und sah, dass an der Wand unzählige kleine, prall gefüllte Säckchen aus grobem Stoff aufgeschichtet lagen, die in roten und blauen Buchstaben die Aufschrift „Café de Colombia" trugen. Von der Decke hingen geflochtene Körbe, bunt bestickte Taschen und aus heller und dunkelbrauner Wolle gewebte Bildwerke herab. „Artesanias de Colombia", „Kunsthandwerk aus Kolumbien" stand auf einem Plakat, das eine Indiofrau bei der Webarbeit zeigte. Pepe ließ seine Hand über die groben Bastwaren und die weichen gewebten Teppiche gleiten.

Dann fiel sein Blick auf eine im Innern beleuchtete Glasvitrine. Goldene Gehänge, Ohrringe und Nadeln glänzten im Licht kleiner Scheinwerfer. Was Pepes Aufmerksamkeit in besonderem Maß erregte, waren die glitzernden Steine – Diamanten, die, wenn er den Kopf ganz langsam bewegte, kleine Funken in Rot, Gelb und Blau sprühten. Dazwischen lagen Smaragde, einige stumpf wie gefärbte Kieselsteine, die anderen tiefgrün und glänzend. Mitten in der Schmuckauslage bemerkte er ein Kruzifix; man hatte es auf ein weißrot gestreiftes Kissen gebettet. Das schwere Gold war rundherum mit großen Steinen in Blau, Grün und Weiß besetzt.

Pepe bestaunte diese Pracht. Dann wurde seine Aufmerksamkeit von seltsamen Figürchen aus glänzendem Gold abgelenkt. Ihre Gestalten erschienen ihm wie menschenähnliche Tiere oder wie tierähnliche Menschen. Dazwischen hingestreut lagen viele kleine Frösche aus massivem Gold. Auf einem Schildchen las Pepe, dass es sich dabei um Nachbildungen von Schmuckstücken handelte, deren Originale im berühmten Goldmuseum der Stadt aufbewahrt waren.

Kein Mensch schien zugegen zu sein. Pepe wunderte sich darüber. Auf einmal aber vernahm er ein leises Räuspern. Jetzt erst sah er, dass hinter der Vitrine eine junge Frau saß. Sie schien in Papiere vertieft zu sein.

Sie lächelte ihn an und fragte: „Kann ich helfen?"

Pepe wurde ein bisschen verlegen. „Nein", stammelte er, „oder doch. Eigentlich will ich gar nichts einkaufen."

Die Frau lachte: „Soso. Was willst du dann?"

„Ich suche Doña Amanda."

„Nun, dann bist du an der richtigen Adresse."

„Ich bin Pepe."

„O, mein neuer Mitarbeiter." Die Frau stand auf. „Qué alegria verte. Schön, dass du da bist."

Sie ging auf Pepe zu und reichte ihm die Hand. Amanda mochte gut dreißig Jahre alt sein. Sie trug eine kurze, eng sitzende Jacke aus weichem schwarzem Leder. Ihr Rock endete eine Handbreit über den Knien, und auf ihren mit durchsichtigen schwarzen Strümpfen bekleideten Beinen glitzerten kleine Funken. Sie hieß ihn Platz nehmen und bot ihm einen Kaffee an.

Von Natur aus, dachte Pepe, dürfte sie kaum größer sein als ich. In ihren hohen Absätzen aber überragte sie ihn deutlich. In den folgenden Tagen wies sie ihn in die Kunst des Verkaufens ein. Er musste sich die Preise von – so schien es ihm – Tausenden von Artikeln merken.

„Wenn ein Kunde den Laden betritt", belehrte ihn Amanda, „stürzt du nicht auf ihn wie ein Geier. Du bleibst geduldig und freundlich auf der Seite stehen und wartest, bis man dich anspricht. Erst wenn der Kunde aufbrechen will, empfiehlst du ihm, noch dies oder jenes zu kaufen."

Pepe stellte sich geschickt an. Außer mit der Kundenberatung wurde er mit allerlei Botengängen beauftragt. Bald kannte Pepe die meisten Angestellten im Flughafengebäude. Alle zwei Stunden holte er für Amanda einen Kaffee und um die Mittagszeit eine Mahlzeit im Flughafenrestaurant. Nicht selten kamen Kunden, die zollfrei alkoholische Getränke, Zigaretten und Parfüms kauften. Ihnen brachte Pepe die Waren durch den Zoll zum Flugzeug. Nach Geschäftsschluss trug Pepe Geld und Schecks in die kleine Bankfiliale nebenan.

„Mich wundert", sagte Pepe eines Tages zu Carlitos, „weshalb sie mir für diese leichte und angenehme Arbeit so viel bezahlen – dreimal den Mindestlohn."

„Mach dir darüber keine Gedanken", meinte Carlitos. „besser zu viel als zu wenig Geld. Sie machen keine Verluste wegen dir. Sie wissen, was sie an dir haben. Eines Tages werden sie ihre Forderungen stellen."

Mit der Zeit fand Pepe heraus, dass Amanda die Geliebte des dicken doctor war. In Fusagásuga hatte er ein Landhaus. Dort wohnten seine Frau und seine Kinder. Während seiner geschäftlichen Aufenthalte in Bogotá kehrte er bei Amanda ein. Amanda prahlte anfangs mit Andeutungen. Erst später gab sie zu, dass sie sich vernachlässigt fühlte. Denn der Dicke unterhielt auch zu anderen Verehrerinnen sexuelle Kontakte, und immer seltener ließ er sich von Amanda verwöhnen. „Es sind die Geschäfte!", tröstete sich Amanda. „Sie rauben ihm die Kraft."

Mit der Zeit wuchs ihr Vertrauen, und sie klagte Pepe ihr Leid. Der verstand ihren Kummer. Dafür schenkte sie ihm ein Lächeln. Sie hatte lange schwarze Wimpern. Nun geschah es, dass sie ihn manchmal auf eine Weise anschaute, die in ihm Gefühle weckte, die er bisher nicht gekannt hatte und die er auch nicht zu deuten wusste. Er ersehnte diese Augenblicke immer wieder aufs Neue, und trotzdem wandte er sich jedesmal rasch zur Seite, machte sich an einer Glasvitrine zu schaffen oder staubte irgendwelche Auslagen mit gespieltem Eifer ab.

Monate später lud sie ihn ins Kino, kurz darauf zum Essen ein. Als sie ihn an der Wohnungstür mit einem Hauch von Kuss willkommen hieß, musste sie über seine Schüchternheit lächeln. Sie trug einen weiten, cremefarbenen Umhang, durch dessen dünnen Stoff hindurch sich die Konturen ihres Körpers abzeichneten. Klein war Amandas Appartement, aber es war – in Zeiten heftigster Verliebtheit – vom reichen doctor mit allem eingerichtet worden, was man sich nur erträumen konnte. Der Fußboden glänzte in hellem Marmor. Darüber waren weiche Teppiche ausgelegt. Die tieffallenden Gardinen schufen eine gemütliche, anheimelnde Atmosphäre. In der Küche blitzten Herd, Wasserbecken und Kochgerät in Chrom und Silber. Pepe bewegte sich andächtig wie in einer Kirche.

Beim Hantieren in der Küche fand Pepe Amandas Ungeschick reizend. Zu tief schnitt sie beim Schälen in die Yucca hinein, und vom harten Strunk inmitten der weißen Wurzel entfernte sie viel zu wenig. Pepe nahm ihr das Messer aus der Hand. Sie ließ es geschehen. „Süß!“, sagte sie, während sie auf einem Stuhl in seiner Nähe Platz nahm. Ihr Lächeln wärmte ihn. Ihren Wünschen folgend hantierte er mit dem dampfenden Wasserkessel, dem Topf voller siedendem Öl, der rauchenden Pfanne. Die in Fett gebackenen, mit großen Salzkörnern bestreuten Bananenstücke aßen sie aus der Hand, und dazu tranken sie dunkelroten chilenischen Wein.

Nach dem Essen streckte sie sich auf einer Couch aus, die mit samtweichem schwarzem Tuch überzogen war. Sie zog die Beine an den Körper und forderte ihn auf, neben ihr Platz zu nehmen. Er war mit seiner eigenen Verwirrung beschäftigt; aber als sie ihm mit der Fingerkuppe sanft auf die Lippen tupfte, überkam ihn ein nie gekanntes Gefühl des Wohlseins und der Erregung.

Bis die ganze Leidenschaft seiner fünfzehn Jahre unter ihrer sachkundigen Anleitung zum Leben erweckt war und sie alle Geheimnisse der Liebe erkundet hatten, sollte es noch viele Nächte dauern. Hinfort dehnten sich die Tage unter den Verheißungen ihrer Blicke und den versteckten Versprechungen für die Abende.

Wenige Wochen später, als er gerade im Begriff war, das Eisengitter vor „Orolandia" zu verriegeln, fragte sie ihn:

„Wie lange dauert es eigentlich, bis du heute Abend nach Hause zu deinen Eltern kommst?"

„Eine Stunde, zwei Stunden – wer weiß?"

„Und wie lange bist du morgen früh unterwegs, um wieder hierher zu kommen?"

„Noch einmal zwei Stunden."

„Du verlierst also jeden Tag bis zu vier Stunden. Vier Stunden für nichts. Welche Zeitverschwendung!" Durch eine heftige Bewegung des Kopfes ließ sie ihre schwarzen Haare von einer Schulter auf die andere fliegen. „Ob das immer so bleiben muss?" Nachdenklich kaute sie an einem Fingernagel, ganz vorsichtig nur, denn ihre Nägel waren schmal, zerbrechlich und von einem leuchtenden Rot. Noch nie in seinem Leben hatte Pepe derart kunstvoll bearbeitete Fingernägel gesehen. „Du tust mir Leid", fuhr sie fort, „und ich möchte dir helfen." Pepe war gerührt und wurde ein bisschen rot. „Du könntest bei mir wohnen, manchmal jedenfalls", sagte sie und senkte nun ihrerseits den Blick, so dass ihre schwarzen Wimpern besonders lang erschienen. „Du weißt, ich habe Platz für zwei."

Pepes Herz sprang. Als er zu Hause seine Kleider vom Regal aus grobem Holz nahm, in dem auch die Habseligkeiten Eva Marías und seiner Eltern säuberlich aufgestapelt nebeneinander lagen, verfolgte ihn die Mutter mit misstrauischem Blick. Auf lange Erklärungen wollte er sich nicht einlassen. Über die Wochenenden – tröstete er sie – würde er manchmal nach Hause kommen.

An den Abenden nach den langen Tagen der Arbeit tauchte er nun in die Pracht von Amandas Welt ein. Bald erschien ihm ihr Luxus so selbstverständlich wie ehemals der Mangel im Haus seiner Eltern. Beides nahm er fraglos hin. Über seine Herkunft wollte Amanda nichts wissen. Befragte er sie über ihre Familie, so winkte sie ab. Nach Besuchen bei seinen Eltern fühlte er sich lange beklommen, nach und nach stellte er den Kontakt mit ihnen ein.

Bei Amanda fehlte es ihm an nichts, sie bedeutete ihm alles. Auf dem Heimweg von der Arbeit drängte sie schon nach ihm. Kaum aus dem Aufzug, warfen sie bereits im Vorraum ihrer Wohnung die Kleider von sich. Das Bett war noch zerwühlt von der letzten Nacht. Später Hunger weckte sie aus dem Taumel.

Anfangs vergaß Pepe über den Erfolgen der Liebe seine Jugend. Mag sie auch doppelt so alt sein wie ich, sagte er sich, so ist sie doch nur halb so alt wie meine Mutter.

Dennoch fühlte er sich genötigt, seine Männlichkeit durch besondere Initiative zu bekunden. Das galt vor allem für die Zeit, die nach Arbeit und Liebe übrig blieb. Bei deren Gestaltung orientierte er sich an Amandas Wünschen, und ehe noch die Freitage kamen, waren seine Pläne für die Wochenenden schon fertig. Die Freitagabende – viernes culturales – widmeten sie meist den Diskotheken in der „Rosa Zone“ im Norden der Stadt. Dort tanzte Pepe Salsa so gut wie Vallenato und Merengue.

Samstags hingegen liebten sie es, sich unter die Fans von ‘Santafé’ zu mischen, die gegen die ‘Millionarios’ antraten. Sie jubelten bei jedem Tor ‘ihrer’ Fußballmannschaft, als hätten sie in der Lotterie gewonnen. Wenn aber die Gegner gewannen, waren sie niedergeschlagen wie bei einem persönlichen Unglück. Sonntags schlenderten sie durchs Unicentro oder durchs Centro Andino, bewunderten die Auslagen und schimpften über die viel zu hohen Preise.

Einmal im Monat fuhren sie hinunter nach Melgar. Dort sogen sie mit allen Poren die Wärme auf, während sie für lange

Stunden im Schatten der Palmen am Rande eines Schwimmbeckens träumten. Wenn Amanda durch den Schwung ihrer Hüften, den Aufschlag ihrer Wimpern oder beim Eincremen ihrer langen Beine die Blicke der Männer auf sich zog, erblühte sie wie eine Hibiskusblüte, vor der die Kolibris flattern. Dann schickte sie Pepe nach einer Cuba libre, einem Fruchtsaft oder einem Eis. Das verdross ihn. War er ihr Dienstbote oder vielleicht ihr kleiner Bruder? Aber er vergaß den Ärger schnell, wenn sie versöhnlich ihre Finger auf seiner Haut spielen ließ.

In der Falle

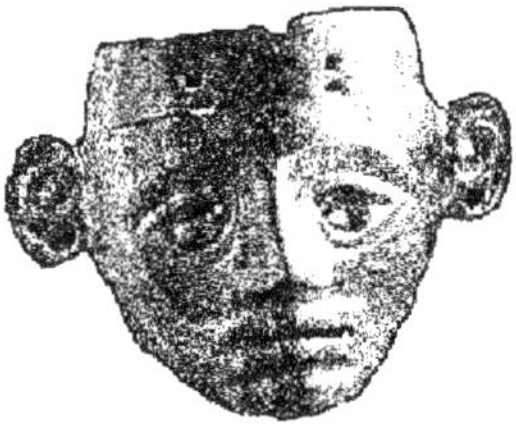

„Pass auf dich auf!“, sagte sie eines Morgens, als er von „Orolandia“ aufbrach, um ein kleines Paket zum Flugzeug zu bringen. Er fühlte sich noch beschwingt von der Nacht und ließ die kleine Tasche mit den Waren hin und her baumeln. Ein letzter Gruß mit den Augen, dann fiel die Glastür des Ladens zu.

Offiziell wusste Pepe nie, was er transportierte. „Alles ganz legal“, hieß es. Die Pakete, die von der Zentrale herübergebracht wurden, waren verschlossen. „Du brauchst deine Nase nicht in alles hineinzustecken.“

So ist das mit Geschäftsgeheimnissen, sagte sich Pepe. Im Laufe der Zeit aber wurde ihm klar, was er anfangs nur befürchtet hatte: Die Firma „Import-Export“ handelte nicht nur mit Schmuck und Maschinen, sie verschob auch Rauschgift.

„Ich weiß davon nichts“, hatte Amanda beteuert, als er sie befragte. Dann aber hatte sie Andeutungen gemacht, bei denen Pepe erschrak.

Carlitos, dem er davon erzählte, lachte laut auf: „Habe ich es dir nicht gleich gesagt? Wofür, glaubst du, bezahlen sie dich?“

Offenbar beruhte der Geschäftserfolg des dicken doctor auf der Tatsache, dass er sein Drogengeschäft mit dem Export legaler Waren tarnte. Seine Helfershelfer, so munkelte man, versteckten das Rauschgift in vielerlei Transportgut, das sie in Containern aus Metall oder Holz per Schiff und per Flugzeug verschickten. Eilige Bestellungen brachten sie in den Kartons unter, in denen die auf der Savanne bei Bogotá gewachsenen Rosen und Nelken verpackt und nach Europa und in die USA geschickt wurden.

Darüber hinaus gab es noch vielerlei andere Versandmöglichkeiten für die 'heiße Ware'. Wer kleine Mengen von Rauschgift benötigte, transportierte sie am besten selbst. Früher war es üblich gewesen, dass Reisende – Einheimische oder Ausländer – die Drogen einfach in ihrem Handgepäck, im Saum von Kleidern und Jacken oder im doppelten Boden einer Aktentasche versteckten.

So verbreitet diese und ähnliche Methoden waren, kamen sie doch außer Mode, als die Drogenpolizei den Schmugglern immer häufiger auf die Schliche kam. Länger hielt sich die Praxis, den 'Stoff', in kleinen Beutelchen verschweißt, hinunterzuschlucken und nach der Ankunft am Ziel wieder auszuscheiden. Dieses Verfahren wurde von armen Leuten, zumal von Arbeitslosen, Dienstmädchen und Prostituierten, bevorzugt, die auf einen Schlag reich zu werden gedachten. Der Kokatransport im eigenen Magen war aber gefährlich; nicht selten lösten sich die Behältnisse auf, so dass die mulas de droga, die „Transportesel", eines grausamen Todes starben.

Als der doctor Pepe zum Laufburschen ernannte, glaubte er, die einfachste und sicherste aller Schmugglermethoden gefunden zu haben: Der Junge sollte den Stoff, versteckt unter anderen Waren, aus seinem Dutyfreeshop direkt zum Flugzeug bringen und ihn – ohne Kontrolle – dort den Kunden übergeben. Nach einer Probezeit, in der er Pakete mit unverfänglichen Reiseandenken, mit Kaffee, Parfüm oder Alkohol, transportiert hatte, schickten sie Pepe auch mit kleinen und dann mit immer größeren Mengen an Kokain auf den Weg. Pepe war diese Arbeit bald zur Routine geworden. Um die Inhalte seiner Taschen und Päckchen machte er sich keine Gedanken. „Was kümmert's mich?"

Auch an diesem Tag machte sich Pepe auf den Weg, sorglos wie immer. Als er die Wartehalle des Flughafens überquerte, schlugen die Gegenstände in der Tasche hart an sein Knie – ein

Holzkistchen und eine Flasche Whisky oder Aguardiente mochten darin sein.

Seltsam! Dieser überraschende Anruf des doctor am Vortag. Pepe war ans Telefon gerufen worden. Einleitendes Geplauder, Fragen nach dem Ergehen, Vertrauensbekundungen: „Wir sind froh, dass wir uns auf dich verlassen können." Dann aber hatte der Boss unvermittelt einen anderen Ton angeschlagen. „So, dir geht es gut? Du bist zufrieden? Schön! Sicher willst du es auch weiterhin gut haben, oder?" Pepe war zusammengezuckt. „Mein Wohlwollen ist keine Selbstverständlichkeit, bilde dir das nicht ein! Ehe du dich versiehst, habe ich dich hinausgeworfen. Das geht schneller als du denken kannst - schon sitzt du wieder im Dreck. Es ist mir ein Leichtes, deine Nase in die Scheiße zu stoßen. Erinnerst du dich, wie es einmal war?" Pepe hatte keinen Laut hervorgebracht. „Sei auf der Hut, mein Freund!", flüsterte der Boss. „Ich werfe mein Geld nicht zum Fenster hinaus."

Während Pepe dem Hinweisschild 'Internacionales' folgte, stand das Bild des doctor vor ihm. Er fühlte sich mit einemmal unwohl, verwirrt. Vor dem Ausgang zum Flugfeld hatte sich eine kleine Schlange von Fluggästen gebildet. Pepe kannte den Uniformierten, der die Kontrolle vornahm. Ein freundlicher Gruß - „Hola hermano, quetál" - und er war hindurch. Am zweiten Schalter wurden Pepes Papiere geprüft, am dritten sollte das Gepäck begutachtet werden. Die Zöllner forderten die Passagiere auf, ihre Rucksäcke, kleinen Koffer und Taschen zu öffnen. Böden und Innentaschen der Behältnisse tasteten sie sorgfältig ab. Darüber hinaus wurde jedes Gepäckstück auch noch durchleuchtet.

Der zuständige Zöllner winkte Pepe herbei. Er blickte kaum auf, statt dessen griff er nach Pepes Tasche und schickte sich an, sie zu öffnen. Pepe aber ließ ihren Griff nicht los. Er räusperte sich nachdrücklich, bis der Mann endlich aufschaute.

Sein Blick traf Pepe. Los, los!, schien er sagen zu wollen, wir haben außer dir noch andere Passagiere abzufertigen.

Da fuhr Pepe mit dem Zeigefinger der rechten Hand über den rechten Flügel seiner Nase. Das war das Zeichen, mit dem er sich gegenüber den Zöllnern als Beauftragten des doctor zu erkennen geben und auszuweisen pflegte. So zu tun, hatte man ihn angewiesen. Diese Handlung vollzog er langsam, und dann wiederholte er sie noch einmal.

Der Zöllner betrachtete das Schauspiel einigermaßen erstaunt. Es dauerte einen Moment – für Pepe eine kleine Ewigkeit –, da erst schien dem Mann die Erinnerung zu dämmern. Sein Blick entspannte sich. Er schaute kurz um sich, nach rechts, nach links, dann ließ er von der Tasche ab und bedeutete Pepe mit einer Kopfbewegung weiterzugehen.

Die Wände des Ganges, von dem die Warteräume für die Gäste der verschiedenen Fluglinien ausgingen, waren mit Gegenständen und Bildern aus alter Zeit dekoriert, Schalen und Figuren aus Ton, goldene Masken und Schmuck – ein feierlicher Ort, aber als störend empfand Pepe die Männer, die sich hier aufhielten. Sie musterten die Passagiere mit strengen, misstrauischen Blicken. An Leinen führten sie große Hunde, einen Schäferhund, einen Dobermann, einen gefährlichen Rottweiler. An Pepe schienen sie kein Interesse zu haben.

Als er den Warteraum mit der Nummer 19 erreichte, hörte er aus dem Lautsprecher den letzten Aufruf für die Fluggäste der Lufthansamaschine LH 537 mit Reiseziel Frankfurt am Main und Zwischenlandung in Caracas. Die Passagiere warteten darauf, über einen Laufsteg ins Flugzeug eingelassen zu werden.

Jetzt musste Pepe allen Mut zusammennehmen. So laut er konnte, rief er: „El señor Wagner, por favor!" Die Wartenden wendeten sich ihm zu, keiner meldete sich. „Die zollfreien Waren für Señor Wagner!" Keine Reaktion.

Die Schlange kam in Bewegung, zwei Stewardessen kontrollierten die Flugscheine. Pepe wurde unruhig. Wie, wenn er das Paket nicht übergeben, wenn er seine Aufgabe nicht erfüllen könnte? Abfahrtszeit, Fluglinie und Nummer des

Warteraumes rief er sich in Erinnerung: alles in Ordnung. Nach den Passagieren der ersten Klasse wurden die Fluggäste mit Kindern eingelassen, dann folgten die übrigen Passagiere. Die Schlange wurde kleiner, noch fünfzehn, noch zehn, noch fünf Personen.

Da trat plötzlich ein Herr auf Pepe zu. Blond, heller Anzug, europäische Erscheinung. „Me llamo Wagner", sagte der Mann. Er blickte Pepe kaum an. Für den Bruchteil einer Sekunde zeigte er seinen Reisepass, dann nahm er die Plastiktüte aus Pepes Hand. „Hier", sagte er und reichte Pepe eine Zehndollarnote.

Pepe ließ das Geld in seiner Hosentasche verschwinden. Der Mann reichte der Stewardess seinen Flugschein, dann war er schon am Eingang des Laufsteges.

In diesem Augenblick sprangen drei Männer herzu. Sie drängten die Passagiere beiseite. „Halt! Stehen bleiben! Polizei!"

Einer packte den Mann und richtete eine Pistole auf ihn, die Hunde knurrten böse. Jetzt drängten sie ihn zur Seite. Die Passagiere starrten auf das Schauspiel. Auch Pepe stand da wie versteinert. Dann aber besann er sich. Langsam setzte er sich in Bewegung – so als ginge ihn die ganze Angelegenheit nichts an.

Er erreichte den breiten Gang, wandte sich dem Eingang zu, von dem er gekommen war. Wohin sollte er laufen, wo sich verstecken? Vereinzelt kamen ihm Fluggäste entgegen. Alle Räume: offen, einsehbar. Da – zwei Türen zu den Toiletten. Er rannte los, zögerte, entschied sich für die Damentoilette. Dort würden sie ihn nicht suchen. Er stieß die Tür auf, ein Raum voller Licht, Waschbecken, Spiegel. Davor zwei Frauen, eine rieb sich Creme ins Gesicht, die andere färbte die Lippen rot.

„Oh!", rief die eine erschrocken, und die andere meinte: „Junger Mann, ich glaube, Sie haben sich in der Tür geirrt."

Pepe blieb verwirrt stehen. Kein Wort der Entschuldigung. Dann rannte er weiter, an den Frauen vorbei, stieß eine Tür auf, sie schlug hinter ihm zu, Schloss umgedreht. Er ließ sich auf den Rand der Kloschüssel fallen, erschöpft, pfeifend atmete er.

„Die Jugend, ist sie nicht schamlos!“

„Gefährlich, dieser junge Mann.“

„Los, hinaus! Wer weiß, was er im Schilde führt?“

Die Tür knallte, dann hörte Pepe seine Verfolger. „Achtung, Polizei!“ Die Hunde hatten offenbar Pepes Spur aufgenommen, und die Frauen waren den Polizisten in die Arme gelaufen.

Pepe schlug die Hände vors Gesicht, den Kopf ließ er in den Schoß sinken.

Was geschieht mir?, fragte er sich. Träume ich? Läuft ein Film vor meinen Augen ab? Bin ich der Verbrecher? Jetzt bringen sie mich zur Strecke, sie werden mich töten.

Als die Männer gegen die Wand polterten, spürte Pepe keine Kraft und keine Auflehnung mehr in sich, er öffnete die Tür.

Das Verhör

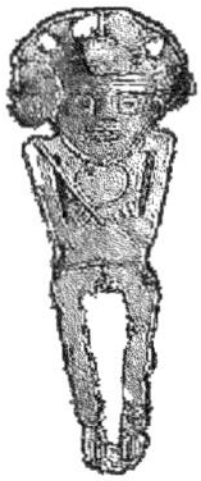

Männerfäuste packten ihn, zerrten ihn hinaus. Sie schleuderten ihn zu Boden. Ein riesiger Hund, ein wahres Untier, sprang ihn an, setzte die zottigen Pfoten auf seine Brust, das geifernde Maul stand über seinem Gesicht. Im nächsten Augenblick würde das Tier zubeißen, ihn verschlingen. Da zogen sie den Hund zurück, rissen Pepe hoch, so dass er zwischen ihnen zu stehen kam, mit Mühe konnte er sich aufrecht halten.

Sie durchwühlten seine Taschen und nahmen an sich, was er bei sich trug. Nun stießen sie ihn vor sich her dem Ausgang zu und dann in einen Nebenraum hinein. Er war hell erleuchtet und durch Holzverschläge unterteilt. Pepe sah den Blonden hinter einem Verschlag. Drei Männer standen um ihn herum, sie verhörten ihn. Er sah blass aus. Seine Haare waren zerzaust, die Krawatte zur Seite gerutscht, die Anzugsjacke hielt er auf dem Arm. Er schickte einen bösen Blick herüber.

Pepe schoben sie in eine andere Ecke und drückten ihn auf einen Stuhl. Hinter dem Schreibtisch saß ein junger Mann, sein Gesicht lag im Schatten. Er schwieg. Das gleißende Licht blendete Pepe. Er kniff die Augen zu kleinen Schlitzen zusammen.

„Na, Junge", hörte er die Stimme des Mannes. „Wie geht es dir?"

Pepe war überrascht. Mit dieser Frage hatte er nicht gerechnet.

„Wie heißt du?"

Der ruhige Ton tat ihm wohl.

„Du bist verwirrt", sagte der Mann, „du weißt nicht, was du sagen sollst. Du weißt nicht einmal, was dir geschehen ist."

Pass auf!, sagte sich Pepe. Lass dich nicht verführen! In seinem Kopf jagten einander die Gedanken.

„Du bist schockiert. Lass dir Zeit, ich habe keine Eile."

Pepe senkte den Blick, er blieb stumm. Nach einer Pause fragte der Mann: „Willst du eine Zigarette? Oder einen Kaffee?"

„Mmh."

Der Mann winkte eine Frau herbei. Sie brachte auf einem Tablett eine kleine Tasse mit schwarzem Kaffee. „A sus órdenes!", sagte sie zu Pepe, „bitte schön!" Als Pepe den bitteren Geschmack des Getränkes im Mund spürte, kehrte Leben in seine Glieder und in seinen Kopf zurück. Langsam fing er an, seine Lage zu begreifen: Der denkbar schlimmste Fall war eingetreten. Er war der Drogenpolizei in die Hände gefallen.

Das bedeutet das Ende, sagte sich Pepe. Wer sollte ihn jetzt noch retten? Sie würden ihn bedrohen, schlagen, foltern, um ihn mürbe zu machen. Sie würden nicht ruhen, bis er ein Geständnis ablegte. Sie würden den Namen seines Auftraggebers aus ihm herausprügeln wollen. Darüber konnte ihn die ruhige Stimme seines Gegenübers nicht hinwegtäuschen. Sie würden ihn einsperren – für Monate, vielleicht für Jahre.

„Noch ist nicht alles verloren", sagte der Mann plötzlich. Er schien Pepes Gedanken zu lesen.

Was bleibt mir?, fragte sich Pepe. Die Verzweiflung trieb Tränen in seine Augen. Was wird aus meiner Arbeitsstelle, was aus Amanda?

„Sie haben dich verführt, mein Junge; hereingelegt haben sie dich", sagte der Mann sanft. „Deinesgleichen benutzen sie bloß. Du gehörst zu den Dummen, die ausgenommen werden. Die Kleinen halten den Kopf hin, die Großen lachen sich ins Fäustchen. Wenn etwas schief geht, seid immer ihr die Beschissenen. Sie opfern euch leichten Herzens. Denn hinter dir stehen hundert andere, armselige Kerle, Kümmerlinge wie du, die nur darauf warten, an deine Stelle zu treten. Die Drahtzieher spucken in die Hände und planen den nächsten Deal."

Pepe sah den dicken doctor vor sich.

„Glaubst du vielleicht, dass wir eure Gaunereien nicht durchschauen? Diese miesen Tricks? Deine Methode ist die primitivste, die mir seit Jahren begegnet ist, eine Beleidigung für den Verstand. Du hättest dich erst umschauen sollen, ehe du dich auf dieses Geschäft eingelassen hast. Ein Drogenschmuggler, der überleben will, muss sich etwas Neues einfallen lassen."

Der Mann stand auf und ging vor Pepe hin und her. „Letzte Woche", sagte er, „da fassten wir ein Ehepaar. Sie waren phantasievoller als du. Die Frau trug ein Baby auf dem Arm, ein kleines Kerlchen, so groß wie eine Puppe. Als sie durch den Zoll gingen, schien es fest zu schlafen. Sie hatten ihm einen Schnuller in den Mund gesteckt. So blass sah das Kleine aus! Das fiel einer Zollpolizistin auf. Sie wollte das Ärmste ein bisschen aufmuntern, mit Lächeln und Streicheln – 'Mi nenita, bonita, chicitica' –, du weißt schon, wie sich Frauen aufführen, wenn sie einen Säugling sehen."

Der Mann blieb vor Pepe stehen.

„Nun, als sie das kleine Ding berührte – was für eine Überraschung! Es blieb ganz regungslos liegen und fühlte sich so kalt an, wie abgestorben. Die Polizistin war ganz schön erschrocken: Sie faltet das Deckchen auseinander. Was sieht sie da? Das Kind bleibt stumm, kalt, tot. Sie nehmen das Ehepaar zur Seite, wickeln den Säugling aus den Windeln. Da kommt eine riesige Narbe zum Vorschein, die läuft über den Bauch der kleinen Leiche, von unten nach oben. Und diese Narbe ist mit groben Stichen zusammengeflickt. Mit einer Schere schneiden sie die Schnur auf. Was kommt zum Vorschein? Na, was glaubst du? Dreimal darfst du raten."

Pepe biss sich in die Faust.

„Du weißt es nicht? Nun, im Bauch des Kleinen waren jede Menge Plastiksäckchen versteckt, fein übereinander geschichtet, ein Stoß neben dem anderen, mit vier Pfund vom feinsten Kokain darin."

Pepe schaute auf.

„Da staunst du, nicht wahr? Eine Meisterleistung! Phantasie muss man haben, mein Kleiner, mehr jedenfalls, als du davon hast. Aber selbst ihre Phantasie hat ihnen nichts genützt.“

Auf dem Tisch lag ausgebreitet, was die Zollfahnder in Pepes Taschen gefunden hatten. Der Mann setzte sich wieder, dann fischte er aus den versammelten Gegenständen den Ausweis hervor und vertiefte sich eine Zeit lang in das Dokument.

„‘Pepe’“, murmelte er. „Achtzehn Jahre alt bist du? Dass ich nicht lache! Wer hat dir dieses Alter angedichtet? Du bist doch höchstens vierzehn, fünfzehn, schmächtiges Jüngelchen. Aber keine Sorge, ich werde dir deine Volljährigkeit nicht streitig machen. Sei wegen mir so alt, wie du willst. Du solltest nur wissen, welche Konsequenzen das für dich hat. Das Pfund Kokain, das du zum Flugzeug gebracht hast – das bringt dir vorneweg zwei Jahre ein. Und als Achtzehnjähriger – da landest du in der ‘Modelo’. Weißt du, was das bedeutet? Dort wirst du Dinge erleben, von denen du bisher nicht einmal zu träumen wagtest. Dieses Gefängnis ist kein Luxushotel, das kann ich dir versichern.“

Die Stimme des Mannes klang nun überhaupt nicht mehr sanft, er lachte bitter auf. „Was du noch nicht weißt, werden sie dir dort beibringen, mein Lieber, und zwar im Handumdrehen.“

Vom Hörensagen kannte Pepe die Modelo sehr wohl. Neben der Picota war es der berüchtigtste Knast der Hauptstadt. Beide Gefängnisse glichen einander wie Hölle und Fegfeuer. Jedes Kind in Bogotá glaubte zu wissen, dass hinter den Mauern dieser Kerker alle Verbrechen der Welt verübt wurden, die sie doch verhindern sollten: Schiebereien und Diebstähle, Geschäfte mit Drogen und mit Waffen, Vergewaltigungen und Morde.

„Wer weiß“, sagte der Mann plötzlich, „in welche Abteilung sie dich einweisen? Die Drogenhändler haben eine Abteilung ganz für sich. Wer wegen Drogenhandels geschnappt wird, kann sich für gut und gern drei oder vier Jahre dort einrichten. Wer ankommt und noch nicht drogenabhängig ist, den werden sie an diesem Ort schnell süchtig machen."

Pepe wischte sich über die Stirn, kalter Schweiß. Er war in sich zusammengesunken. Die Tränen hielt er nicht mehr zurück.

„Nicht doch, mein Kleiner", sagte der Mann. „Noch ist nicht aller Tage Abend. Du selbst kannst dein Schicksal wenden. Du bist nur ein kleiner Fisch, eine Sardine. Deine zwei, drei Jährchen hinter Gittern machen uns nicht glücklich. Wenn du uns hilfst, werde ich mich für dich einsetzen."

Er will mir den Namen des doctor entlocken, sagte sich Pepe und schwieg in sich hinein. Der Dicke würde ihn umbringen, wenn er ihn verriete, Amanda würde ihn hassen.

„Ich weiß nichts", sagte Pepe leise.

Der Mann blieb regungslos sitzen, das Schweigen lag schwer über ihnen. Dann stand er auf, ging auf Pepe zu, blieb vor ihm stehen, ganz nahe, und schaute ihm in die Augen.

„Gut", sagte er. „Wie du willst. Ich kann dir dann allerdings nicht weiterhelfen." Er gab Pepe einen kleinen Klaps, murmelte „Schade!" und ging aus dem Raum.

Pepe saß allein, er fühlte sich verlassen und einsamer denn je. Mit einem Mal überfiel ihn bleierne Müdigkeit. Er schützte die Augen vor dem grellen Licht. Plötzlich stand ein anderer Polizist neben ihm. Er zog einen Stuhl herbei, setzte sich und drehte Pepes Gesicht zum Licht.

„So", herrschte er Pepe an, „mit der sanften Tour ist es nun vorbei. Ich habe wenig Zeit. In fünf Minuten weiß ich, was ich wissen muss – oder du bist ein kranker Mann." Pepe hegte keinen Zweifel, dass sein Gegenüber tun würde, was er angekündigt hatte. „Wer hat dich beauftragt?"

„Ich kenne seinen Namen nicht."

Ohne ein weiteres Wort zu sagen, schlug der Mann zu. Pepes Kopf flog nach hinten. Er spürte einen brennenden Schmerz im Gesicht. Der Mann hatte mit der Rückseite seiner Faust mitten in Pepes Gesicht getroffen. Pepe schnappte nach Luft. Die Hand, mit der er über die Nase fuhr, färbte sich rot.

„Den Namen! Oder ich breche dir sämtliche Knochen!"

„Er hat mir nie seinen Namen genannt."

„'Er', sagst du? Aha, es ist also ein Mann, der dir den Auftrag gegeben hat. Gut! Du hast ihn gesehen, hast mit ihm gesprochen. Du weißt, wie er aussieht. Wo hast du ihn getroffen?"

„Ich kenne die Straße nicht."

„Also hat dich jemand dorthin geführt. Wer war das?"

Pepe schwieg.

„Wer war das, der dich zu deinem Auftraggeber gebracht hat?", wiederholte der Polizist drohend. „Sag schon!", schrie er. Keine Antwort. Da packte er Pepe an der Brust, hob ihn hoch und warf ihn mit solcher Wucht auf den Stuhl zurück, dass es krachte.

„Das wissen wir nun: Ein Mann hat dich beauftragt, und irgendjemand hat dich mit ihm in Verbindung gebracht. Wir haben also schon drei: dich, den Kontaktmann und den Drahtzieher. Und noch etwas: Du kannst deinen Auftraggeber beschreiben, weil du ihn gesehen hast. Erzähle! Wie sieht er aus, wie ist es dort zugegangen?"

Pepe schwirrte der Kopf, seine Gedanken purzelten durcheinander. Wie sollte er sich retten, ohne jemanden zu verraten? Der Mann kreiste um Pepes Stuhl, ein ums andere Mal. Er schien nachzudenken. Plötzlich packte er Pepe von hinten, ergriff seinen Arm und drehte ihn auf den Rücken. Pepe schrie auf. Ein rasender Schmerz. Jetzt drückte ihm der Mann den Hals zu. Pepe schnappte nach Luft, röchelte.

Dann wurde ihm schwarz vor den Augen, rote Blitze. Keuchen. Er drohte zu ersticken. Der Arm – schlaff, schmerzend hing er herab.

„So!" Der Mann lachte böse. „Das war nur eine erste Kostprobe, Freundchen." Er schaute auf die Uhr. „Ich glaube, unser Held kennt die hiesigen Spielregeln noch nicht. Soll ich sie dir erklären? Nun, mein Sohn: Wenn die kleinen Fische gefangen sind, werden sie zum Köder für die großen Fische. Begreifst du?"

Ein Streichholz flammte auf, erlosch kurz darauf. Gierig sog der Mann an der Zigarette. Nach einer Weile ließ er den Rauch aus den Nasenlöchern entweichen, den Rest blies er aus dem Mund hervor. Stille. Dann ein verächtliches Auflachen: „Du hältst mich für brutal? Dass ich nicht lache! Dummes Geschwätz! Ich bin doch nicht brutal, du bist brutal. Mit deiner Halsstarrigkeit zwingst du mich, dich zu verprügeln und dir die Knochen zu brechen. Ich kann nichts dafür. Wärst du vernünftig, kämen wir gut miteinander aus. Eigentlich – bist du mir gar nicht so unsympathisch."

Der Mann ließ seinen Blick lange auf Pepe ruhen. Dann machte er eine Handbewegung, als wollte er einen lästigen Gedanken vertreiben.

„Arbeit ist Arbeit", sagte er. „Ich will mich nicht vor meiner Pflicht drücken. Du bist dumm, und ich, ich bin nur ein bedauernswerter Untersuchungspolizist." Wieder sog der Mann gierig an seiner Zigarette. „Also, zum letzten Mal: Wer ist dein Auftraggeber? Woher stammt die Koka?"

Pepe war gänzlich in sich zusammengesunken.

„Der Herr über dein Schicksal bist du selbst, alles liegt an dir", sagte der Mann. „Wenn du schweigst, zwingst du mich, Gewalt anzuwenden."

Pepes Körper machte sich selbstständig, er bebte, das Zittern war nicht mehr zu unterdrücken.

Der Mann wartete eine Zeit lang. „Gut", sagte er. „Du willst es so haben. Du übernimmst die Verantwortung. Pass auf, was jetzt geschieht!"

Ohne ein weiteres Wort packte er Pepe an Jacke und Hose, hob ihn hoch, warf ihn zu Boden und schleifte ihn durch den Raum. Pepe hing in seinen Fäusten wie ein kleines Tier, kraftlos. Am Wasserbecken angekommen, öffnete der Mann den Hahn, Wasser strömte ein.

„Ist er alt oder jung, dick oder dünn, groß oder klein dein Auftraggeber? Wo hast du ihn getroffen?“

Pepe presste die Zähne zusammen. Jetzt griff der Mann von hinten in Pepes Haar, er drückte seinen Kopf herab, die Stirn schlug im Becken auf. Schläge auf den Schädel, dumpfes Dröhnen. Pepe ruderte mit den Armen, mit den Füßen trat er aus. Luft! Der Griff lockerte sich nicht. Luft, Luft! Jetzt würde er ersticken. Keine Kraft mehr, kein Wille mehr. Sterben würde er. Pepe gab auf. Seine Muskeln entspannten sich. Dunkelheit.

Als er wieder zu sich kam, lag er auf dem Boden. Er fühlte Feuchtes am Kopf, am ganzen Körper, er zitterte. Zwei Männer standen neben ihm.

„Er rührt sich“, sagte der eine.

„Na, siehst du“, sagte der andere.

„Er hat genug.“

„Warten wir es ab.“

Einer der Männer beugte sich herab. „So“, sagte er, „du weißt nun, wie es bei uns zugeht.“

„Ich gebe dir eine letzte Chance“, sagte der andere. „Du solltest sie nutzen.“

Er packte Pepe, hob ihn hoch und ließ ihn auf den Stuhl gleiten. Seine Stimme klang wie von weither: „Dummkopf! Es nützt niemandem, wenn du dich totschlagen lässt. Wir kennen deinen Auftraggeber schon lange. Du brauchst ihn gar nicht zu verraten. Wir haben ihn schon. Die Schlinge liegt straff um seinen Hals.“ Der Mann lächelte freundlich. „Nur eines hätten wir gern: deine Bestätigung. Fürwahr, eine Kleinigkeit. Für uns ist das eine reine Formalität, für dich aber wäre es lebensrettend.“ Der Mann klopfte Pepe aufmunternd auf den Rücken. „Denk daran“, fuhr er fort, „wir wissen Bescheid. Nichts, nichts bleibt uns verborgen.“ Sein Gesicht kam Pepe ganz nahe. „Selbst deine Freundin kennen wir. Willst du nicht etwas Gutes für sie tun?“

Pepe schreckte abrupt hoch; neues Leben war plötzlich in seinen geschundenen Körper zurückgekehrt.

„Ihr kennt Amanda?“ Sofort biss er sich auf die Lippen. Es war zu spät, er hatte ihren Namen preisgegeben.

„Siehst du, mein Junge“, sagte der Mann mit sanfter Stimme, „du solltest an Amanda denken. Du willst sie doch nicht ins Elend stürzen, nicht wahr? Also, tue etwas für sie!“

Pepe schoss das Blut in die Wangen. Abwechselnd wurde er rot und blass. Zuerst hatte er Carlitos gefährdet und nun Amanda denunziert.

„Wenn du uns den Namen deines Auftraggebers bestätigst, können wir deine Freundin schonen. Und dir selbst wird es auch von Nutzen sein.“

La Modelo

Der Regen setzte mit großen Tropfen ein, die den Asphalt der Straßen und Plätze mit handgroßen Wasserflecken übersäten. Dann kam ein Wind auf, und das Wasser rauschte jetzt derart schnell herab, dass die Menschen in die Eingänge der Geschäfte, der großen Banken und Warenhäuser flüchteten. Im Nu waren die Straßen von Autos, vor allem von Taxis und Bussen, verstopft. Wer jetzt noch die Fahrbahn überqueren musste, hatte das Nachsehen. Denn sobald die Autos auch nur ein Stück vorankamen, spritzte das Wasser, das an den Straßenrändern dahinschoss, zu Fontänen auf. Die fliegenden Händler zurrten die Planen fest, die sie über ihre Karren gespannt hatten, und dann suchten alle Zuflucht unter den Bäumen der Parks.

Nun endlich schälte sich auf dem Gehweg vor der Kirche, erbaut im spanisch-kolonialen Stil des 16. Jahrhunderts, ein Mann aus Planen und Decken, der trotz des Verkehrslärms dort geschlafen hatte, zusammengerollt wie ein Kind oder wie ein Tier. Das Wasser, das durch seine Umhüllungen eingedrungen war und ihn bis auf die Haut durchnässte, hatte ihn aufgeweckt. Er schaute missmutig um sich, wischte die Nässe aus den Augen, stand schwerfällig auf und raffte die einzelnen Fetzen von Decken und Plastikfolien zusammen. Dann schlang er eine Schnur um das Bündel, schulterte es und schickte sich an, auf die andere Seite der Straße hinüberzutrotten.

Um die Autos, die scharf vor ihm abbremsten, kümmerte er sich nicht. Es kam zu einem kleinen Stau, ein aggressives Hupkonzert hob an. Der Mann ging unbeeindruckt weiter, dabei blickte er auf seine nackten Füße hinunter, als gehörten sie zu einer anderen Person. Den Regen, der seinen schäbigen Kittel schwer machte, schien er nicht zu spüren. Er watete durch das Wasser, das auf der Straße dahinschoss, erreichte das Trottoir gegenüber und schob sich zwischen die Passanten, die unter dem vorspringenden Dach über dem Portal des Avianca-Hochhauses Zuflucht gesucht hatten. Eigentlich gab es dort keinen Platz mehr für ihn; aber die dicht an dicht stehenden Menschen wichen vor dem Geruch, den er verströmte, zur Seite.

Wer ihn aus der Nähe betrachtete, stellte fest, dass er, anders als es von weitem den Anschein gehabt hatte, gar kein alter, sondern ein junger Mann in jener unbestimmten Übergangsphase zwischen der Jugendzeit und dem Erwachsenenalter war. Weitere Gedanken über ihn machte sich keiner; schließlich bevölkerten unzählige ähnliche Gestalten, verkommen, schmutzig, stinkend, die Straßen der Hauptstadt.

Wahrscheinlich hätten weder Amanda noch Carlitos noch seine Eltern hinter dieser Erscheinung Pepe erkannt. Manchmal kannte sich Pepe selbst nicht mehr. Er hatte aufgehört, sich ein Bild von sich selbst zu machen oder gar über sich nachzudenken. Er fand sich selbst nicht mehr so wichtig. Diese Gleichgültigkeit gegenüber der eigenen Person, gegenüber seinem Aussehen wie gegenüber seinem Schicksal, hatte sich im Gefängnis eingestellt. Irgendwann, während er über dem Warten die Zeit verlor, hatte er sich selbst verloren. Anfangs hatte er sich noch aufgebäumt, verzweifelt, wütend. Er hatte geglaubt, nicht weiterleben zu können. Die Sehnsucht nach Amanda drohte ihn wahnsinnig zu machen. Alles tat ihm weh, der Körper, der Kopf. „Du fehlst mir“, hatte er ihr geschrieben, „und ich kann nicht leben ohne dich.“ Dann aber war alle Hoffnung in sich zusammengebrochen, er hatte sich auf einmal wie leblos gefühlt. „Jeden Tag sterbe ich ein kleines Stück mehr.“ Er beteuerte, dass er sie nicht verraten hatte, im Gegenteil. „Ich habe dich gerettet. Sie wollten dich holen. Sie hätten die Wand an den Fußenden der Betten waren Nägel getrieben, krumm geschlagen, verrostet. Dort hängten sie ihre Kleider auf.

Keine Tür gab es, kein Fenster. Die Vorderfront der Zelle war von einem schweren Gitter verschlossen. Morgens um vier Uhr wurde es zur Seite gezogen: kreischendes Eisen. Das Donnern beim Aufprall auf die Wand traf die Schlafenden wie ein Hieb. Pepe fuhr aus den zerwühlten Laken, und über die Verlorenheit seines Schlafes legte sich Entsetzen. Er riss die Augen auf, um sie im gleißend hellen Licht sofort wieder zuzupressen.

Sie fielen aus den Betten, torkelten, suchten schlaftrunken ihre Kleider, und schon wurden sie von grellen Pfiffen gejagt. Im Laufschritt ging es dann zur Dusche. Der Körper bewegte sich wie eine Maschine. Erst das Wasser überzeugte Pepe, dass der eigene Leib kein Automat war. Wenn die kalte Flut auf die Kopfhaut schlug, tat es weh. Schutzlos fühlte er sich gegenüber der Qual. Ein neuer hoffnungsloser Tag.

Dann gab es eine trübe Kaffeebrühe und gummiweiches Brot. Sie saßen in langen Reihen, einige schlürften und schmatzten. Die Routine hatte etwas Tröstliches. Man lernt die Dinge hinzunehmen, wie sie sind, sagte sich Pepe. Zwischen Frühstück und Abend gab es keinen Augenblick ohne Aufsicht, nie waren sie allein. Immerzu hörte man von irgendwoher Schreie, Schläge. Wer ist schlimmer, fragte sich Pepe, die Aufseher zu den Inhaftierten oder die Gefangenen untereinander? Die Stumpfheit machte vor keinem Halt. Die einen wehrten sich mit Brutalität, die anderen flüchteten in die Resignation.

Am zweiten oder dritten Tag seines Aufenthaltes in der Modelo pflanzte sich einer der Häftlinge vor Pepe auf: „He, Kleiner!“ Es war ein Hüne, das Gesicht zerfurcht von Pocken und Messerstichen. „Schöne Schuhe! Gefallen mir.“ Der Mann ging um Pepe herum. „Mmh!“ Gespielte Bewunderung.

Pepe blickte zu Boden. Schweigen.

„Na, zier dich nicht. Gib sie her!“

„Meine Schuhe? Ich habe nur diese.“

„Ha! Er hat nur diese!“ Der Hüne äffte Pepes Tonfall nach. „Er will nichts abgeben. Kleiner Geizling!“ Der Mann lachte in die Runde.

Andere Gefangene kamen näher. „He, was gibt's?“ Die Herbeidrängenden bildeten einen Kreis. Erwartungsvolle Gesichter, Grinsen.

Hilft mir denn keiner?, dachte Pepe.

„Her damit! Oder soll ich sie dir ausziehen?“

Pepe wich zurück, einer der Männer schubste ihn: „Los, zeig's ihm, Kleiner!“

Der Hüne lachte. „Er versteht nichts“, sagte er über Pepe hinweg, „vielleicht braucht er eine Entscheidungshilfe?“ Umständlich öffnete er seine Jacke und zog aus der Innentasche ein Messer hervor. „Also, was ist los?“

Pepe bückte sich, zog den einen, dann den anderen Schuh aus. Dann in Strümpfen zurück in die Zelle, hämisches Gelächter im Rücken.

Später kam einer auf Pepe zu. „Sie können es nicht erwarten, dass die Fetzen fliegen“, sagte er. Ein melancholischer Mann, hager, mit Bart. „Du hast ihnen den Spaß verdorben. Lieber als die Schuhe wäre ihm eine saftige Schlägerei gewesen.“ Er setzte sich neben Pepe aufs Bett. „Sie werden dich weiter provozieren, es wird noch härter kommen.“ Pepe schaute beklommen drein. „Soll ich dein 'Pate' sein?“, fragte der Mann.

Von da an ließen sie Pepe in Ruhe.

„Wenn du bei mir bist, Pepe“, sagte der Hagere, „wird dir nichts geschehen.“

Pepe fühlte sich unbehaglich. Der patrino legte den Arm um ihn. Pepe rückte zur Seite. Bei der nächstbesten Gelegenheit griff er in Pepes Hose. Pepe war verwirrt, hinterher rannte er hinaus und würgte den Ekel in die Toilette. Er verachtete sich selbst. Ich bin wie ein Stück Dreck, dachte er. Was würde sein Vater von ihm denken? An Amanda schrieb er: „Sie haben mich gedemütigt und misshandelt. Ich habe mich nicht gewehrt."

Langeweile trieb die Gefangenen in die Verzweiflung. Manchmal setzten sie sich zusammen, drei oder vier Männer, keiner wollte für sich bleiben. Sie gaben Pepe Marihuana. Ein Paket zum Preis von 1000 Pesos reichte für fünfzig Zigaretten. „Nimm! Es kostet dich nichts." Pepe rauchte eine, dann eine zweite. Es wurde ihm schlecht, hundeelend. Bei der dritten Zigarette endlich die erhoffte Wirkung. „Ich kann fliegen." Pepe schwebte aus dem Patio, über den Zellentrakt hin, höher hinauf als der Gefängnisturm, jetzt sah er die Stadt unter sich. „Die Welt, wie schön sie ist!" Wunderbar erschienen ihm die Farben und die Formen der Dinge. Er glaubte, Musik zu hören, Klänge, die von den Chören der Engel zu kommen schienen. Dann wurde er traurig, aufs Neue erfüllte ihn Sehnsucht. Der Kummer drückte ihn tiefer als je zuvor. „Du lässt mich zurück", sagte er und sah Amanda vor sich, „verwundet vor Liebe. Die Wunde ist offen, alle Kraft fließt aus. Zurück bleibe ich wie eine leere Hülle."

Als sie Pepe Basuco anboten, nahm er auch dieses an. Die Wachen bemerkten es und schauten grinsend weg. Zuerst tranken die Gefangenen Bier. Dann reichte einer Aguardiente, ein anderer eine Flasche Brandy herum. Sie lachten. Pepe fühlte sich ein bisschen glücklich. Das ist echte Freundschaft, dachte er. Jeder bekam eine Zigarette. Sie rieben sie zwischen den Handflächen, der Tabak löste sich und fiel heraus. Einer half dem anderen, die kleinen Papierchen zu falten, mit denen sie den weißen Stoff in die Zigarettenhüllen einfüllten: Stoff, Tabak, Stoff, Tabak. Pepe spürte die Ungeduld der anderen. Kaum warteten sie, bis die Zigarette vorne zugedreht war. Dann hielten sie sie über die Flamme der Kerze, das weiße Papier färbte sich grau. Ihre Hände zitterten. Endlich! Sie ließen sich zurückfallen, sogen die Luft ein, ganz tief, ließen den Rauch in den Körper hineinströmen. Die Wirkung kam sofort – Genuss, sich selber stark fühlen, überlegen sein.

Basuco wirkte besser, schneller, länger als Marihuana. Was kümmerte es Pepe, dass dies ein Weg ohne Rückkehr war? Er wusste, dass einer, den das Basuco in seiner Gewalt hat, kaum wieder freikommt. Was soll mir die Freiheit?, sagte er sich. Lieber will ich im Rausch als im Elend zugrunde gehen. Wunderbar erschien ihm die Wirkung der Droge. Keine Qual mehr, nur noch Licht und Musik. Nie sollte dieses Gefühl aufhören. Sie rauchten, stopften eine nach der anderen Zigarette, immer schneller: füllen, stopfen, zudrehen, anzünden, saugen. Die Gier peitschte sie auf. Pepe zitterte vor Lust. Er wollte länger, mehr, tieferen Rausch. Er rauchte drei, fünf, sieben, zehn Zigaretten in einer halben Stunde. Hunger, Durst spürte er nicht. Er schwitzte, das Herz jagte. Je mehr er rauchte, umso stärker packte ihn die Begierde. Er fühlte sich wie ein Reittier, getrieben von einer dämonischen Reiterin – besessen war er vor Verlangen.

Nach einer Stunde: zwanzig Zigaretten. Ein Ende durfte es nicht geben. Irgendwann kam das Ende doch. Müde lagen sie da, kraftlos, aber Pepe fand keinen Schlaf. Er fieberte, fühlte sich erregt, etwas tobte in seinem Körper und wollte ausbrechen. Er presste die Fäuste gegen die Ohren, die Geräusche aus dem Hof der Gefangenen quälten ihn, schrilles, bohrendes, grelles Lärmen. Stunden vergingen. Immer noch lagen sie nebeneinander, keiner kümmerte sich um sie. Schlafen, nur schlafen! Aber sie fanden keine Ruhe.

Als die letzten Tage im Gefängnis nahten, schreckte Pepe vor der Vorstellung zurück, frei zu sein. Wohin sollte er gehen? Zu seinen Eltern oder zu Carlitos? Auf keinen Fall! Sie sollten von seiner Misere nichts erfahren. Und Amanda?

Am Tag seiner Entlassung musste der Wachmann am Ausgang Pepe einen kleinen Schubs geben. „Nur zu! Und komm' nicht bald wieder!"

Eine kleine Tasche mit den wenigen Habseligkeiten baumelte an seiner Seite. Er trottete durch die Straßen. Einige Stunden saß er in einem Park. Dann bestieg er einen Bus und fuhr in den Norden. Noch ein paar Querstraßen zu Fuß. Sein Schritt wurde müder und müder. Vor Amandas Wohnung zögerte er. Schließlich nahm er allen Mut zusammen. Ein Fremder öffnete. Der neue Mieter wusste nichts von Amandas Verbleib.

An den folgenden Tagen irrte er ziellos umher. Sein Wille war wie ausgelöscht. Dann plötzlich erwachte die Begierde, sie trieb ihn voran: Eine Zigarette drehen, sie mit Basuco füllen, im Rausch aufgehen - es gab nur diese Wonne. Er magerte ab, verkam. Von Zeit zu Zeit fiel er über Passanten her. Die Opfer wehrten sich, meist zog er den Kürzeren. Dann blieb er blutig, zerschlagen und leise klagend liegen. Manchmal hatte er Erfolg, dann hastete er mit seiner Beute ins Zentrum unterhalb der Avenida Caracas, wo er zu jeder Tages- und Nachtzeit gegen das Diebesgut Basuco eintauschen konnte.

Für eine Übernachtung in irgendeinem lumpigen Zimmer Geld zu verschwenden kam nicht in Frage. Die Nächte brachte er im Freien zu. Die Kälte, die Nässe und die Angst ließen ihn kaum Schlaf finden. Erst wenn der Tag anbrach, die Sonne die Straßenschluchten trocknete und ihn etwas aufwärmte, legte er sich irgendwohin: in den Eingang eines Geschäfts, eines Bürohauses, einer Kirche, besser noch in die kleine Kabine eines Geldautomaten. Bei gutem Wetter streckte er sich auch einmal auf dem mit buschigem Gras überwucherten Mittelstreifen einer Straße aus und schlief sofort ein, unberührt vom Verkehr, der an ihm vorbeidonnerte.

Manchmal wachte er erst wieder auf, wenn er von einem Passanten einen Fußtritt abbekam. Dann ging er zu einem der Brunnen in den Parks, zog sich splitternackt aus und sprang in das schmutzige Wasser, das so kalt war, dass ihm das Herz stockte. Seine Kleider und Schuhe wechselte er nur dann, wenn er im Müll bessere fand. Im Laufe der Zeit wurde sein Gesicht schwarz vor Dreck, die Haare wuchsen strähnig. Sah er jemanden, der wohlhabend war, so streckte er bettelnd die Hand aus und murmelte etwas von Hunger, Arbeitslosigkeit und der

Notwendigkeit, seine Familie zu ernähren. So kam es, dass meist ein paar Münzen in seinen Taschen klimperten.

Hier auf der Straße, sagte er sich, ist es wie im Film. Die Bilder fliegen dir um die Ohren. Du kommst mit dem Schauen nicht hinterher. Dabei musst du unablässig auf der Hut sein, sonst kommst du unter die Räder.

In einer der ersten Nächte hatten sie ihm die Schuhe gestohlen, seither ging er barfuß. Die Füße hatten eine dunkelrote Farbe angenommen, die Beine um die Knöchel herum waren angeschwollen, sie taten weh. Fortwährend hustete er. Aus der Nase lief der Rotz in kleinen Bahnen und bildete oberhalb des Mundes eine kleine, gelbe Kruste. Die war so hart, dass nicht einmal der Dauerregen sie auflöste.

Regen morgens, Regen nachmittags. Ungeduldig blickten die Leute zum Himmel. Die Wolken türmten sich über dem Monserrate auf, aber von der Savanne her schob sich ein blauer Streifen mit dem rosa Licht des frühen Abends immer näher heran. Pepe schulterte sein Bündel und verließ als einer der Ersten das vorgezogene Dach über dem Portal des Hochhauses. Im Wasser, das wie in einem Bachbett die Straße hinabschoss, zogen sich seine Zehen unwillkürlich zusammen.

Die 'fliegenden Händler' öffneten ihre Buden wieder. Pepe blieb vor einer Bräterei stehen. Der Gestank von altem Fett hing über der Straße. Die kleinen Speckstücke nahmen bizarre Formen an. Pepe lief das Wasser im Mund zusammen. „Geh schon weiter, Mann!“, zischte der Verkäufer.

Die Angestellten der Restaurants begannen, die Abfälle des Tages in großen, schwarzen Abfallsäcken hinaus auf die Straße zu stellen. Bald würde die Müllabfuhr vorbeikommen. Pepe musste sich beeilen. In einen der Plastiksäcke riss er ein faustgroßes Loch. Da quollen die Speisereste hervor: Zuerst kam eine gelbe Flüssigkeit. Die wässerige Soße spülte Reis hervor, dazwischen abgenagte Hühnchenknochen, Gemüsereste, Kartoffeln. Pepe griff in die kalte Brühe hinein, fischte ein paar Stücke heraus, die ihm besonders schmackhaft erschienen, vor allem Fleischreste und solche Knochen, die nicht ganz sauber abgegessen waren. Er roch daran, ob sie nicht faulten, dann stopfte er, so viel er nur konnte, in sich hinein.

Juana von der Müllkippe

Nachts hielt sich Pepe im berüchtigtsten aller Viertel der Stadt, in El Cartucho, auf. Die Häuser waren verkommen, von ihrer einstigen Pracht war nichts übrig geblieben. In den Innenräumen und Höfen drängten sich die Menschen. Draußen auf der Straße war der Abfall zu flachen Hügeln aufgewachsen, auf denen die Leute saßen und zum Verkauf anboten, was immer sie zusammengetragen hatten. Einige kochten Reis, man aß ihn aus Bananenblättern mit der Hand. Die Menschen schliefen abends dort ein, wo sie tagsüber gearbeitet hatten, und dort verrichteten sie auch ihre Notdurft.

Nie sah man die Müllabfuhr in El Cartucho, und auch die Polizei ließ sich nur dann blicken, wenn mindestens drei oder vier Tote auf einmal abzutransportieren waren. Das geschah meist nach Festtagen, weltlichen und kirchlichen. Denn dann versanken die Menschen im Rausch. Sie wurden gewalttätig, fielen übereinander her und schlugen sich gegenseitig tot. Die Leichen warfen die Überlebenden auf die Straße und ließen sie liegen, bis sich die Polizisten trauten, ins Viertel hereinzukommen.

In einem Gebäude, das schon begonnen hatte, in sich zusammenzubrechen, verbrachte Pepe die Nächte, Haut an Haut mit wechselnder Belegschaft. Es kostete ihn nur wenige Pesos. Von diesem Haus war es ein Katzensprung zu dem Müllberg, der mitten auf dem kleinen Platz entstanden war, wo El Cartucho endete und sich mehrere Straßen kreuzten. Bei den Müllsammlern erfreute sich dieser Ort einer gewissen Beliebtheit, denn täglich landete dort neues Material: gefüllte Abfallsäcke, Grünzeug vom nahen Markt, faules Obst, leere Verpackungen, hin und wieder auch alte Reifen, Holzbretter, Eisenstücke und Flaschen.

Pepe war missmutig. Bei dieser Art Arbeit kam so gut wie nichts heraus. Die Altwarenhändler, denen er Papier, Kartons, Eisen und Flaschen verkaufen wollte, waren selbst nur arme Schlucker. Pepe fröstelte, er beugte sich tiefer hinab, bekam auf einmal eine Plastiktüte voller Flaschen zu fassen und zerrte daran, um sie aus dem Gerümpel hervorzuziehen.

Da plötzlich stand jemand neben ihm. Eine Hand, klein und flink, schnellte vor, packte zu, sie zog an der einen, Pepe an der anderen Seite des Fundes.

„He! Was soll das?" Pepe blickte auf. Wer wagte es, ihm in die Quere zu kommen? Ein Mädchen. „Finger weg!" Schwarze, böse Augen; zerzaustes, über der Stirn gekräuseltes Haar. „Nimm deine Pfoten von meinen Flaschen!"

Pepe hatte das Mädchen zuvor nicht wahrgenommen; ihre Erscheinung hob sich kaum von der Umgebung ab. Von Schweiß oder vom Regen war der Dreck auf ihrem Gesicht zu schwarzen Schatten verlaufen. Sie mochte siebzehn sein, war aber klein, kaum größer als ein zwölfjähriges Kind. Während sie zur einen, Pepe zur anderen Seite hin zerrte, fauchte sie wie eine Katze. Pepe schien die Oberhand zu behalten, plötzlich aber schlugen ihre scharfen Nägel in seine Hand. Pepe stieß sie von sich, da durchzuckte ihn ein neuer heftiger Schmerz: das Mädchen hatte in seinen Handrücken gebissen. Er ließ von ihr ab, triumphierend stand sie da mit ihrer Beute.

Pepe spürte, wie der Zorn in ihm aufstieg. „Rotzgöre!", schrie er. Er gab ihr einen Stoß, sie taumelte rückwärts zu Boden. Schneller als sie gefallen war, sprang sie wieder auf, flog auf Pepe zu, und ihre kleinen Fäuste trommelten auf ihn ein. Da traf sie Pepes Hieb. Sie hielt inne, griff sich an den Kopf, Tränen der Wut in den Augen.

„Schlampe!" Pepe blickte auf das verdreckte Wesen herab. Wie konnte sich ein Mädchen in der Öffentlichkeit so zeigen, derart wild, derart verkommen! Sie trug eine weite Hose, die einmal Teil eines Sportanzuges gewesen sein mochte. Darüber hatte sie einen langen Rock gezogen. Über die Taille hing der untere Teil einer Wollweste herab, und den Oberkörper umhüllte eine breite, an den Ärmeln viel zu lange Jacke, die vom Anzug eines Mannes zu stammen schien.

„Her damit!" Pepe zerrte an der Tasche. „Lass die Pfoten von meinen Sachen!"

„Nimm du die Krallen von meinen Flaschen!", schrie sie zurück.

Zornig schaute sie ihm entgegen, und Pepe zweifelte nicht daran, dass sie entschlossen war, ihr vermeintliches Recht durchzusetzen. Pepe holte zum Tritt aus, da flog sie auf ihn zu. Es war, als käme ein Raubvogel über ihn. Ihre Fäuste trommelten auf seinen Kopf, seinen Bauch, seine Brust. Leicht belustigt über ihren Zorn, fasste er sie um die Hüfte, hob sie vom Boden auf und hielt sie eine Zeit lang fest.

Sie strampelte, trat gegen seine Beine und stieß die wildesten Beschimpfungen aus: „Hijo de puta! Malparido! Brinca la madre! Cabrón de mierda!"

In diesem Augenblick kamen sich ihre Gesichter ganz nahe. Er blickte in ihre schwarzen Augen, die wilde Blitze sprühten. Da spürte er unter ihren Kleidern ihre kleinen festen Brüste.

„Warte doch mal", sagte er. Er stellte sie auf die Erde zurück. „Wir können uns sicher einigen."

Mit geballten Fäusten stand sie ihm gegenüber. „Du Schwein, du Dieb!"

„Schau mal", sagte er, kramte in der Jackentasche und brachte ein kleines Stück Käse zum Vorschein. Er rieb es am schmutzigen Ärmel ab und hielt es ihr unter die Nase. „Nimm!"

Blitzschnell griff sie zu, steckte es in den Mund – ein Biss, und schon war es verschlungen.

„Wie heißt du?", fragte er.

„Geht dich nichts an."

„Ich bin Pepe."

„Na und?“

„Du hast Hunger?“

„Kümmert's dich?“

„Willst du mehr Käse? Und ein Stück Hartwurst?“

„Mmh.“

So verlief die erste Begegnung zwischen Pepe und Juana. Am nächsten Tag trafen sie sich wieder, am übernächsten ebenfalls – ‘rein zufällig’, wie sie sich gegenseitig versicherten. Nach der vierten oder fünften Begegnung machten sie sich, als es Abend wurde, zusammen auf den Weg, um einen gemeinsamen Schlafplatz zu suchen. Später halfen sie sich gegenseitig mit Geld, Nahrungsmitteln und Basuco aus. Aber es dauerte noch etliche Wochen, bis Juana begann, das eine oder andere aus ihrem Leben zu erzählen.

Wie alt sie war, wusste sie selbst nicht genau. Wen auch hätte sie fragen sollen? Ihren Vater hatte sie nie kennen gelernt. Die Männer im Haushalt ihrer Mutter wechselten ständig. Kaum einer nahm Notiz von ihr. Erst zehn oder elf Jahre alt, wurde sie als Dienstmädchen zu einer Familie gegeben. Dort arbeitete sie hart und fast ohne Pausen von morgens bis abends. Tagein -tagaus. Sie half bei allem, was im Haus anfiel: beim Waschen, Putzen, Kochen, Einkaufen, Kinderhüten. In der Nacht blieben ihr vier, fünf Stunden Schlaf, mehr nicht. Ihr ‘Zimmer’ war ein Bretterverschlag im Patio, ihr Bett eine alte Schaumstoffmatratze ohne Bezug. Jedes zweite Wochenende hatte sie frei, samstagnachmittags und sonntags – falls nichts dazwischenkam. Was sie verdiente, nahm ihr die Mutter weg.

Die Señora des Hauses, ehrenamtlich in verschiedenen Einrichtungen der Wohlfahrtspflege tätig, war häufig unterwegs. Da fiel des Señors Blick auf das erblühende Mädchen. Er umschmeichelte sie mit Komplimenten, legte zärtlich seinen Arm um ihre Schultern und verführte sie. Mit Geldgeschenken erkaufte er ihr Schweigen. Als sie sich ein Herz zu fassen und sich zu wehren begann, vergewaltigte er sie.

Die Señora bekam Wind von der Sache, kurzerhand warf sie Juana hinaus. Da stand sie nun: in der einen Hand eine zerschlissene Tasche mit ihrem ganzen Besitz, in der anderen einen Hundertpesoschein für den Bus. Wohin sollte sie sich wenden?

Vorübergehend fand sie in der Wohnung ihrer Mutter Unterschlupf. Aber dort störte sie bloß, sie war den Freiern im Weg. Die Mutter war enttäuscht über Juanas 'Missgeschick' im Haus der reichen Familie, der Verlust ihres monatlichen Einkommens schmerzte.

Manchmal blieb Juana über Nacht weg, sie trieb sich draußen herum, bettelte, half da und dort aus. Als sie nach längerem Umherstreifen eines Tages zurückkam, war ihre Mutter verschwunden. Einer ihrer Freier hatte sich in der Wohnung breit gemacht und seine Familie – Frau, Mutter, fünf Kinder – hergeholt. Sie blickten Juana böse entgegen. Wo sich ihre Mutter aufhielt oder ob sie überhaupt noch lebte, wusste angeblich keiner.

Das war vor drei oder vier Jahren geschehen. Von da an hatte Juana kein Zuhause mehr, sie blieb auf der Straße. Dort schloss sie sich einer gallada, einer Straßenkinderbande an. Unter den Mitgliedern dieser Bande hatte sie einen Beschützer gefunden, Maroquín. Er war einer der älteren Jungen der Gruppe gewesen. Vor etwa einem Jahr war er von der Polizei erschossen worden.

„Damals schliefen wir im Nationalpark“, berichtete Juana. „Wegen der Todesschwadronen lebten wir in ständiger Angst.“ Immer mehr Straßenkinder und Obdachlose, Prostituierte und Schwule fielen den 'Aufräumarbeiten' der Killerbanden zum Opfer. Sie wollten angeblich die Kriminalität bekämpfen und den 'Abschaum' der Stadt ausrotten. Die Straßen sollten von den Ausgeburten des Elends und der Armut gesäubert werden.

Oft mischten sich Polizisten und Soldaten unter die Mördertrupps. Sie fingen Straßenkinder ein, pferchten sie wie Vieh auf Lastwagen zusammen, schafften sie aus der Stadt hinaus und setzten sie irgendwo aus; oft brachten sie sie auch einfach um.

„Zwei oder drei Uhr nachts war es“, so erzählte Juana weiter, „da fielen sie über uns her. Wir sprangen aus unserem Versteck auf und wollten fliehen. Maroquín aber setzte sich zur Wehr. Mit einem Holzstück schlug er einem der Angreifer auf den Kopf. Der war ein Polizist. Ein anderer Polizist muss das beobachtet haben. Er schoss Maroquín nieder. Der fiel um, ohne einen Laut von sich zu geben. Er hat sich nicht mehr gerührt.“

Juana fuhr sich mit der Hand übers Gesicht. „Wir sind weitergerannt. Ich habe einen Bogen geschlagen, da habe ich gesehen, wie sie ihn ins Auto schleiften. Sie schlugen die Tür zu, weg waren sie. Niemand hat ihn mehr zu Gesicht bekommen, nie mehr hat man etwas von ihm gehört.“

Jeder wusste, dass die Todesschwadronen ihre Opfer in einen Fluss oder auf irgendeine Müllkippe warfen. Manchmal fand man die Toten unter dem Abfall. „Wer weiß?“, sagte Juana. „Vielleicht war er vom ersten Schuss nicht gleich tot? Dann werden sie ihn unterwegs vollends totgeschlagen haben.“

Die Bande „La Soledad"

Regen, immer nur Regen. Pepe und Juana packten ihre Habseligkeiten zusammen und schoben sie unter das Gitter eines Fensterschachts. Sie liefen bis zur Avenida Décima hinunter und drängten sich im letzten Augenblick in die Hintertür eines Busses hinein, der in Richtung Usaquén fuhr. Seit Maroquíns Tod war Juanas Kontakt zu ihrer Bande abgebrochen, zum Versteck im Nationalpark war sie nicht mehr zurückgekehrt.

Eines Tages hatte sie unvermittelt zu Pepe gesagt: „Die Jungen und Mädchen der gallada, das waren richtige Freunde. Wie Geschwister haben wir zusammengelebt. Sie haben mir beigebracht, wie man auf der Straße durchkommt." Von jedem einzelnen aus der Gruppe wusste sie ein Abenteuer zu erzählen.

„Warum gehen wir nicht einfach hin?", hatte Pepe nach einer Weile gefragt. „Vielleicht finden wir sie an der alten Stelle?"

Jetzt standen sie eingekeilt zwischen anderen im Gang des Busses und klammerten sich an der eisernen Haltestange fest. Nach einer halben Stunde sprangen sie ab. Die Regenwolken krochen die dunkelgrünen Hänge der Berge hinauf, blieben an den Gipfeln hängen und schoben sich zu Ungetümen aus grauer Watte übereinander. Das Licht verlor schon an Kraft, aber der Himmel breitete sich blau und rosa über der Stadt aus. In den Straßen zogen die ersten Leuchtreklamen die Aufmerksamkeit der Menschen auf sich. Sie liefen von der Avenida Caracas zur Séptima hinauf und gingen quer durch den Nationalpark hindurch. An dessen Ende gingen die Grünanlagen in ungepflegtes Gebüsch über. Dort wichen sie vom Schotterweg ab, liefen durch Grasgestrüpp und kletterten über kleine Hügel von Bauschutt und sonstigem Geröll.

„Dort hinten“, sagte Juana, „dort war unser Versteck.“ Nach einer Weile stieg ein beißender Geruch in ihre Nasen. „Da! Sieh nur!“

Sie bogen die Büsche zur Seite, auf einmal sahen sie ein kleines Feuer. Um die Feuerstelle herum hockten ein paar dunkle Gestalten, einer lief hin und her.

„Das ist Pinocchio!“, flüsterte Juana.

Der hagere, etwa fünfzehnjährige Junge schimpfte laut: „Habt ihr Scheiße in der Nase? Auf verbranntem Gummi wollt ihr Essen kochen?“

„Das ist unser Chef“, erklärte Juana leise. Sie traten hinter dem Gebüsch hervor.

„He! Was gibt's?“ Wie ein Wirbelwind sprangen die Gestalten auf, Pinocchio griff nach einem Ast, nervös, ängstlich, angespannt.

„Ich bin's! Juana!“

Erstaunen. Erleichterung. Alle kamen herbei. „La Pulga! La Pulga! Bienvenida.“ Fragen über Fragen. „Wie geht's? Wo bist du gewesen?“ Pepe stand abseits.

„Wen bringst du mit?“ Misstrauische Blicke richteten sich auf ihn. Die Ersten, die ihn anredeten, waren die beiden Kleinsten. „Das sind Nacho und Pacho“, sagte Juana.

Sie traten vor Pepe hin und fragten ohne Umschweife: „Bist du Pulgas neuer Freund?“

Die beiden glichen einander aufs Haar. Über der Hose trugen sie das Hemd offen, so sah man ihre nackte Brust. Pepes Blick blieb an den Kettchen mit den Plastikkruzifixen hängen, deren Blau sich vorteilhaft von der braunen, schmutzigen Haut abhob.

Pinocchios Misstrauen hielt an, aber Juana trat für Pepe ein. „Ich bringe 'einen Neuen' mit. Er heißt Pepe, und er kann Maroquíns Platz einnehmen.“

Im Laufe der Zeit lernte Pepe die ganze Bande näher kennen und schätzen. Nacho und Pacho, kaum älter als acht Jahre, hießen bloß „die Kleinen". Stets traten sie gemeinsam auf. Mit ihren Liedern, traurigen Sprechgesängen, die sie tagsüber in Bussen und abends vor den Eingängen der Kinos in der Vierundzwanzigsten Straße vortrugen, bildeten sie eine zuverlässige und berechenbare Einnahmequelle der Gruppe.

Wenig älter als sie waren Pulpo, Cacao, Pitufa und Pihi. Angeblich erinnerte sich keiner mehr an seinen richtigen Namen. Als sie in die gallada gekommen waren, hatte man sie 'umgetauft'. Dann gab es noch Quinto Piso, der die anderen um Haupteslänge überragte, und El Negrito, der sich als Feuerkünstler hervortat. Bei seinen Auftritten auf dem kleinen Platz zwischen dem Goldmuseum und der Kirche San Francisco fanden sich stets große Menschenscharen ein. Sie klatschten, wenn er als Zugabe ein paar leere Bierflaschen zerschlug und sich mit seinem nackten, narbenübersäten Oberkörper auf die Scherben legte und sich darin hin und her wälzte.

Gallego war ein kleiner, wegen eines Hüftschadens etwas schräg laufender junger Mann unbestimmbaren Alters. Tag und Nacht trug er eine Sonnenbrille, die er einer vornehmen Dame auf einer Reise durch die Karibik abgenommen haben wollte. Diese Geschichte glaubte ihm niemand. Wenn er sie zum Besten gab, lachten die anderen und nutzten die Gelegenheit, ihre eigenen fantastischen Abenteuer vorzutragen.

Tagsüber hielt sich Gallego meist im Norden der Stadt zwischen der 78. und der 100. Straße auf. „Dort", sagte er, „wird das meiste Geld spazieren getragen."

Vor dem Betteln pflegte er seine Opfer genau zu beobachten. Gegenüber den einen zeigte er sich elend, krank und hilfsbedürftig, und er appellierte an ihr Mitleid und ihre Barmherzigkeit; gegenüber den anderen aber gebärdete er sich wie ein gefährlicher Wegelagerer, er bedrohte sie und gab sich erst nach einer ihm angemessen erscheinenden Gabe versöhnt und zufrieden. Mit Gallegos Erfolgen hielt keiner aus der Gruppe Schritt, er überflügelte alle.

Neben Pulga gab es drei weitere Mädchen in der Bande, la Gorda, la Brujita und la Pulpa. „Die Weiber“, sagten die Jungen, „sind unser Untergang.“

Dabei lachten sie und wussten genau, dass das Gegenteil der Fall war. Zwar stritten die Mädchen fortwährend miteinander, so dass ihr Geschrei oft schon von weitem verriet, wo sich die gallada niedergelassen hatte. Aber sie brachten auch einen Hauch von Wärme und Zärtlichkeit in die Gruppe. Die Jungen schätzten es, wenn die siebzehnjährige Brujita aus unappetitlichen, halb verwesten Essensresten köstliche Mahlzeiten 'zauberte'.

Als sie starb, weinten alle, sogar die largos, die Älteren. Das Unglück geschah einige Monate nach Pepes Aufnahme in die Gruppe. Brujita war auf einen fahrenden Bus aufgesprungen. Es hatte geregnet, und sie war ausgeglitten, auf die Fahrbahn gefallen und von einem nachfolgenden Bus erfasst worden. Zerquetscht und blutüberströmt lag sie da. Kein Autofahrer war bereit, sie ins Krankenhaus zu bringen. Sie trugen sie von der Fahrbahn und legten sie auf den Gehsteig. Langsam verblutete sie.

Aber das Leben ging weiter, kein Tag wollte für sich selber sorgen. Hunger und der Drang zu überleben rüttelten sie auf. Pepe und Juana zogen gemeinsam durch die Straßen. Sie bettelten die Passanten um Geld und Nahrung an. Nacheinander suchten sie die Märkte Paloquemado und Corabastos auf und durchwühlten dort die Abfallhaufen nach Früchten, die die Händler weggeworfen hatten. Aus dem Müll fischten sie heraus, was ihnen wert erschien, gesäubert und repariert zu werden: ein Werkzeug, einen Korb, ein Elektrokabel mit Stecker, ein Eisengitter. An den Sonntagen setzten sie sich frühmorgens schon an den Eingang des 'Flohmarktes' gegenüber dem Museum für moderne Kunst und breiteten ihre Schätze auf einem Stück Tuch aus.

Nach der Tagesarbeit fanden sie sich am Rande des Parks wieder ein. Wenn sich Juana gewaschen hatte, legte sie sich auf den Bauch und ließ sich von Pepe entlausen. In langen geduldigen Strichen zog er den Kamm durch ihr feuchtes, schwarzes Haar, das im Widerschein des Feuers glänzte, und zerquetschte die Läuse zwischen seinen Fingernägeln.

Tot geboren auf der Straße

„Ich bin schwanger."

„Wie bitte?"

„Ich bekomme ein Kind."

„Ein Kind?"

„Ja, ein Kind."

„Wer ist der Vater?"

„Keine Ahnung."

„Wieso weißt du das nicht?"

„Woher sollte ich es wissen?"

„Du könntest dich daran erinnern, mit wem du geschlafen hast."

„Na ja, ich habe mit Gallego, mit Pulpo, mit Cacao, mit Pitufa und mit dir geschlafen. Mit allen habe ich geschlafen. Was denkst du denn?"

Pepe schwieg. Was stelle ich ihr solche Fragen?, dachte er. So ist das doch bei uns. Man liebt sich, man bekommt ein Kind. Überall auf der Welt ist das so.

Wenn nicht überall auf der Welt, war es doch überall auf der Straße so. Pepe wusste genau, wie Mädchen behandelt werden, die auf der Straße leben. Das hatte seinen guten Sinn. Bevor sie in eine gallada aufgenommen werden, müssen sie sich 'bewähren'. Schwache oder Dumme will keiner haben. Jeder und jede sollen ihrer Bande Nutzen bringen, nicht aber ihr zur Last fallen. Deshalb war es Brauch, dass vor der Aufnahme eines Mädchens zuerst eine 'Prüfung' vorgenommen wurde. Dabei schickten die Jungen die Anwärterin zum Beispiel in den Supermarkt Ley zu einem 'Einkauf'. Oder sie ließen sie an einem Sonntag vor der Stierkampfarena betteln. Oder sie unterzogen ihr angebliches Geschick als Taschendiebin einer ernsthaften Probe.

Die abschließende 'Aufnahmezeremonie' wurde nachts vollzogen. Die 'Neue' musste mit allen Bandenmitgliedern schlafen.

„Das war ja nicht so schlimm", sagte Juana, als Pepe sie deswegen einmal zur Rede stellte. „Jede von uns hat das über sich ergehen lassen müssen. Und die Kleinen hier" – sie schaute auf die chinos hinüber, die sich am Feuer zu schaffen machten –, „die hatten keine Ahnung. Sie wussten überhaupt nicht, wie das geht. Sie waren unschlüssig, was sie mit ihrem Pimmel anfangen sollten, aber sie wollten unbedingt mithalten." Juana lachte ein bisschen. „Als alles überstanden war, haben sie mir einen neuen Namen gegeben." 'Pulga' nannten sie sie, weil sie so klein und unruhig war wie ein Floh.

Nach der erfolgreichen Initiation in die Gruppe feierten sie ein Fest – die gamines liebten Feste. Jede Gelegenheit dazu war ihnen willkommen. Mit den Papieren und Kartons, auf denen sie geschlafen hatten, zündeten sie ein Feuer an, tanzten darum herum, tranken Aguardiente und Bier, schnüffelten Kleber und rauchten Marihuana.

Bald danach war Pulga von Maroquín 'adoptiert' worden. Er hatte sie zur novia, zu seiner Verlobten, gemacht. Stark war er gewesen und erfolgreich. Sie, die Geliebte, hatte sein Ansehen in der Gruppe abgerundet. Dass er sie manchmal schlug und sie ihm in allem zu Diensten sein musste, störte sie nicht sonderlich. „Bei uns", sagte Juana zu Pepe, „ging es zu wie in einer richtigen Ehe." Sie war 'geschützt', keiner durfte sich mehr an ihr vergreifen. Das galt für Jüngere ebenso wie für Erwachsene – zum Beispiel für die Polizisten, die es darauf abgesehen hatten, Straßenmädchen einzufangen, auszurauben und zu vergewaltigen. Besonders hinter denjenigen zwölf-, vierzehn- und fünfzehnjährigen Straßenmädchen waren die Uniformierten her, die ihr Geld auf dem Strich verdienten. Unter irgendeinem Vorwand nahmen sie die Mädchen fest, zerrten sie in ihre Autos, missbrauchten sie und raubten ihnen obendrein ihren Lohn. Solchen Gefahren war Pulga nun enthoben. Niemals mehr würde sich ein Polizist an ihr vergreifen. Täte er es doch, so würden Maroquín und seine Freunde ihn töten.

Ganz anders wäre es, wenn Pulga selbst in eine Beziehung einwilligte. Wie alle Straßenkinder waren auch die Jungen und Mädchen der Bande „La Soledad“ Verfechter der ‘freien Liebe’. Pepe war es anfangs nicht leicht gefallen, mit der Art, in der sie Beziehungen eingingen oder aufkündigten, zurechtzukommen. Sie liebten einander ohne Vorbehalt, mit Hingabe und ohne Rücksicht. Jedesmal war es neu für sie, einmalig und grenzenlos. So schenkten sie sich Nähe, Wärme und Hoffnung. Das Glück der Liebe zogen sie dem Glück der Drogen vor, meist aber ging das eine mit dem anderen Hand in Hand.

„Also“, wiederholte Juana, „wie soll ich wissen, wer der Vater des Kindes ist?“

Pepe schwieg. Später, als sie am Feuer saßen, fragte er besorgt: „Wie stellst du dir das vor: mit einem Kind auf der Straße zu leben?“

Stille. Juana antwortete erst nach einer Weile. „Ein Kind auf die Welt setzen – ich kann es nicht verantworten“, sagte sie. „Heute weiß ich nicht, wie ich es morgen durchbringen soll.“ Juana warf ein Stück Holz ins Feuer. „Mir reicht schon die normale Plackerei. Immer darauf aus, etwas zum Beißen zwischen die Zähne zu bekommen. Immer diese Angst, umgebracht zu werden. Immerzu im Freien schlafen mit diesem Regen, dieser Kälte. Das ist schon für mich allein zu viel, erst recht aber für ein Kind.“ Sie rückte von Pepe weg. „Sag mir, was können wir einem Kind bieten? Nichts! Ein Baby auf der Straße – das hat keine Chance. Von vornherein ist es so gut wie tot.“

Es war still geworden. Die anderen hatten sich zu Juana und Pepe ans Feuer gesetzt. Keiner sagte ein Wort. Von fern drangen die Geräusche der Stadt herüber, nach und nach abklingend. Noch ein paar hupende Autos waren zu hören, das Klappern eines Karrens, dann und wann das kreischende Bremsen eines Busses. Pepe drückte das Gesicht in die Decke.

Die Stadt der Straßenkinder

Wenige Tage später sagte Pinocchio: „Hört mal! Heute ist mir etwas Seltsames passiert. Ein Pater hat mich auf der Straße angesprochen. ‘Komm mit’, hat er gesagt. ‘Wohin?’, wollte ich wissen. ‘Wir bauen eine neue Stadt’, hat er geantwortet. ‘Eine Stadt?’ ‘Ja, die Stadt der Straßenkinder und der Armen.’ ‘Was? Eine Stadt für Arme?’ Ich habe ihn stehen lassen und habe mich aus dem Staub gemacht. Stellt euch vor: eine Stadt, die ‘neue Welt der Straßenkinder’, will er bauen. Die Gamines sammelt er von den Straßen ein und bringt sie in den Urwald zu Affen, Schlangen und Moskitos. Ein Verrückter ist das!“

„Eine ‘neue Welt’?“, fragten Nacho und Pacho, und Pihi murmelte nur: „Spinnerei!“

So stieß die Idee des Paters von der neuen Stadt der Straßenkinder in Pepes Bande zunächst auf Skepsis und Ablehnung. Insgeheim aber setzte sich dieser Gedanke in ihren Köpfen fest.

Wenn niemand zuhörte, unterhielten sich Pepe und Juana leise miteinander: „Wie soll das möglich sein, mitten in die Wildnis eine Stadt zu bauen?“

„Wie kann man dort leben?“

„Wo nimmt er die Häuser, das Essen und die Kleidung her?“

Einige Tage später gingen Pepe und Juana durch El Cartucho. Dort pflegte der Pater zu verkehren. Er galt als Freund der Straßenkinder und der Prostituierten.

„Er ist ein wahrer Heiliger“, sagten die Leute.

„Die Straßenmädchen lieben ihn, weil er freundlich mit

ihnen redet und weil er sie an Weihnachten zu einem fröhlichen Fest einlädt."

„Nicht nur das. Er hat einen 'Schönheitssalon' eröffnet. Dort können sich die Mädchen waschen, kämmen und herausputzen. Wenn sie dann nett daherkommen – mit geschminkten Lippen und frischen Locken – können sie von ihren Freiern für einen Liebesdienst den doppelten oder dreifachen Lohn verlangen."

„Außerdem hat er für sie eine medizinische Station eingerichtet. Dorthin kommt ein Arzt, der den Mädchen die Spirale einsetzt. So sind sie geschützt und werden nicht schwanger."

Während die Leute von Cartucho noch sprachen, sahen sie den Pater. Viele Menschen liefen zusammen, und jeder wollte ihm die Hand drücken.

„Padre Francisco", fragte Pepe, „ist es wahr, was die Leute von der neuen Stadt im Urwald sagen?"

„Ja, es ist wahr. Wer will, kann mitkommen. Du auch. Überlegt es euch, ihr müsst selbst entscheiden", antwortete der Pater.

„Ich bekomme ein Kind", sagte Juana.

„Schön", meinte der Pater, „dann weißt du ja, worum es geht."

Die folgendenWochen dehnten sich. Dann endlich war er so weit. Sie trafen sich am frühen Morgen. Vor der Kathedrale an der Plaza Bolivar parkten drei Lastwagen: einer wurde mit Lebensmitteln, Wasser und Benzin, zwei mit jungen Leuten beladen. Die meisten von ihnen waren Jungen, daneben auch Mädchen, zwischen achtzehn und zweiundzwanzig, die seit Jahren auf der Straße gelebt hatten, außerdem waren auch einige ganz Kleine dabei. Außer Pepe und Juana hatten sich die chinos Pacho und Nacho sowie Brujita und la Gorda zum Aufbruch entschlossen – insgesamt etwa fünfzig Kinder und Jugendliche.

Zunächst wurden sie in ein kleines Stadion gebracht. Unter dampfenden Duschen wärmten sie sich auf und spülten mit dickem weichem Schaum den Straßendreck der letzten Monate weg. Ihre Kleider flogen auf einen Haufen. Pepe drückte die Nase in den hellen, weichen Stoff der neuen Hosen und des neuen Pullis hinein, verheißungsvoll der Geruch.

„Zwei Bedingungen müsst ihr erfüllen“, sagte der Pater. „Erstens: keine Gewalt! Zweitens: keine Drogen!“ Er verbot ihnen, Basuco zu rauchen, dafür teilte er Zigaretten aus.

Dann kauerten sie still auf den Ladeflächen der Lastwagen. Die Nacht brach herein, die Dunkelheit machte sie einsam. Pepe schob die schwere Plane einen Spalt breit zur Seite. Die Stadt lag schon hinter ihnen. Ihre Lichter flimmerten in der Ferne, nach einer Wegbiegung verschwanden sie aus seinem Blick.

Wie lange war es her, dass er mit seinen Eltern und Eva María in dieser Stadt angekommen war? Wie mochte es seiner Familie inzwischen ergangen sein? Wie von weither stellten sich Bilder der Erinnerung und mit den Bildern längst vergessene Gefühle ein. Damals bei der Ankunft in der Stadt hatte die Erregung seinen Körper wie ein Fieber geschüttelt, der erste Blick auf die Häuser, die Straßen und die Menschen hatte ihn ergriffen. Jetzt spürte er, wie Unruhe aufs Neue in ihm aufstieg – ein neuer Abschied. Wohin würde sie der Weg führen?

In den Kurven heulten die Motoren auf. Höher und höher schraubten sich die Fahrzeuge in die Berge hinein. Eisiger Wind fegte durch die Ritzen der Planen. Sie legten sich nieder, spürten die harten Bretter unter dem Körper und zogen die dünnen Decken über die Schultern, sie fröstelten. Man hatte doppelte Böden in die Pritschen eingezogen, so konnten sie 'zweistöckig' übereinander liegen und sich immerhin richtig ausstrecken: von schlafen aber konnte keine Rede sein.

Dass sie kein Schlaraffenland erwartete, ahnten sie. Der Drogenentzug begann sie zu quälen. Aus dem Dunkel flammten Streichhölzer auf, begierig sogen sie den Rauch der Zigaretten in sich hinein.

„Die Arbeit", hatte ihnen der Pater gesagt, „ist die einzige Therapie, die ich euch anbieten kann. Es ist eine harte Kur. Sie wird euch heilen. Ihr müsst nur durchhalten."

Der Regen setzte ein, als sie in dreitausend Metern Höhe den Gipfel der Kordillere überquerten. Im Scheinwerferlicht huschten ein paar Bauernhäuser vorbei, kleine, niedrige Behausungen. Dort wohnten die Campesinos der Berge, die ihre gewebten Mützen tief in die Stirn herabzogen und ihre kleinen Pferde vor sich her trieben. Dann ging es in engen Serpentinen abwärts, Stunde um Stunde, endlos. Der Regen hörte auf, es wurde wärmer und wärmer, und schließlich schliefen alle doch ein.

Plötzlich ein markerschütterndes Kreischen der Bremsen, ein harter Schlag, sie standen still. Pepe, aus dem Schlaf gerissen, war meterweit durch die Luft geflogen, war auf das vordere Gatter der Pritsche aufgeschlagen und dort zu Boden gefallen. Die andern purzelten im Knäuel durcheinander. Pepe tastete seine Rippen ab.

Geschrei, Wehklagen überall: „Au, mein Arm!"

„Mierda, mein Auge!"

„Mein Kopf, marica!"

„Ich blute!"

Durch die Planen hindurch sahen sie, was geschehen war: Ein Erdrutsch hatte die Fahrt jäh unterbrochen. Die steilen Hänge der Anden saugten sich in der Regenzeit voll Wasser, wurden schwerer und schwerer, und dann brachen Erdmassen ab und rutschten, manchmal in der Länge eines ganzen Maisfeldes, den Hang hinab. Sie bedeckten Straßen und begruben nicht selten Autos und Busse unter sich. Aber sie hatten Glück im Unglück, die Lastwagen waren vor den massiven Schlammbergen, die die Fahrbahn versperrten, rechtzeitig zum Stehen gekommen. Sie sprangen herab, schimpften, zeigten sich gegenseitig ihre Blessuren und blinzelten in den neuen Tag hinein.

Von einem der Fahrerhäuser kletterte der Pater herunter.

Er reckte sich und gähnte. Sie umringten ihn, jeder wollte seine Hand berühren.

„Buenos dias, padrito."

Er mochte gegen fünfundsechzig Jahre alt sein. Die Anstrengung der Nacht sah man ihm nicht an. Er nahm die schwarze Schirmmütze ab und schlug auf dem Knie den Staub ab. Dann kramte er eine Papaya hervor, schälte sie, schnitt sie in kleine Stücke und verteilte sie unter den Jungen und Mädchen.

„Padre Francisco", meinte einer, „das Hindernis kann uns Stunden kosten, vielleicht sogar Tage."

„Na und, Pitufa?", sagte er. „Wir haben keine Eile. So eine Reise braucht ihre Zeit. Habt nur Geduld! Wenn es zu schnell geht, kommen wir womöglich vor lauter Hast ins Stolpern und können nicht Schritt halten."

„Wieso 'Schritt halten', Pater? Wir laufen doch gar nicht, wir werden gefahren."

„Du hast Recht, Pitufa! Du sitzt auf der Pritsche und lässt dich kutschieren: in die Berge hinein und dann hinunter in die Llanos. Du brauchst dich um nichts zu kümmern – scheinbar jedenfalls." Der Pater kramte eine Pfeife aus der Tasche und begann sie zu stopfen. „Du hast Recht, und du hast nicht Recht. Du bist ja nicht nur äußerlich unterwegs. In Wirklichkeit machst du auch eine 'innere Reise'. Und das bedeutet: du musst innerlich mit der äußeren Reise Schritt halten. Du hast Abschied nehmen müssen, musst dich jetzt neu orientieren, musst dich jetzt umstellen. Das ist eine schwere Aufgabe, es ist anstrengend und braucht Zeit, viel Zeit."

Die Jungen und Mädchen schauten den Pater nachdenklich an. Der steckte den Tabak in Brand und sagte: „Der Erdrutsch, der kommt uns gar nicht ungelegen. Wer weiß, vielleicht hat ihn der Himmel geschickt? Er verschafft uns jedenfalls eine Pause, eine kleine Zugabe an Zeit."

Inzwischen hatte sich eine Schlange von Autos gebildet, Lastwagen, geländegängige Jeeps und schwere Busse. Die Leute stiegen aus und betrachteten die abgerutschten Erd- und Steinmassen. Die einen brummten ärgerlich, die anderen legten sich an den Straßenrand und schliefen ein. Einige Männer setzten sich zusammen, zündeten ein kleines Feuer an und brieten Essbares – Mais, Gemüsebananen und Kartoffeln. Irgendwoher tauchte eine Frau auf, sie trug einen Bauchladen und verkaufte Gebäck aus Yucca-Mehl, weiße Käsestücke, die auf grünen Blättern lagen, und Honig in kleinen Flaschen. Nach drei oder vier Stunden hörten sie, dass eine Straßenmaschine näher kam. Das Brummen wurde lauter, dann bahnte sich ein Bagger den Weg zwischen den Autos hindurch. Aus nächster Nähe beobachteten sie, wie die schwere Maschine die Schlammmassen zusammenschob und sie den Berghang hinabstieß.

Als sie den Fuß der Andenkordillere erreichten, weitete sich der Blick über die unendlichen Llanos Orientales. Dort unten lagen die Häuser von Villavicencio wie kleine Bauklötze, und weit in die Ebene hinaus trug der Rio Meta die Wassermassen, die er in den Bergen gesammelt hatte. Die Orte, durch die sie später kamen, bestanden aus niedrigen, würfelförmigen Häuschen, die entlang der Hauptstraßen und der wenigen kurzen Querstraßen aufgereiht waren. Auf den zentral gelegenen, mit hohen Bäumen und Büschen bepflanzten Plätzen sammelten sich die Menschen und brachten mit ihren Autos, Pferden und Verkaufsständen den Durchgangsverkehr zum Stocken.

Mitten in einem solchen Ort hielt der Tross. Die Jungen trugen herumliegendes Papier und Holzstücke zusammen und zündeten ein Feuer an. Auf die Glut stellten sie einen großen Topf mit Suppe, in der Fleischstücke und Saubohnen schwammen. Dann erhitzten sie einen zweiten Topf mit weißem Reis und Hühnern. Die langen gelben Füße des Geflügels ragten über den Rand hinaus. Im Nu war alles aufgegessen, Töpfe und Teller so sauber ausgeleckt, als wären sie in Wasser gespült worden. Nur Pepe ließ einen Rest von Reis übrig, er füllte damit eine leere Plastiktüte. „Wer weiß“, sagte er zu Juana, „wann es wieder etwas zu essen gibt?“

Hatte er geahnt, was kommen würde? Regen setzte ein und weichte die Sand- und Schotterstraßen auf. Stunde um Stunde fuhren sie, immer in östlicher Richtung. Nur wenige Lastwagen kamen in der Regenzeit hierher. Manchmal befuhr ein Bus diesen Weg, der sich durch die Savanne bis hinüber nach Venezuela schlängelte. In den weichen Sand gruben die schweren Fahrzeuge tiefe Furchen; die füllte der Regen auf. Die Fahrer mieden diese Furchen, denn sie wussten nie, wie tief sie wirklich waren.

„Fährst du hinein, so sackst du in knietiefe Löcher, weichst du ihnen aus, versinkst du in aufgeweichter Erde."

Es regnete und regnete, das Wasser bedeckte das Land. Der leicht erhöhte Fahrweg zog sich wie ein endloser Wasserlauf, den Bänder aus Schilfgras säumten, durch die Wasserlandschaft. Hoch spritzte und schäumte es links und rechts der Räder auf. Nach Stunden klarte der Himmel auf. Die Sonne gab den Horizont frei, und der Blick folgte der silbern glänzenden Spur, die in sanftem Bogen die grüne Fläche der Weiden und des Brachlandes in zwei Hälften zerschnitt. Jetzt hob sich das Land zu einem sanften Hügel empor. Sie machten Halt: Die Erde erschien ihnen wie eine riesige runde Scheibe. Das flache Grün wurde hier und da von kleinen Galeriewäldern unterbrochen, die über den Horizont hinausragten. Scharf zirpten die Grillen, und über ihnen hing eine Sonne, die keinen Schatten warf.

Anfangs folgten sie den endlosen Zeilen der Pfähle, die die Bauern der Llanos in den Boden getrieben hatten. Diese Pfähle sollten lediglich die Weidezäune halten. Wegen der Feuchtigkeit der Luft aber hatten sie ausgeschlagen und sich im Laufe der Zeit in richtige Bäume verwandelt. Die Kühe, die hinter den Zäunen grasten, hoben manchmal ihre schweren Köpfe vom Boden. Wenn der Lärm der Motoren und der immer wieder in Geschrei übergehende Gesang der Jungen und Mädchen zu ihnen herüberscholl, wandten sie sich um und schauten ihnen wie verwundert hinterher.

Am zweiten Tag verschwanden die Häuser, die Menschen und auch die abgezäunten Weiden. Aber die grüne, leicht gewellte Landschaft veränderte sich nicht. Sie schlugen die Planen der Lastwagen zurück.

Pacho lehnte mit dem Bauch an der Fahrerkabine, sein Haar flatterte im Wind. „He, schaut mal!“, schrie er plötzlich und trommelte aufs Fahrerdach: „Halt!“

Sie sprangen hinunter. „Ein Gürteltier!“

Einer packte es und legte es auf den Rücken. Seine Füßchen strampelten.

„Lasst es laufen!“, sagte Brujita.

„Ach was!“, rief der Fahrer. Er beugte sich hinunter und band die Füße des Tieres zusammen. „Heute Abend werden wir es kochen: ein feines Süppchen, mmh!“ Er warf das Tier hinter den Sitz. „Wisst ihr eigentlich“, fragte er, „dass man aus seinem Panzer ein Musikinstrument herstellt, den Charango?“

Am dritten Tag setzte der Regen wieder ein, stärker denn je. Die Fahrer fuhren ‘auf gut Glück’ durch das unheimliche Wasser. Wenn sich die Räder im Schlamm drehten, wurden die Männer nervös. Mit kleinstmöglicher Beschleunigung versuchten sie wieder freizukommen. Manchmal aber nutzte alle Fahrkunst nichts, sie blieben stecken. Im weichen Schlamm sanken die Lastwagen bis zu den Achsen ein.

„Alles aussteigen!“

Jetzt war die Stunde der Gamines gekommen. Sie sprangen von den Pritschen, wateten durch das Wasser und schoben, was ihre Kräfte hergaben.

„Los jetzt! Impulso!“

Mitten im Pulk der Jungen der Pater: Sein weißes Hemd war schmutzig geworden, die hellen Hosen waren von oben bis unten mit erdfarbenen Flecken übersät. Seine Füße staken bis über die Knöchel in Schlamm und Wasser.

„Eins - zwei - drei!“

Pepe lag als Erster auf dem Boden, dann ein zweiter, dann ein dritter. Ihre Augen lachten aus verdreckten Gesichtern, sie bespritzten sich mit Waaser und bewarfen einander mit nasser Erde.

„Es hat keinen Zweck!"

Der Pater winkte zum zweiten Fahrzeug hinüber, das in einer Entfernung von einigen hundert Metern stehen geblieben war; vorsichtig kam es näher. Jetzt spannten sie ein langes Seil.

„Otravés, impulso!"

Die Motoren heulten auf. „Er bewegt sich! Los, weiter!" Lautes Hallo. „Geschafft!"

Wenn der Regen für eine Weile aussetzte, wurde es drückend heiß. Feuchte Schwüle stieg aus dem überschwemmten Land auf. Im Nu war der Weg wieder trocken. Dann stiegen Staubwolken auf und blieben hinter ihnen lange Zeit stehen. Sand knirschte zwischen den Zähnen.

Pepe saß neben Pitufa. „Was weißt du vom Orinoco?"

„Nicht viel. Die Häuser, in denen wir wohnen werden, liegen zwischen Fluss und Urwald."

„Sie sagen, wir würden fischen..."

„...und auf Feldern arbeiten."

„Wir werden uns selbst versorgen."

„Ob wir das schaffen?"

Längst konnten sich die Fahrer nicht mehr an Landkarten orientieren. Manchmal hielten sie an, stiegen aus und beratschlagten.

„Ich kann mich an diesen Hügel gut erinnern. Aber sind wir letztes Mal nach links oder nach rechts abgebogen?"

Der Weglauf durch die Steppe veränderte sich von Jahr zu Jahr. Manchmal liefen zwei, drei oder mehr Fahrspuren auf einer Breite von einigen Hundert Metern nebeneinander her, und dann gingen sie plötzlich in verschiedenen Richtungen auseinander.

„Nehmen wir die beste Spur, sie wird die neueste sein."

Plötzlich blieb einer der Lastwagen zurück. Die Jungen trommelten aufs Fahrerdach. „Was gibt's?" Das Fahrzeug war ohne Benzin liegen geblieben. Sie setzten zurück, zogen einen Schlauch hervor, um Treibstoff aus dem vollen in den leeren Tank zu pumpen.

„Ob wir uns an das neue Leben gewöhnen können?“, fragte Pepe.

„Ich weiß nicht“, sagte Pitufa.

„Wir müssen es ohne den Pater schaffen. Der fährt zurück, und wir bleiben.“

Sie blickten hinüber zu ihm: Der Pater ging nachdenklich auf und ab, plötzlich beugte er sich hinunter. „Kommt mal her!“

Eine Ameisenstraße kreuzte den Weg. Die Tierchen trugen kleine, aus den Blättern der Büsche herausgeschnittene Stücke.

„Freunde“, rief der Pater, „schaut euch die Ameisen an! Kleine Körper, winzige Beinchen. Schwach sehen sie aus, nicht wahr?“ Zwischen Daumen und Zeigefinger nahm er jetzt eine der Ameisen. „Deinen Trinkbecher – leihst du ihn mir?“ Er nahm die Tasse und brachte sie mit der Ameise in Berührung: Das Tier hielt das Gefäß fest.

„Ist das nicht erstaunlich?“, fragte der Pater in die Runde. „Wie klein ist das Tierchen, wie groß der Becher! Und doch trägt es ihn. Jede Ameise schafft das Vielfache ihres Körpergewichts. Ein Wunder!“ Er erhob sich vom Boden und sagte: „Es gibt noch viel mehr Wunder auf der Welt. Auch ihr seid ein Wunder. Ihr habt große Kraft. Niemand traut sie euch zu. Aber ihr werdet die Menschen und euch selbst überraschen.“

Am vierten Tag regnete es vom frühen Morgen an, Stunde um Stunde. Die Fahrer waren besorgt. „Auf Dauer werden die Fahrzeuge den Strapazen nicht gewachsen sein.“

Die Sicht war trübe, und am frühen Nachmittag war einer der Lastwagen plötzlich verschwunden. Sie suchten den Horizont ab, warteten eine Stunde und noch eine Stunde. Es schien vergeblich. Dann wendeten sie und fuhren zurück. Endlich riss die Sonne ein blaues Loch in die Wolken. Sie fanden das schadhafte Fahrzeug: der Motor war ausgefallen. Die Männer lagen auf dem Boden, schraubten und hämmerten. Lange dauerte es, bis der Schaden behoben war. Die Gamines drängten sich in den kurzen Schatten, den die Lastwagen warfen.

Am fünften Tag blieb erneut eines der Fahrzeuge im Schlamm stecken. Beim Versuch, es herauszuziehen, fuhr sich auch das zweite fest, der Fahrer ließ den Motor aufheulen, plötzlich sprang er heraus und rief: „Die Kupplung, sie ist hin!"

Jetzt gab es überhaupt kein Vorwärtskommen mehr. Vergebliche Anstrengung, die Sache in Ordnung zu bringen. Die Männer winkten hilflos ab. In der Abendsonne kamen Myriaden von Moskitos aus den Sümpfen. Die Gamines waren ihnen eine willkommene Beute. Drückend heiß war es. Das verfügbare Essen wurde immer weniger, das Trinkwasser war aufgebraucht. Der Pater nahm die letzten vorhandenen Mangos und schnitt sie in kleine Stücke.

„Wir wiederholen jetzt die 'Speisung der Fünftausend'", sagte er und lachte. „Ach was, wir sind ja nicht fünftausend, nicht einmal fünfhundert, sondern bloß fünfzig: Mit einem ganz kleinen Wunder wären wir schon zufrieden."

Langsam und bedächtig kauten sie die kleinen sauren Fruchtstücke. Alle waren ein bisschen ratlos. Bedeutete dies das Ende der Reise, das Ende ihrer Hoffnungen? Waren sie gescheitert, ehe das Abenteuer des neuen Anfangs überhaupt erst richtig begonnen hatte?

Da rief einer der Fahrer die Mädchen und Jungen zusammen. „Hört mal", sagte er, „die Lage ist ernst, das seht ihr selbst. Ihr habt Durst und Hunger, es gibt nichts mehr zu essen und nichts mehr zu trinken. Die Kupplung ist hin, nichts mehr bewegt sich. Ich weiß nicht, ob wir den Karren morgen wieder flottkriegen." Der Mann schaute in die Runde. „Vielleicht denkt ihr jetzt: 'Damit ist alles aus und vorbei.' So ist es nicht! Ich will euch etwas sagen: Der Pater ist hier. Er hat euch von der Straße aufgelesen. Ihr seid gesegnet."

Da gingen die Jungen und Mädchen auseinander. Einige legten sich auf die Pritschen, andere suchten einen trockenen

Platz auf der Erde. Ruhe kehrte ein. Die Hitze ließ etwas nach, die Dunkelheit war angefüllt mit dem Zirpen der Grillen. Dann und wann hörten sie den klagenden Schrei eines Nachttieres.

Pepe wurde vom ersten Sonnenstrahl des neuen Tages geweckt. Bald herrschte wieder Geschäftigkeit, und lautes Gelächter scholl weit in die Steppe hinaus. Ihr 'Morgenbad' nahmen sie in der braunen Brühe, die sich in den Furchen des Weges gesammelt hatte.

„Den Lastwagen", sagten die Fahrer, „können wir an Ort und Stelle nicht reparieren."

„Wir lassen ihn hier zurück", entschied der Pater.

Stunden dauerte es, bis sie das intakte, aber festgefahrene Fahrzeug frei bekamen, eine weitere Stunde, bis die Lastgüter samt Treibstoff umgeladen waren. Jetzt nahm der Pater auf der Pritsche Platz.

„Padre Francisco", sagte Nacho, „weshalb müssen wir so lange fahren? Weshalb der ganze Schweiß, der Durst, kein Essen? Warum liegt unser Ziel so weit entfernt?"

„Ja, die Entfernung, sie ist lästig", antwortete der Gefragte. „Aber auch das hat seinen Sinn. Jeder Kilometer, der uns von der Stadt wegbringt, ist gut für euch. Die Entfernung hilft gegen die Verlockungen der Stadt, gegen die Verführung der Drogenhändler. Sie würden uns auf der Spur bleiben und euch verfolgen. Wir machen ihnen einen Strich durch die Rechnung, indem wir viele Hunderte von Kilometern zwischen sie und uns bringen."

Nach einem weiteren Tag erreichten sie einen Fluss, den Rio Tomó. Irgendwo, so hieß es, würden sie auf einen Hafen stoßen.

Ein Hafen?, überlegte Pepe. Gewiss gibt es dort eine Ansiedlung, Häuser, Menschen, Kneipen. Endlich werden wir zu trinken und zu essen bekommen und andere Leute treffen.

Bei der Ankunft waren sie enttäuscht: Der 'Hafen' bestand lediglich aus einer schrägen Uferböschung, an der Schiffe ent- oder beladen werden konnten. Von Häusern keine Spur. Zwei

Boote lagen bereit, lange Kähne, einer schwer und verrostet. Er nahm die Warenladung auf, und in den leichteren stiegen die Gamines ein. Als sie die Benzinfässer über lange Bretter hinübergerollt hatten, deckten sie sie mit alten Decken sorgfältig zu.

„Wir müssen sie vor der Guerilla verstecken, die hier operiert", sagte der Kahnführer zum Pater, „sonst fordern sie die Hälfte als Tribut dafür, dass sie uns überhaupt durchlassen."

Ehe sie das Boot bestiegen, setzte wieder der Regen ein. Unter Lastwagen und Planen warteten sie das Ende des Unwetters ab. Dann kochten sie auf offenem Feuer eine Suppe und brieten die allerletzten Reserven von getrocknetem, in Streifen geschnittenem Fleisch.

Der Fluss zog sich träge durch eine Landschaft von überwältigender Schönheit. Bis ins Wasser herunter rankten lange Triebe, auf denen weiße Blüten saßen. Darüber wucherte dichtes Unterholz, unterspült vom Fluss, und bis in den Himmel reckte sich der hohe Urwald, von dem manchmal das Kreischen der Affen herüberscholl. Alles war grün – dünkelgrün und blaugrün, graugrün und gelbgrün. Bunte Wasservögel flogen hin und wieder mit starkem Flügelschlag auf und segelten ruhig davon. Mit einem Mal zog ganz weit vor ihnen eine schwarze Wolkenwand über den Fluss, die Blitze zuckten, und dann spannte sich ein Regenbogen von einem Ufer zum anderen.

Die Fahrt mit dem Kahn dauerte einen Tag und eine Nacht. Sie mussten im Sitzen schlafen, denn es gab wenig Platz auf dem Boot. Dann erreichten sie die Mündung des Rio Tomó. Hier bogen sie in einen noch größeren Strom, den Orinoko, ein.

Das Wasser verfärbte sich, es wechselte von grau nach braun. Das Unwetter hatte den Fluss anschwellen lassen. Das Wasser schoss dahin, bildete Wirbel und reißende Strudel. Es trug reichlich Äste und ganze Teppiche von abgerissenen Pflanzen mit sich. Der Bootsführer war auf der Hut und wich dem Treibgut aus.

Die Sonne senkte sich in ihrem Rücken und stand kaum höher als die Gipfel der Bäume, da tat es plötzlich einen furchtbaren Schlag: Das Boot war mit einem schweren Baum zusammengestoßen, der unter der Wasseroberfläche trieb. Pepe fühlte sich von übermenschlicher Wucht emporgehoben und gegen die Reling geschleudert. Das Boot kippte nach der linken Seite, der Motor heulte auf. „Alle nach rechts!", schrie der Bootsführer.

Da, noch ein Schrei: „Mein Bruder!" Nacho sprang auf. „Seht nur, da!"

Pacho war in hohem Bogen hinausgeschleudert worden, er trieb davon, dabei ruderte er heftig mit den Armen.

„Er kann doch nicht schwimmen!"

„Sofort wenden! Zurück!", rief der Pater.

Der Fahrer drosselte den Motor.

Der chino wird ertrinken, ehe das Boot gewendet hat, dachte Pepe. Gut schwimmen konnte auch er nicht. Jetzt gilt es! Er schlüpfte aus den Schuhen, stand auf der Reling, ein Satz, er war im Wasser.

Lautes Rufen, Winken: „Hierher, chino. Halte durch!"

Als Pepe bei ihm ankam, spürte er schon Erschöpfung. „Nicht klammern!", schrie er. Aber der Kleine krallte sich fest, er drohte Pepe unter Wasser zu ziehen. „Lass dich von mir halten", prustete Pepe, „sonst ertrinken wir beide."

Eine Ewigkeit, bis das Boot herankam. Viele Arme griffen nach ihnen und zogen sie ins Boot. Pepe blieb auf dem Boden liegen, wie tot, er spuckte Wasser. Juana beugte sich herab, sie breitete ein Hemd über ihm aus. Nacho kniete neben seinem Bruder Pacho und weinte vor Glück.

Die Nacht fiel über sie herein. Als der nächste Tag anbrach, waren ihre Glieder steif und leblos. Sie warteten ungeduldig. Aber die Stunden verstrichen nur zäh. Da plötzlich rief einer: „Seht nur, dort! Die Hütte, und da – ein Landungssteg!"

Als sie näher kamen, sahen sie eine Schar von Jungen, die winkten. Die Bewohner der Siedlung, ehemalige Gamines wie die Neuankömmlinge, waren zum Ufer herabgekommen. Sie hatten einen Traktor bereitgestellt und mitten auf dem Anhänger einen Stuhl festgebunden. Darauf sollte der Pater Platz nehmen.

Verstohlen musterten sie sich gegenseitig. Da waren die Jüngsten, für sie gab es hier eine eigene Schule. Die Älteren erhielten eine landwirtschaftliche Ausbildung, und die Ältesten bestellten wie Bauern das Land. Zur Begrüßung erhielt jeder einen Apfel, dann stiegen sie aufs Fuhrwerk und rückten so eng wie möglich zusammen. In ihrer Mitte thronte der Pater. Einige liefen neben dem Fahrzeug her. Sie fuhren einen breiten Sandweg hinauf. Pepe ließ den Blick über die Felder und die weiten Anlagen mit kleinen Obstbäumen schweifen. Die blühten und würden bald Früchte tragen.

Gegen den rötlichen Himmel zeichneten sich in der Ferne die Konturen schroffer Felsen ab. Sie kamen an strohbedeckten Hütten vorüber. Eine junge Frau blickte von der Feuerstelle auf und winkte. Ein paar Schweine spielten auf dem gefegten Sandplatz vor dem Haus. In einiger Entfernung stand ein junger Mann an einem Ziehbrunnen, er schöpfte Wasser.

„Bienvenidos!“, schrie er herüber.

Hinter den Hütten und bis zu den fernen Hügeln hin öffnete sich eine weite Ebene, die mit struppigem Gras überwuchert war.

„Hier“, sagte der Pater, „werden wir die ‘Stadt der Zukunft’ bauen. Euch wird diese Stadt gehören. Hier werdet ihr frei leben und arbeiten. Ihr werdet Familien gründen und euer Schicksal in die eigene Hand nehmen. Tausend Häuser werden hier errichtet, morgen beginnen wir mit der Arbeit.“

In diesem Augenblick fuhren sie durch einen Torbogen hindurch, auf dem stand geschrieben: „Bienvenido! Willkommen in der Stadt der Straßenkinder“.

Nachwort

Seit der Ankunft von Pepe, Juanita und den anderen an ihrem Ziel – der Urwaldsiedlung am Fluß, die einmal eine richtige Stadt für Straßenkinder werden soll – ist schon einige Zeit vergangen. Was ist inzwischen passiert? Was ist aus Pepe und Juanita geworden? Wie geht es ihrem Kind? Haben sie, ihrem Wunsch gemäß, ein Haus bauen können? Welche Zukunftspläne schmieden sie derzeit?

Diese Fragen kann ich, offen gesagt, nicht beantworten. Ich weiß es nicht. Was ich jedoch berichten kann, ist folgendes: Die Stadt der Straßenkinder existiert wirklich, sie wird größer und größer. Immer mehr Kinder und Jugendliche von der Straße – hauptsächlich aus Bogotá und anderen großen Städten Kolumbiens – lassen sich auf dieses Abenteuer ein, sie wollen dort ein neues Leben beginnen. Allerdings schaffen es nicht alle, manche halten nicht durch. Für sie ist der Reiz der Straße, die sie aufgeben mußten, übermächtig. Die Stadt lockt, sie wollen zurück, und ihrer Freiheit stehen weder Mauern noch Stacheldraht entgegen.

In Kolumbien gibt es viele Initiativen und Programme für Straßenkinder. Das ist auch in anderen Ländern so. Verstoßenen, elternlosen, geschlagenen und mißhandelten Kindern der Straße kann man aber nicht nur in Südamerika, sondern in allen Gegenden der Dritten Welt begegnen, zumal in Afrika, Indien, Indonesien und in den Ländern, die einmal zur Sowjetunion gehört haben. Neuerdings findet man obdachlose Kinder und Jugendliche auch bei uns, sie treiben sich auf öffentlichen Plätzen, in Bahnhöfen und Parks, in Stadtrandgebieten und abbruchreifen Häusern der großen Städte herum. Das Straßenkinderproblem ist längst zu einem Weltproblem geworden. Wenn nicht alles täuscht, stehen wir vor einem neuen Zeitalter der Straßenkinder.

Es gibt also viele Pepes und viele Juanitas auf der Welt. Einige von ihnen habe ich in Kolumbien persönlich kennengelernt. Seit Jahren komme ich dorthin, und einige Male habe ich junge Leute aus Deutschland dorthin mitgenommen, Studentinnen und Studenten, die einmal Lehrerinnen und Lehrer werden wollen. Ich hatte sie eingeladen, damit sie südamerikanischen Straßenkindern persönlich begegneten, von denen sie ihren SchülerInnen berichten könnten. Während solcher Aufenthalte, bei denen wir in den Slums der kolumbianischen Hauptstadt arbeiteten, aus denen die meisten Straßenkinder kommen, ist dieses Buch geschrieben worden.

Übrigens sind bei solchen Gelegenheiten auch zwei Videofilme entstanden. Der eine heißt „Du musst nicht in den Himmel fliegen. Kinder der Straße in Südamerika". Darin kommen Jugendliche und Kinder zu Wort, die von ihrem Leben auf der Straße erzählen, von ihren Überlebensversuchen, der alltäglichen Gewalt, der Kriminalität, den Drogen.

Der andere Videofilm heißt „Cantaré, cantarás. Mit Straßenkindern unterwegs in Kolumbien". Er berichtet – darin diesem Buch ähnlich – von einer „Kinderrepublik" des Salesianerpaters Javier de Nicoló, in der ehemalige Straßenkinder ihr Schicksal in die eigene Hand genommen haben. Sie gehen dort in die Schule und werden in der Landwirtschaft ausgebildet, damit sie auch ihre Zukunft selbständig meistern können. Dieser Film erzählt, wie fünfzig Kinder von der Hauptstadt aufbrechen und von dem Pater mit Lastwagen über mehr als tausend Kilometer durch Steppe und Wildnis dorthin gebracht werden. Die Fahrt durch Hitze, Schlamm und Überschwemmungen gestaltet sich als ein einziges Abenteuer. Dabei werden aus stumpfen, aggressiven, von Drogen benebelten kleinen Bestien freundliche, hilfsbereite, starke und kreative Kinder.

Gleisweiler, im Juli 1997

Hartwig Weber

Und hier noch ein paar nützliche Hinweise:

Die beiden Videofilme kann, wer mehr über Straßenkinder erfahren, sehen und hören will, über die Landesbildstelle Baden, Rastatter Straße 25, 76199 Karlsruhe (Tel.-Nr.: 0721/88 08 15) beziehen.

Auch bei uns in Deutschland gibt es zahlreiche Initiativen und Institutionen, die sich mit der Problematik von Straßenkindern in aller Welt und auch in Südamerika beschäftigen. Wer will, kann sich dort weiter informieren. Hier eine kleine Auswahl von Anschriften:

Bundesrepublik Deutschland

Kindermissionswerk
Prälat Arnold Poll
Stephansstraße 35
52064 Aachen
Tel.: 02 41 - 2 10 67/68/69
Fax: 02 41 - 2 10 60

Freundeskreis Straßenkinderhilfe Kolumbien e.V.
Dr. Ekkehard Rähmer
Raiffeisenstr. 2a
67133 Maxdor
Tel.: 0 62 37 - 27 27

Bischöfliches Hilfswerk Misereor
Mozartstraße 9
52064 Aachen
Tel.: 02 41 - 44 20
Fax: 02 41 - 44 21 88
Telex: 832 370

EPIZ – Entwicklungspolitisches Bildungs- und Informationszentrum
Georgenkirchestr. 70
10249 Berlin
Tel.: 0 30 - 2 40 63-210
Fax: 0 30 - 2 49 63-244

amnesty international
Heerstr. 178
53111 Bonn
Tel.: 0228 - 98 37 30
Email:
http:/www.amnesty.at/amesty/ai.htm

Zentralstelle für Erziehung, Wissenschaft und Dokumentation (ZED)
Hans-Böckler-Str. 5
53225 Bonn
Tel.: 02 28 - 40 01-0
Fax: 02 28 - 40 01-111
Teletext 2627-2283754=DSEBONN

Arbeitskreis Grundschule
Projekt „Dritte Welt in der Grundschule“
Prof. Dr. Rudolf Schmitt
Universität Bremen
Fachbereich 12
Postfach 22 04 40
28334 Bremen
Tel.: 04 21 - 21 81

Kindernothilfe e.V.
Düsseldorfer Landstr. 180
47249 Duisburg
Tel.: 02 03 - 77 89-0
Fax: 02 03 - 77 89-118

terre des hommes
Postfach 41 26
49031 Osnabrück
Tel.: 05 41 - 7 10 10

Education Para Todos
Internationale Gesellschaft
zur Förderung des
Lateinamerikanischen
Straßenkindes e.V.
Eckgasse 5
79336 Herbolzheim
Tel.: 0 76 43 / 44 10
Fax: 0 76 43 / 44 90

Diakonisiches Werk
„Brot für die Welt"
Stafflenbergstr. 76
70184 Stuttgart
Tel.: 07 11 - 2 15 90
Fax: 07 11 - 2 15 92 88
Telex: 0723 557

Zentrum für Entwicklungs-bezogene Bildung (ZEB)
Kniebisstr. 29
70188 Stuttgart
Tel.: 07 11 - 9 25 77-60/61

Österreich

terre des hommes
Hovenweg 3
A-1220 Wien
Tel.: 02 22 - 23 99 28

Schweiz

terre des hommes
Steinring 49
4051 Basel
Tel.: 0 61 - 2 81 50 70

Glossar

accitón comunal	Organisationsform, in der Bewohner vor allem der Elendsviertel ihre Belange selbst regeln sollen
aguardiente	Schnaps aus Zuckerrohr
barrio	Wohnviertel
basuco	Rauschgift, ähnlich wie Crack
bodega	Kneipe, Lager
campesino	Bauer
cédula	Personalausweis
centavo	wertloser Bruchteil eines Peso
chino	Kosename, etwa: „Kleiner"
compadre	Freund, Gevatter
compañero	Freund, Genosse

desechables	Abschaum, Abfall, Bezeichnung für angeblich wertlose und nutzlose Menschen
estilo ejecutivo	vornehm, teuer
finca	Bauernhof
frutería	Lokal, in dem man Obstsalat essen und Fruchtsäfte trinken kann
gamín, gamines	kolumbianische Bezeichnung für Straßenkinder
gerente	Geschäftsführer, Inhaber einer Firma
gringo	Nordamerikaner, Ausländer
guerilla, guerilleros	Freiheitskämpfer
„heißes Land“	„tierra caliente“, Gegenden mit tropischem Klima, bis auf eine Höhe von 1000 Metern über dem Meeresspiegel; Bogotá liegt in der „tierra fria“
indio	Bezeichnung für die ursprünglichen Bewohner Lateinamerikas
junta directiva	Leitungsgremium
Kalebasse	getrocknete Schale einer Kürbisfrucht, sie wird als Trinkschale oder als Rassel im Kult und beim Musizieren verwendet
Kordilleren	Gebirgsketten der Anden
Loma del progreso	„Hügel des Fortschritts“, Name eines Wohnviertels in den Slums von Bogotá
machete	langes Messer, Arbeitsgerät
masato	fermentiertes, leicht alkoholisches Getränk
Marihuana	Rauschgift
muchacha	Mädchen, Hausgehilfin
padrino	Pate, Schutzherr
patio	Innenhof
patrón	Chef, Arbeitgeber
plaza	Platz
„Qué tal?“	„Wie geht's?“
violencia	Gewalt, Bürgerkrieg
virgen	Jungfrau
yuca	Wurzelgemüse, ähnlich Maniok